TIP OF THE ICEBERG

3000英里阿拉斯加
荒野之旅

［美］马克·亚当斯（Mark Adams）著

李雪 译

MY 3000-MILE

JOURNEY AROUND

WILD ALASKA

THE LAST GREAT

AMERICAN FRONTIER

西南大学出版社
国家一级出版社 全国百佳图书出版单位

万墨轩图书
WIPUB BOOKS

谨以本书献给

我的归程旅伴

劳伦、克里、杰森和莎拉

本书标题中的"3000英里",是我用铅笔和尺子(根据地图)在纸上计算出来的,包括了水路、空中和陆路的行程。换句话说,这么计算可能会有微小偏差,也可能会有很大偏差。

"我环绕阿拉斯加荒野的3286.4英里之旅,其中约一半在海上,应该计成海里",这样可能更准确。但这样一来,这本书的书脊就放不下副标题了。"习惯积攒制图徽章的童子军"都会注意到,如果算上从华盛顿州贝灵汉到阿拉斯加州荷兰港的所有海里数,恰巧也是约3000英里。

我劝他一定要改过自新。
因为
一个既不信上天也不信冰川的人,
必然是大逆不道的,
甚至是最恶劣的。

——约翰·缪尔(John Muir),《阿拉斯加之旅》(*Travels in Alaska*)

目 录
Contents

序　言　冰川湾国家公园

001　第一章　拜访梅里厄姆先生
005　第二章　直指北方
013　第三章　头等客
019　第四章　一对约翰尼
025　第五章　渡轮轶事
033　第六章　奇伟之地
037　第七章　教化野蛮人
041　第八章　秘史
047　第九章　"湿"者生存
053　第十章　深思熟虑

059　第十一章　魔鬼也不在乎
065　第十二章　1879年的夏天
073　第十三章　开始创造

079	第十四章　警示标
083	第十五章　黑金
089	第十六章　预算危机
097	第十七章　奇尔卡特
107	第十八章　克朗代克狂热
115	第十九章　俄治美洲
129	第二十章　遇熊要领
135	第二十一章　冰山
141	第二十二章　与哈里曼狩猎
147	第二十三章　转型
161	第二十四章　完整的缪尔之行
177	第二十五章　震荡和躁动
191	第二十六章　寻路之尽
201	第二十七章　生态灾难：前情
211	第二十八章　生态灾难：后果
219	第二十九章　发现航道
225	第三十章　奇怪的小镇

231	第三十一章　变暖趋势
237	第三十二章　为熊装裹
241	第三十三章　棕熊的生活
255	第三十四章　火山喷发的过去
273	第三十五章　濒临灭绝
277	第三十六章　阿留申当地
287	第三十七章　被遗忘的前线
295	第三十八章　新淘金热
305	第三十九章　绿人
315	第四十章　陆地的尽头
323	尾　声　纽约市
329	参考文献
335	资　源
339	致　谢

序　言

冰川湾国家公园

我们的双人皮划艇掠过冰川湾明澈的水面，留下弓样的水纹，有如罗盘针指向罗素岛的岩石块。日头落了，一层薄雾笼着岛的上半端，现出阿拉斯加东南部惯有的迷人惊喜。我们划了有约莫一个钟头，既不知道已走多长，也不晓得将行多远。我脑中的规模感还没适应我们所进入的浩瀚——水、天和山，接下来只和它们打交道。除了船桨拨水的响声，偶尔还有海獭开贝壳的动静，万籁俱寂。

"罗素岛上能找见人吗？"我问坐在后头的大卫·阚那漠。大卫是个大学生运动员，整个夏天全职在冰川湾公园和自然保护区当皮划艇向导。他划艇时有着专业网球运动员在对阵发球机时展现的稳健节奏。我们能走这么远，多亏了他。

"恐怕不能,"大卫答道,"园区里的好多地方我都去过,唯独罗素岛没去过。那儿恐怕连只熊都没有。"

我还在纽约的时候,"熊"是个遥远的话题,而在阿拉斯加这里,三句不离熊。我们常聊的还有太平洋鲑鱼的五个品种、永久冻土的结构完整性、驼鹿肉的食谱、橡胶靴下降的质量,以及华盛顿特区引发的不满,种种不外乎属于"联邦政府越权"一类的话题。这儿的话题是冰川。我们驶在冰川湾寂静的空旷中,从冰川流下的冰布满了与公园同名的河流,一路护送我们。它们冰冷的内脏发出一种磷光蓝,让头顶上无云的天空黯然失色。每隔一个钟头就有几分钟的光景,冰巨人满是皱纹的脸开始释放冰块——碎裂、震响、溅落,演绎大自然最扣人心弦的一幕。

从救生衣口袋里掏出来的有点儿湿的地图提示我们,冰川湾的冰川还在做其他事情——除了释放冰块,还在融化,融化了不止一年两年。罗素岛就是最好的例子。1879 年,当时还不为人知的环保人士约翰·缪尔(John Muir)初探冰川湾,那会儿他坐着独木舟,特林吉特人给他当向导。罗素岛是缪尔所到的最远之处,因为当时这座岛嵌在一面 200 英尺①厚的冰墙里,而这面冰墙是一个冰川下碎裂开的如卵石般的一块,而冰川自己则向前漂移,过了地平线漂向加拿大。接下来的 20 年,缪尔多次返回冰川湾,其景观不断变化。在第七次,也就是缪尔生平最后一次来到这里时,他估算冰墙已经退了 4 英里②。罗素岛雏形初现,四周环水。

---

① 英尺(foot),长度单位,1 英尺 =0.3048 米。——编者注
② 英里(mile),长度单位,1 英里 ≈ 1.61 千米。——编者注

我手中地图上的波浪线，一道就代表着一年，这些波浪线标记着冰川湾冰体在过去10年里边界的变化：就像一个江河日下的帝国，边界不断萎缩。有证据显示，在约翰·缪尔游历之后，这个被缪尔称颂的寒冰王国就像太阳底下的棒冰一样，迅速消融。缪尔冰川的命名，是为了纪念缪尔在地图上添了冰川湾这一笔，并引领了风景优美的阿拉斯加的游轮市场。而缪尔冰川在此之后已经消退了20多英里。

对很多人来说，尤其是将缪尔奉为自然界先知的环保人士，冰川消退是全球变暖的显著证据。这个道理也似乎说得过去，但仔细想想，为什么冰川在燃油机动车发明之前就开始融化呢？阿拉斯加的沿海一带，包括冰川湾，人们可以找到正在生长的冰川。在缪尔探险的一个多世纪之后，阿拉斯加的不少事物都有些变幻莫测——不只是冰川，还有动物、植物、天气，也不能漏了那个突发冲动要划艇探游美国最偏远的荒野的我。

我们划着桨，白色冰丘一朵朵漂过，提醒我们下方寂静的流水分分钟能把人冻得魂飞魄散。我听过的不少阿拉斯加户外探险的故事很快都成了户外悲剧。几个礼拜前，6个渔民在离岸不远的地方坠入寒潭，他们只顾着瞧鱼，结果船侧翻了。在极寒天气中，有4个人因温度过低濒临死亡。幸运的是，他们都被抢救过来了。因此，在阿拉斯加千万不可大意。

从远处看，罗素岛是个囚禁犯人的好地方。我跟大卫上岸时，眼前是一座完美的荒岛，全景尽收眼底：两排阴暗的山脉向着远处延伸、变窄，视线尽头是一块巨大的白色冰块。我们在一块高地上搭了营。大卫做了简单的晚餐，哪怕是最小的食物，也要小心地放在离帐篷百码①远的地方，以防饿熊来袭。大卫在阿拉斯加长大，遇到过不少熊，他似乎不太在意罗素岛上的巨型动物。他没发现任何熊的常见行迹：爪痕、粪便，或者挖来的用于睡觉的大块草皮。

"如果你明天一早在第一艘游轮经过之前起床，可以好好地看看四周，"大卫在我们爬进帐篷过夜之前告诉我，"早晨那个时刻，除了我们之外，方圆20英里不会有任何人的影子。"

凌晨4点刚过，阳光便洒进峡湾。阿拉斯加东南的6月，拂晓时分的阳光照亮了海湾顶部的冰川。我此刻站立的地方在我的曾曾祖父母青梅竹马时，还是被冰层覆盖的。而今，我坐的这块岩石，就是当年冰川匆匆退去时——差不多就是在缪尔1879年的第一次游历和他1899年最后一次到访之间露出地面的。我拿出地图，试图去探究那段时间发生了什么样的变化。

我抬起头放眼望去，立刻意识到大卫关于今天早晨的观察需要补充说明。我们确实是罗素岛上唯一的人类，很可能也是方圆几英里仅有的人类，但我们并不孤独。

---

① 码（yard），长度单位，1 码 ≈ 0.91 米。——编者注

第一章

拜访梅里厄姆先生

华盛顿特区

3月春寒料峭,一位纽约市的先生悄然来到华盛顿特区,去往自然历史学家柯林顿·哈特·梅里厄姆(C. Hart Merriam)的办公室。时年43岁的梅里厄姆已经从事科研工作30年,其科研经历可以追溯到他未经授权对他姐姐死去的猫进行标本剥制。1872年,高中暑假期间,他曾作为博物学家参与考察了美国新开发的黄石国家公园,并在长达50页的政府报告中发表了他的发现。此后,他放弃了医学博士学位,与他人共同创立了美国国家地理学会,并识别了数十种鸟类和哺乳动物。

不过，梅里厄姆并没认出这位来打扰他争分夺秒工作节奏的神秘陌生人。爱德华·亨利·哈里曼（Edward H. Harriman）——华尔街的任何资深观察者对这个名字都烂熟于心。哈里曼在之后的信托黄金时代一跃成为最显赫的企业家，却又在后来的信托萧条时期声名狼藉。梅里厄姆的办公室在美国生物研究所里（位于第十四街和独立街的交叉口），在到达这个办公室之前的几年时间里，哈里曼已经控制了表现不佳的联合太平洋铁路公司。去年夏天，新上任的执行官亲自查看了6000多英里的铁轨，检查了"每个不良的接头、起泡的钢轨和松动的螺栓"。哈里曼公司为联合太平洋铁路公司制订的全面现代化改造计划让铁路状况迅速改善，也让这位执行官精疲力尽。到了1899年的夏天，哈里曼的医生（这位医生和哈里曼一起拜访了梅里厄姆）要求他务必休假。

哈里曼的神机妙算让他的下属感到害怕，他的聪明才智也让他能看到别人看不到的东西。这一回，他构想了一个雄心勃勃的计划，远比在他乡下庄园里打几个月网球、喝柠檬水来得出人意料。他计划把一艘大型轮船改造为私人游艇，驶向阿拉斯加海岸进行勘测。在过去的15年中，随着不列颠哥伦比亚省和阿拉斯加狭地之间的航道逐渐为人所知，人们可以预订内湾航线的旅行团。报纸和杂志上有关阿拉斯加冰川的各种夸夸其谈吸引着成群结队的有钱游客。还有一位特别爱冒险的作家——约翰·缪尔，在推广阿拉斯加冰雪奇观这件事儿上比谁都更有建树。

哈里曼带着他的妻子跟孩子、少数几位客人和足够的船员准备上路。当然，他的船能载的东西远不止这么多。他请梅里厄姆帮他集结了美国自然科学领域顶级的专家团队与他们同行。梅里厄姆后

第一章 | 拜访梅里厄姆先生

来回忆道:"他觉得每个部门应该有两位专业人员:两位动物学家、两位植物学家、两位地质学家……"哈里曼计划在两个月后从西雅图出发。

哈里曼的粗略行程结合了当时流行的北部豪华之旅的元素以及对未知地点的探索。他的蒸汽船将沿着内湾航道驶过最著名的几个景点:不羁的兰格尔山脉,史凯威、克朗代克淘金热的中心,旧首府锡特卡,还有冰川湾——兴许是最令人心驰神往的一处,多亏缪尔在美国最受欢迎的杂志上发表的一众美妙的自然"狂想曲"。哈里曼成功的秘诀之一就是无视他人设下的限制。他的阿拉斯加之行比已知航线还延伸了数千英里,西至白令海,侦测了威廉王子湾、科迪亚克岛、阿留申群岛等地,并将大片未知无名之地在地图上标明。新的科学发现静候着未来的主人踏足此地。

有了像哈里曼这样的铁路商人,狂野的美国西部在不到100年的时间里就几乎被征服了。1805年,刘易斯和克拉克亲眼见到了一群野牛,身形巨大,走动时地面都跟着震动。到了1899年,这种野牛已经濒临灭绝。现在,美国真正的边界挪移至北部的旷野。如历史学家莫里·克莱因所说:"哈里曼所谓的休息事实上是组织、资助和指导了19世纪最后一次重大的科学考察。"

那一次的办公室会面,梅里厄姆虽然对哈里曼以礼相待,但对他提出的计划半信半疑。把哈里曼推荐给梅里厄姆的人无疑是明智的。梅里厄姆在科学界,他父亲又是国会议员,其关系网不小。很快他就了解到,这位铁路商人是认真的。漫画家们兴高采烈地画出了梅里厄姆:戴个圆眼镜,头发梳成高墩子,像只办公的猫头鹰。他很聪明,知道自己碰巧碰见了不可多得的机遇——一项没有固定预算的科学考察。哈里曼当天晚上到梅里厄姆家里拜访时，坚持说除了费用全包之外，梅里厄姆的团队还有足够的自由去选择自己想做的研究。梅里厄姆确信哈里曼的北征方舟并非有钱人的挥霍游戏。他意识到：成为此行的一员将是一生的大事。

第二章

直指北方

纽约市

在我杂乱的办公桌旁,收着一摞贴有标签的文件夹,里头标记着我今后想用文字书写的目的地的名字。每个文件夹内都在固定的位置夹着纸张——有写着半糊的"象形文字"的餐巾纸,还有泛黄的剪报。在标有阿拉斯加的文件夹中,有一张酒店纸条记录着一位阿拉斯加朋友曾经告诉过我的东西。他说,有三类人住在阿拉斯加——阿拉斯加原住民,从远古时代就住在这里;还有北上找事做的人,干些讨人厌的活儿挣快钱,例如每天十二小时剥鱼内脏,或在零下 40 华氏度的天气里操弄焊枪;还有就是逃避的人,比如逃避婚姻或者逃避氟化水①。

　　写游记是一种奇怪又有意思的职业，让我快速了解《福布斯》杂志中人们所期望的那种生活，那种一旦得到哈里曼那样多财富后的生活。我游历世界各地，遇见各种有趣的人，我还写书。不在路上的时候，我大多时间都宅在家里，以至于我的孩子有时要解释给朋友听，他们的爸爸是有工作的人。

　　多年以来，我了解到关于某个地点最有意思的问题往往不是那些最明显的问题：去哪儿，什么时候去，吃什么，和谁一起去，或怎么去那儿。旅行的根本问题实际上是：为什么？也许因为小时候看过电影《走出非洲》，就梦想去肯尼亚；或者想去爱尔兰见远方的亲戚；又或者盼望在野外看到狐猴。要远离什么的旅行是一种度假，譬如远离工作、压力、社会规范（如上午10点之前不该喝酒）。要走近什么的旅行是一种探险，带着目标上路。许多年来，有好些壮观景地我一直推迟走访（和书写），因为我没找到足够好的理由要去。阿拉斯加向来也是推迟的对象之一，直到最近才发生改变。

　　在我的专业——旅行之外，我和所有人一样喜欢平淡而悠闲的老式假期。不久前，就在这样一个平凡的假期中，在稍显破旧的西雅图先锋广场附近，我正盯着一根图腾柱看。这根图腾柱立在这个繁忙的十字路口，并不显眼——只比司空见惯的红绿灯突出了一点点儿。我有点儿意外地发现一位国家公园护林员也站在图腾柱跟前，他戴着一顶护林熊帽子，很和善。他亲切地告诉我，这根柱子

---

① 这里指城市发展中过度使用的氟化水，逃避氟化水即逃避城市文明的意思。
　　——译者注

其实是复制品,原版是一伙儿商人在 1899 年弄到的。"他们沿着阿拉斯加内湾航道北行,从原住民村子里偷了这根图腾柱。先锋广场的北极贼们跟着抄袭了他们的点子。"护林员接着说道,"当年哈里曼探险队轰轰烈烈地返回西雅图也给了这些贼不少鼓舞。"

碰巧的是,我这个不寻常的工作,其要求之一便是要对探险历史了解一二。我办公室的整个书架都塞满了地球遥远角落的旅程记录。然而,哈里曼探险队的存在对我来说是个新闻。当我看到哈特·梅里厄姆于 1899 年组建的考察团名录里有着了不起的各领域专家时,这块知识空白让我很尴尬。梅里厄姆组建的考察团把自美国内战以来所有顶级的探险人员都纳入了麾下:

显然他的首选是阿拉斯加探险队队长威廉·希利·道尔,他在阿拉斯加仍属于俄国的时候就开始访问北部荒野,并撰写了《阿拉斯加及其资源》(Alaska and Its Resources),这可能是有史以来关于该地区最具影响力的一本书。研究落基山运动的资深人士格罗夫·卡尔·吉尔伯特(Grove Karl Gilbert),是不少人眼中最伟大的美国地质学家。在地理学领域有杰出贡献的亨利·甘尼特,被称为"美国绘图之父"。重量级杂志《森林与溪流》的主编乔治·伯德·格林内尔,可以说是国内最受尊敬的户外运动者,他还创立了奥杜邦协会(Audubon Society)。不少人加入梅里厄姆的探险队时已经是好友,其他人也都享有盛誉,彼此早有耳闻。当然,每个人都熟知梅里厄姆。

并非所有的考察团准成员都是专家学者。除了遵守医生让他多休息的要求之外,哈里曼在阿拉斯加的夏日假期还有两个主要目标。他希望带一只熊作为战利品回来,于是请了两名动物标本师和一名侦查员同行。此外，哈里曼还本着卡内基时代的精神，希望实现公益服务，即通过让各个领域的专家考察阿拉斯加来扩大科学标本收藏，并与美国民众分享他们的发现。当时美国各地自然历史博物馆数量激增，此举恰好可以满足美国民众对自然历史的蓬勃热情。梅里厄姆又将三位艺术家和一名青年摄影师爱德华·柯蒂斯纳入考察团。柯蒂斯曾经在1898年瑞尼尔山的徒步旅行中帮助过迷路的梅里厄姆和格林内尔，保障了两人的安全。考察团名册上还有两位著名的自然文学作家。随着美国天然荒野的逐渐消失，自然文学作为一个文学流派在当时大受欢迎。其中一位是约翰·巴勒斯，他的花鸟文章十分畅销并让他声名远播，考察团任命他为此次探险的记录者。

第二位作家是几番邀请都不肯来的人。约翰·缪尔是美国荒野保护这一较新主题的首席作家。荒野保护运动在几年后就成了众所周知的环保运动。缪尔曾访问过阿拉斯加六次，是公认的研究阿拉斯加冰川的顶级专家。他1879年的内湾航道独木舟之旅是美国探险史上最著名的航行之一。（缪尔经典的《阿拉斯加之旅》最浓墨重彩的部分就是他初次见到冰川湾的经历，我的办公室书架上还收藏着这本书。）此外，缪尔还成立了塞拉俱乐部，捍卫加利福尼亚州日益减少的荒野，抵御像哈里曼这样的业界商人，缪尔叫他们"狼吞虎咽的经济人"。一来是对哈里曼不熟，再加上哈里曼不可思议的提案，缪尔迟迟不肯加入考察团，直到梅里厄姆最终说服这位老友——哈里曼的船会开到阿拉斯加连他也没去过的地方。

考虑到他的遗产，哈里曼请梅里厄姆把考察团成员的文字和摄影作品编辑成十二卷精美的书籍。总的来说,这套"哈里曼阿拉斯加丛书"用棕褐色的图文记录了1899年阿拉斯加的自然宝藏:熊、鲸、峡湾和皑皑雪峰。最让人叹为观止的是成百上千的冰川,不少是新发现的,图文中的每一座各不相同,就像在显微镜下的雪花一样。这些冰川得以记录多亏了缪尔。

1867年以来,美国购买了所谓的"俄国美洲"约50万平方英里的土地,从此,这个地区开始发展出不同的个性。阿拉斯加是最后的边疆,坐拥崇高的野性之美。用生态主义作家爱德华·艾比的话说,它也是"最后的猪排",一块等着被宰割的天然贮藏宝地。阿拉斯加受到三次淘金热的影响,每次淘金热都留下一个跟原来不一样的地方。

第一次是从18世纪中叶开始的软淘金热,即动物皮毛热。这个时候阿拉斯加的大片领域自由敞开,欧洲强国的船只进出随意。第二次是19世纪90年代的硬淘金热,这次吸引了成千上万的非原住民迁移到此地。由梅里厄姆召集的科学考察团目睹了这段时期无节制的掠夺带来的严重后果——物种灭绝,原始荒野和天然水域受到污染,土著文化遭到毁坏。这些都记录在"哈里曼阿拉斯加丛书"里。

阿拉斯加的第三次也是最大一次淘金热是从20世纪70年代起建造阿拉斯加输油管开始的液体淘金热。在我刚刚了解到哈里曼探险队的那段时间,新闻报道说,在经历了将近40年的盈利狂热之后,阿拉斯加的第三次经济繁荣跟前两次一样陷入危机。该州的石油储备不断减少,石油单位价格暴跌,地区经济严重下滑。阿拉斯加面临一个艰难的选择——加大对保护区的开发并进行钻井（气候学家认为此举极不可取，因为气候变暖已经到了危急的地步），或者继续发展下一个"大项目"。不管具体是什么，政府总是会变出新法子来。

看来我终于有理由去阿拉斯加了。"为什么去？"这个问题的答案就是追随哈里曼探险队的足迹，然后把梅里厄姆高级专家团队所记录的内容与当下的变化做比较。当然，怎么做是另一回事。阿拉斯加实际上是一片不算大的陆地：可以容纳得克萨斯州、加利福尼亚州和蒙大拿州（第二、第三和第四大州），此外还能装下新英格兰、夏威夷和几个大都市。它的7条山脉和10个高峰比美国其他48个州的都要高。它的滨水区面积占了美国全部海岸面积的一半，而它的公路只有路易斯安那州的四分之一。除了一些较大的城镇，阿拉斯加的大多数地方，也就是哈里曼探险队去过的几乎所有地方，只能乘船或飞机才能到达，甚至开车也到不了州府朱诺。

由于这些交通障碍，阿拉斯加一直保持着和波利尼西亚一样的航海文化。如今去阿拉斯加的绝大多数游客和1899年的访客一样，出行靠船。每年夏天，约百万名游客会乘邮轮沿着哈里曼考察的路线观光。我找到的最新数据显示，内湾航道已经超越拉斯维加斯和奥兰多，成为美国排名第一的旅游胜地。

我从来没有乘水路去过很远的地方，这回似乎可以一试为快，倒退到蒸汽船和草船的时代——那个没有行李检查和罚款的黄金时代。如果我去阿拉斯加是为了度假，内湾航道邮轮就足够了。不过，跟哈里曼一样，我的野心比较大。

还有另一种路线选择。阿拉斯加有自己的海运网满足特殊需求，即阿拉斯加海上公路系统。该州大多数居民都住在海边。海上高速公路的目的是用合理的价格让人和车辆可以到达偏远地区。阿拉斯加的渡轮就像内陆的灵狮①巴士一样普遍，也有着像挪威邮轮公司一样的服务，它们非常灵活，弥补了设施方面的不足。足够有耐心的话，可以搭上"德拉末芒号"，也许再走一些捷径，用两个月左右的时间就可以纵穿3000英里，从华盛顿州到阿留申群岛的荷兰港。哈里曼的探险队当年也用了这么长时间。

拿出书架上缪尔的《阿拉斯加之旅》，想着缪尔的老友梅里厄姆的那句话"成为此行的一员将是一生的大事"，我告诉自己："这不仅是一次度假，更是一次探险。"

---

① 灵狮（Greyhound）是美国的客运公司，提供全美范围内的班车服务。——编者注

第三章

头 等 客

乘"哈里曼特别号"西行

1899年5月23日,哈里曼和受邀专家大部队乘火车离开中央车站。他们乘坐的是几节私人专用的车厢,包括一节餐车车厢、两节卧铺车厢。火车上有装好上等烟芯的雪茄烟管,还有500多本藏书,涵盖了跟阿拉斯加相关的所有主题。哈里曼留了一节车厢给自己用。他的客人们习惯了政府资助的小额勘察预算,因此在资本主义的大方款待下都有点儿受宠若惊。画家弗雷德里克·德伦鲍与探险家约翰·卫斯理·鲍威尔,这两人曾经乘着大划艇在科罗拉多河上颠簸,勘测未知水域,此刻的上好待遇让他们有些不知所措:车厢里有冷热水,晚餐菜品无比丰盛——烤青鱼、上好的烤牛肉、费城熏鸡。火车疾驰,穿州过省,历时一周。客人们安顿下来的时候,哈里曼就去车厢跟大家打招呼。

跟梅里厄姆一样,火车上的不少人在接到考察邀请之前从来没听说过这位留着小胡子且个头不高的考察团发起人。他给人一种并不怎么热情的感觉。约翰·缪尔说:"他脸上的每个特征都显得强势,尤其是他那双眼睛,深邃坦然而又锐利,乍一看很有距离的感觉。"哈里曼是一个有创新思想、数字天赋和激烈竞争意识的人,不过大器晚成,他的名字要到10年后才被磨打成一块商业招牌。他14岁就辍学了,到华尔街当了个办公室小职员。到22岁时,他靠自己的努力在纽约证券交易所谋得一职。1881年,他加入了一个集团,这个集团在纽约州北部收购了一条破旧的小型铁路,而哈里曼通过转卖让集团实现了盈利。到1898年,哈里曼有了自己的第一条铁路,联合太平洋铁路。

哈里曼有着能迅速消化大量信息的能力,他可以在陷入混乱的情况下发令调遣,扭转局面,譬如他把一大批各自为政的科学家召集起来,软体动物专家也好,鸟类或岩石专家也罢,让他们花两个月时间近距离地和谐相处。一旦哈里曼发现部下能力得当,他就会相应地下放权力。"当专列驶向芝加哥时,哈里曼宣布,他并不想决定路线或控制细节。"梅里厄姆写道。相反,他让客人们成立各类委员会(类似商业组织),由委员会裁夺行动方案。如此,他有效地下放权力让考察团的具体行程得以落实。

过了密西西比河之后,乘客们观察到越来越多的西部被驯化(或被开发)的迹象:围栏农场、煤矿和铁轨网络。约翰·巴勒斯写道:"有的乡村,强劲的一体化铁路似乎运力不足,又钻又挖又堆地留下了一片疯狂、愚蠢的狼藉。"几年前在地图上才被标记的定居点已经成了规模初具的城镇。在奥马哈，哈里曼的客人被私人推车护送去参观当地主办的美国博览会。在博伊西，当地报纸称哈里曼为"铁路界的风云人物"，考察团碰上了当地商会赞助的游行队伍在日落时分举办的夹道欢迎仪式。梅里厄姆建议花一天时间去爱达荷州蛇河峡谷的肖肖尼瀑布看看，可能会很不错。历史学家威廉·戈茨曼和凯·斯隆回忆道，哈里曼很快推进了这个计划，"订来马匹若干、驿站马车一辆，还有轻便马车两驾，带上了火车"。哈里曼赚钱多到花不完，没必要节省任何费用。在截至 1899 年 6 月 30 日的财政年度中，联合太平洋铁路公司净赚了 1400 万美元。

当"哈里曼特别号"专列穿过落基山脉时，包括缪尔在内的一小批客人开始从加利福尼亚出发，在波特兰再次与大部队会合。波特兰巢穴酒店的晚宴等着他们。考察团铁路旅程的最后一段路十分通畅，多亏了约翰·皮尔庞特·摩根——哈里曼的竞争对手，正是他下令清理了太平洋铁路公司的轨道。摄影师爱德华·柯蒂斯的助手因瓦瑞特在西雅图加入了考察团，队伍这才齐了。阿拉斯加考察团打算在 31 日离开西雅图时，他们那位注重细节的赞助人（哈里曼）站在西北地区雾蒙蒙的毛毛雨中，盯着一大批即将装到"乔治·W.埃尔德号"上的奇怪行李看：他所有客人的包裹、科学设备、猎枪和弹药、一间完整的照相暗室、幻灯机、一架钢琴、五百多本关于阿拉斯加的书、雪茄、白兰地、香槟。按照巴勒斯说的，还有十一头肥牛、一群羊、一窝鸡、几只火鸡、一头奶牛和马匹若干。

这个时候，美国自然风光保护运动正在孕育，哈里曼集结了这群人,而这些人后来成了美国自然保护运动的奠基人。矛盾的是,哈里曼在"哈里曼阿拉斯加丛书"第一卷的第一段中说,他对阿拉斯加的兴趣在于有机会猎杀一只科迪亚克熊。一个多世纪后看来(与环保)不协调的事儿在当时不是什么问题。尽管城市环保主义者希望避开这个话题,但他们运动的起源实际上跟狩猎脱不开干系。

这种双重性的典型例子是乔治·伯德·格林内尔。1899年,格林内尔作为《森林与溪流》的编辑颇有名气。《森林与溪流》是一本倡导人们保护栖息地的杂志。作为户外运动者,格林内尔深受家族影响。少年时期,他的家人就住在已故博物学家和鸟类艺术家约翰·詹姆斯·奥杜邦的北曼哈顿庄园中,约翰的遗孀露西·奥杜邦是格林内尔的私人老师。19世纪70年代,格林内尔去了西部好几次,协助了第一批恐龙化石的发掘(发掘活动由"水牛比尔"·科迪①带队),并担任卡斯特将军1874年的黑山探险队的博物学家(他后来拒绝了卡斯特1876年的邀请,那场注定要失败的征战以小巨角河战役②告终)。每次回到西部,格林内尔都看到大型动物的数量由于过度捕猎而不断减少。历史学家迈克尔·庞克于1870年经过内布拉斯加州时写道:"格林内尔的火车两次被水牛群拦下。"过了两年,他和波尼人还骑着他们新猎到的大水牛。而到

---

① 威廉·弗雷德里克·"水牛比尔"·科迪,南北战争时的军人,陆军侦查队队长,驿马快递骑士,农场经营人,边境拓垦人,美洲野牛猎手和马戏表演者。"水牛比尔"是美国西部开拓时期最具传奇色彩的人物之一。——译者注
② 小巨角河战役是北美印第安战争中的一场战役,美军在此役中遭到原住民苏族人围歼。——译者注

1879年，科罗拉多全州找不到一头野生水牛。

为了避免野生鸟类遭到同样的灭顶之灾，格林内尔成立了奥杜邦协会。他在《森林与溪流》任职期间兼管这个协会。这本杂志被他用来倡导执法，禁止在已有的及新开发的国家公园内偷猎。（蒙大拿州的冰川国家公园成立于1910年，最近迎来了它的第一亿位游客，这在很大程度上要归功于格林内尔。）格林内尔对《牧场主的狩猎之旅》一书做了一番不冷不热的嘲讽，结果这本书的作者，纽约州议员西奥多·罗斯福，也就是后来的老罗斯福总统（当年他才26岁）气得冲进编辑室找格林内尔理论。不打不相识，这两人成了好友，两年后的1877年12月，格林内尔和罗斯福一起成立了布恩和克罗基特俱乐部（Boone and Crockett Club）。这个俱乐部的成员必须是曾经至少猎杀过三只战利品的人。如此一来，俱乐部可以利用这些人的政治影响来促进对野生场所的保护，而这些野生场所恰恰是盛大狩猎活动举行的地方。①

格林内尔和罗斯福这样的人并不仅仅是因为狩猎动物数量减少才越来越不安。1893年，历史学家弗雷德里克·杰克逊·特纳宣布，最新的人口普查数据显示，美国的边疆已经消失了。几十年来，顽强的开拓者们一路向西征服荒野。跟美洲原住民一样，大自然也成了要征服的敌人。特纳认为，原始边疆的存在塑造了美国热爱自由、粗犷、个人主义的民族特性。欧洲臣服在君主统治下，而

---

① 哈特·梅里厄姆也是布恩和克罗基特俱乐部的成员。他本人既是猎人，又是动物保护者。据梅里厄姆的传记作家基尔·斯特林称，梅里厄姆有三只臭鼬，他去别人家常常带着这些臭鼬。斯特林写道："他在家里书房工作的时候，这几只臭鼬常常脱他鞋子逗他。"

美国要的是民主政治。特纳他们真的不知道，如果边疆消失了，美国会变成什么样。

当然，美国的边疆并没消失，它只是向北移动了。阿拉斯加的领土如此广袤辽远，那个让特纳乐观不起来的1890年的人口普查断定："用旧有的方法几乎无法测算阿拉斯加的面积。"这个巨大的北部谜团不仅其内涵不为人知，甚至测量其外在也是个难题。随着西部荒野时代的终结，一种新的生态意识开始闪烁微光。拯救荒野的欲望来自丰饶不再。阿拉斯加之大之野，让人尽信它的宝藏取之不尽，用之不竭。随着"长老号"的不断北进，资源的大举开发正在考验阿拉斯加的极限。

第四章

一对约翰尼

西雅图

约翰·缪尔曾写道,亚历山大群岛的上千个岛屿"多得像播种子"。群岛一起组成鱼尾的形状,从阿拉斯加的颅状陆地中伸出来。它们实际上是半淹入海的山脉顶部,南延至海,北延至喀斯喀特山脉。在内湾航道上行驶比起在公海航行,感觉更像是在河道上漂浮,因为这边的内湾航道跟河道一样,刚好夹在两壁岩崖之间。以防万一,我旅程的第一段订了"肯尼科特号"渡轮,这是公认的阿拉斯加安全海旅渡轮之一。

5月31日,126名乘客带着各种牲畜和家禽登上了新装修的"长老号"。按照哈里曼的严格标准,这艘船的状况不错。"长老号"是艘250英尺长的钢铁船,从烟囱里吐出一口口黑色煤烟,船身上新刷的白漆让它像阿拉斯加的雪一样闪闪发光。客舱和船员舱分别在两层甲板上。这两层甲板上方是飓风甲板，有驾驶室和一门小铜炮。除了餐厅和图书馆外，哈里曼还安排了一个沙龙厅，可以举办讲座，玩棋盘游戏，举行宗教仪式，还可以用老式幻灯片来展示每天的新发现。此外，岗哨位置还立着一个大型井架，预备着把战利品熊搭上船。

专家们在船上安顿了下来，两人一间住在特等舱。船上的氛围轻松愉悦，每天有不少机会可以相互交流。可是此次考察的记录者约翰·巴勒斯却有些提不起精神。那一年他62岁，已经习惯了在卡茨基尔山的"隐居"生活，此行是他头一回到阿拉斯加。巴勒斯不怎么旅行，一旅行就容易晕船和忧郁。他很可能就是那个在"长老号"第一次出现颠簸的时候，给它取了个"滚筒号"诨名的始作俑者。缪尔的房间离巴勒斯不远，虽然只比巴勒斯小了一岁，但缪尔对探险有着孩子般的热情。巴勒斯和缪尔这两个人兴许是美国最重要的自然文学家，彼此了解。他们有时被叫成"一对约翰尼"。旅途中的一张照片里，他俩的长胡子相得益彰，就像是时间老人在照镜子。这两人还都喜欢开玩笑。缪尔给巴勒斯写过一封信，信里提到因为一些情况他自己不能去欧洲，他用了这么个句子："这些情况总结起来就是因为我老婆。"在哈里曼探险队的正式记载中，巴勒斯还提道："和缪尔一起，我们是研究冰川问题的权威，并且我们对这个权威把持得很彻底，彻底到不许其他考察团成员有任何异议。"

当时登船的科学家们在日志上签到时都用了自己的学术或政府头衔，只有缪尔，把自己称作"冰川的书写者和学习者"。不管是书写者还是学习者,他在冰川领域的专业知识都是自学而成,这样的独辟蹊径,也算是一种对父亲的终身反抗。缪尔的父亲丹尼尔是一个狂热的加尔文宗信徒,终日教导自己的长子要研读《圣经》,一日不可懈怠。

假如约翰·缪尔背诵每日经文时出了什么差错,父亲就会棍棒伺候。约翰11岁那年从苏格兰的邓巴镇搬到了荒无人烟的威斯康星,那会儿他已经把《圣经·新约》背得滚瓜烂熟,《圣经·旧约》的大部分也烂熟于心。缪尔家的孩子们,再滑头的魔鬼在他们身上也找不到空子可钻。一个威斯康星的邻居说:"老缪尔拿孩子们当牛使。"家里需要凿井,约翰花了好几个月跟砂岩做斗争,凿了80英尺深。几十年后,他已经在早期自然保护历史上留下了数笔光辉战绩,那时的他如果要挑出世上他最讨厌的事,毫无疑问那就是"残酷的行为"。

尽管约翰·缪尔现在被尊为自然界的德鲁伊[①],但事实上缪尔年轻的时候就是个能工巧匠,惯常修修补补,发明制造。22岁那年,他在麦迪逊的一次州博览会上引起了轰动,他发明的闹钟不仅能叫醒沉睡的人,而且能让床铺翻个个儿,方便人下床站起来。(缪尔遵从父命,不看报纸,不让夸奖的报道膨胀虚荣心。)缪尔后来考上了威斯康星州新成立的州立大学,在那里,他对植物学和机械原理的喜爱很快就上升为对科学的迷恋。

经过两年的大学学习和一个漫长而孤零零的大湖区植物收集之旅,缪尔在印第安纳波利斯的汽车配件厂找到了工作。他工技出众,

[①] 凯尔特人的祭司。——译者注

很快升到了主管。1867年3月的一天,缪尔正试着从圆锯机上取下皮带时,他握着的锉刀不幸滑入右眼。缪尔的传记作者唐纳德·沃斯特写道:"当他睁开眼皮时,晶状体和角膜之间的液体滴到了他手里。"后来,交感性失明让他的双目失明。

疗养期间,缪尔开始考虑他多年来秘密酝酿的一项计划:追溯德国科学家亚历山大·冯·洪堡的植物群落研究。洪堡是第一位对中南美洲动植物进行全面调查的人。洪堡激进的想法中有一条,即世界上的物种密不可分地连接在一个庞大的关系网中,一起构成一个生态体系。自亚里士多德以来,科学家们一直认为自然界没有固定的顺序,是动态的,但有一个物种拥有不可逆转地破坏自然世界的能力:智人。

缪尔的失明是暂时的。他决心像他的英雄洪堡一样,在热带地区进行漫长的旅程,用"狂野的美"来充实自己的灵魂。他在背包里放了几件内衣、几本书和一个小笔记本。碰巧看到这本笔记本封面内页的人会发现这里写着他洪堡主义的地址:

约翰·缪尔
地球—行星
宇宙

在1867年和1868年的秋冬之际,缪尔走了1000多英里,穿越了战后的美国南方,同时也解决了一个宇宙难题。丹尼尔·缪尔教条化的信仰认为上帝以他自己的形象创造了人类,并赋予了人类对所有海洋鱼类、空中飞禽以及在地上爬行的动物的统治权。而在约翰·缪尔心里对动物却总有个疙瘩。小时候，他试图救下被猫咬住的小鸟，却不小心把猫给憋死了。缪尔论证道："自然创造动物和植物可能首先是为了它们每一个的幸福，而不是为了其中一个物种（人类）的幸福。"对缪尔来说，自然不是人类的奴仆。自然和上帝是同一的。在定居加利福尼亚的一年之内，即1868那一年，缪尔已经形成了他个人哲学的核心观念："我们所挑出的任何一件事物，都和宇宙中的其他一切息息相关。"①

美国边疆的萎缩无形中扩大了自然文学的市场。缪尔在其引人入胜的文字中提到，没有想到仅凭峭壁就能攀登，他觉得构思文章简直太可怕了，无法想象。然而慢慢地，他让自己抒情的天分适应了印刷品的形式。1875年，他的署名首次出现在国家出版物《哈珀斯新月刊》(*Harper's New Monthly Magazine*) 上。这篇文章涉及的主题正是他后来成为专家的领域，文章题为《加利福尼亚的活冰川》("Living Glaciers of California")。

---

① 缪尔的思想受到先验主义者的影响，尤其是拉尔夫·沃尔多·爱默生和亨利·戴维·梭罗，他们认为神圣存在于大自然中，而万物皆有联系。爱默生于1871年在优胜美地山谷遇见了缪尔，非常高兴地结识缪尔这位山人，正是缪尔秉承了他当年在康科德的办公桌上形成的哲学。爱默生之后评价道："他比梭罗更神奇。"

第五章

渡 轮 轶 事

登上"肯尼科特号"

我自己的探险之旅是从火车开始到飞机再到公共汽车,直到5月的最后一个星期六下午,公共汽车才把我带到华盛顿州贝灵汉的船前。贝灵汉地处阿拉斯加海上渡轮线路的最南端。事实上,贝灵汉离温哥华要比我飞过去的西雅图要近得多。下午3点的时候,很多车子已经在大排长龙等候"肯尼科特号"。按照预约的信息,船计划于下午6点出发。而渡轮码头的售票员告诉我们,因为潮汐上涨,我们的出发时间延后三个半小时。海上高速公路公司没有告知旅客新的出发时间,因此有许多不高兴的车主,其中不少是回阿拉斯加的人。他们已经开了几个小时车,这会儿正从一辆车走到另一辆车,抱怨时间被浪费。(人们很快就能看出来,阿拉斯加人对官僚程序尤其没好印象。) 对我来说还好。贝灵汉是一个可爱的海滨小镇, 以旅游休闲为业, 因此我花了几个小时逛逛书店, 喝喝啤酒, 还买了些旅行必需品。

比起加勒比海全方位服务的游轮, 登上"肯尼科特号"感觉更像是在船厂打工。汽车、卡车跟行人一起挤上甲板。很多乘客都拎着大包小包, 有冷藏盒, 也有购物袋。据说每个人只能携带 100 磅的随身物品, 但我碰见的人谁都没听说过有什么检查。大概一半的乘客都戴着棒球帽, 穿着靴子, 颜色也是统配, 都是阿拉斯加的海军蓝。假如这会儿公共广播问起船上有没有外形酷似威利·尼尔森的人 (留着发辫、绑根摇滚发带), 恐怕甲板上三分之一的人都可以去售票处报名。大部分乘客似乎都是独自旅行的男性, 但也有一些退休的夫妇和一些年轻的小家庭。我预订了一个小房间, 在前台排队领了钥匙, 另外租了一套床单跟毛巾。

并非每个人都愿意每晚花 50 美元买一个床位。我顺着墙上的路线图找到房间的时候, 带睡袋过夜的人已经把自助餐厅的所有位置都占满了。更有厉害的人在户外观景台的地板上用胶带绑着帐篷过夜, 整个场面就像一个 REI① 难民营。跟我一起搭电梯去日光浴平台的是一对老夫妇, 他们头发花白, 看起来像是来度假的。那位先生留着山羊胡子, 戴顶贝雷帽, 拿着根 6 英尺长的手杖, 一边用手杖戳电梯按钮, 一边得意地跟他妻子说:"瞧, 我说过吧, 带着它肯定能派上用场。"

---

① REI: 国际难民赋权组织 (Refugee Empowerment International), 是一个独立的非营利组织, 为世界各地因暴力、冲突或迫害而流离失所的人筹集资金。——编者注

第五章 | 渡轮轶事

舒缓的米色和淡蓝色调、油毡地板、清洁剂混着机油的淡淡气味——"肯尼科特号"让我想到一个巨大的漂浮式自助洗衣房。我的小房间跟美国国铁上的双人卧铺间差不多,大约 8 英尺长,6 英尺宽。两张皮革椅子正对着,中间有一张富美家的矮桌子,好像要下象棋一样。这些东西折叠起来就有了个爬上窄床的空间。还有一个铺位就置在窄床的上方。走廊的尽头是公用的淋浴间。透过卧铺唯一的舷窗能看到的景色是其他乘客的脚踝还有他们扔下的烟蒂。"肯尼科特号"引擎柔和的嗡嗡声和我喝下的两品脱①淡啤酒双管齐下,有一种催眠的效果。我叠起桌子,理了理床铺,奇怪这个小卧铺间怎么像子宫般狭小却让人感到安心——几分钟不到,我就睡着了。

大概半小时后,我被天花板的震动和响声吵醒。我看向舷窗,窗外乘客们比较平静,确定不是着火了。我们到现在还没离开码头。原来这动静是隔壁房间传来的,显然是通话声。我能听到的大部分内容是一遍又一遍的谩骂,接着是一连串的抱怨,列举各种"肯尼科特号"小房间的不是。

"我的私人卫生间在哪儿?"

"我的电视机在哪儿?"

"我干吗要付 3 美元买床单跟肥皂?"(这条算是合理的抱怨,因为租来的床单又薄又糙,肥皂掉在油毡地板上,跟扑克筹码一样,直接碎成两半。邻居最后的这条批评很恰当,当年的"长老号"上可不会听到这样的抱怨。)

---

① 品脱(pint),容积单位,1 美制湿量品脱 ≈ 473.18 毫升。——编者注

"你知不知道,这条船上居然连个酒吧都没有!"

多年来,阿拉斯加海上渡轮的酒吧一直是其最著名和最吸引人的特色。在这里,酸团子(该州地道的居民)、生团子(新来的居民)和游客在一起没什么隔阂,可以相互结识。乔·麦金尼斯(Joe McGinniss)就是如此。在《去极端》(Going to Extremes)一书里提到的北上途中,他跟一位高官还有一位可乐上瘾的前嬉皮士一起喝鸡尾酒。不幸的是,石油价格急剧下跌使得阿拉斯加出现巨额财政赤字。这么一来,亏损的渡轮酒吧就成了该州财政紧缩政策的早期受害者。从我读到的内容来看,更大规模的财政削减还将持续。

自助餐厅一直营业到半夜,旅客可以去买葡萄酒和啤酒。我邻居应该就是这么干的,因为第二天一早我起床后在走廊里瞧见他的钥匙在门把上晃来晃去。有那么一瞬间,我想把他的钥匙扔进海里,回敬他前一天晚上吵得我不能入睡,但想想这么干违背了豁达的探险精神。于是我转身去了淋浴间,跟一个裸体的比目鱼渔夫进行了愉快的交谈,他高高兴兴地收下了我摔碎的一半肥皂。

甲板上的空气很冷。我下楼到自助餐厅买了杯咖啡,餐厅凌晨4点就开始营业了。(餐厅里几个服务员卖啤酒一直到半夜,这会儿他们又在忙着切卷心莴苣,为沙拉吧做准备。)因为复古的装修、没有信号的手机,大多数人都看着窗外,或看看书,或做填字游戏,感觉瞬间回到1998年。在这里,人们大多都跟陌生人聊聊天来消磨时间。

当我到自助餐厅时大约4点30分,有两个人站在窗边,望向大窗外的第一缕阳光。这也是不列颠哥伦比亚省沿海地区最常见的景色：森林密布的海岸被细雨笼罩，零星的房屋和灯塔点缀其间。不一会儿，无形的力量就把我和这两人带到一起，我们打开了话匣子，聊起方向位置来。

其中一位说："点灯的那片可能是鲍威尔河，我以前在那儿钓过鱼。"另一位说："可能是，要是知道我们在哪儿就好了。"他转过头来看我有没有什么想法。我回答说："我觉得偶尔一次不知道自己在哪儿也不错。"我真这么觉得，哪怕是 100 英里内的位置我也确定不了。

我们坐在圆桌旁喝着咖啡。道格是一位退休的钓鱼向导，他和妻子这回一起搬到阿拉斯加的荷马镇住。他们的大部分财产，包括他们的狗，都在我们下方甲板上的一辆卡车里。另一个人叫波，是一位退休的加利福尼亚州水文学家，旅行构成了他大部分的人生。他在孩子还小的时候，为每个孩子安排了一次特别的旅行，买了一整包关于目的地的书和孩子们一起阅读，接着花数个月的时间在露营车上和孩子们一起讨论。我想波的孩子们一定不会忘记在父亲节给他打电话。

波说："这段内湾航线的渡轮行程应该是我在世上最喜欢的旅程。"他已经来过好几次了。

从贝灵汉到阿拉斯加的第一站凯奇坎需要 38 个小时。38 个小时是渡轮旅行的理想时间，大致类似于参加外地婚礼免去仪式的节奏。来的人可以有一晚上休闲的时光（如果愿意的话），一整天的社交时间，加上最后半天去看你特别喜欢的人或者躲起来不见人。自助餐厅每天提供三顿普通的热餐，哪一道菜都不会在高中食堂里引起任何轰动。四处望望就能找到地方坐。人们拿着橙色的塑料托盘东张西望，一旦找到某个亲切的微笑，就算得到了邀请，可以加入对方的餐桌。

一来是船上有着度假的氛围，二来是娱乐项目有限，因此社交的条条框框可以暂时不管。任何人都可以去找他人交谈，事实上大家也都是这么做的。允许顾客免费续一杯咖啡也没什么不好，除非有人滥用，但一般都不会对消费者有什么限制。一名 20 多岁的空军女飞行员加入我们，告诉我们驾驶 C-130 是什么感觉。"必要的时候可以降落在停车场——这也是当初设计的目的。"一个北加利福尼亚州来的酒商刚刚卖掉了自己的酒庄，说酒商的生活没有看上去那么体面："就是个农民，只不过是种葡萄的农民。"

道格的妻子来了，简短地展示了她的歌喉，她和道格一起问波（波现在正好是一位有机农业的咨询师）在阿拉斯加这种超短的生长季里有什么好的园艺方法。波回答："建造温室，掘地数尺来让植物接触较暖和的土壤。"波的大学室友保罗，他现在暂时也是波的室友，在午饭开始前加入对话，诉说他妹妹在 20 世纪 70 年代初成为《花花公子》杂志的模特对他大学生活造成的影响："你们可以想象得到，这个话题时不时就会蹦出来。"

很多人像我一样，对于初次见到阿拉斯加充满了期待，也有不少人是因为回到阿拉斯加而兴奋。一个海军老兵，穿着吉米·亨德里克斯的 T 恤，戴一顶棒球帽，上面印着他很久以前乘坐过的一艘船的名字。他说："我已经在外地待了 5 年了。"在阿拉斯加，"外地"两字（印刷时通常用大写）代表其他 49 个州。"快到家了，感觉很好。"

第五章 | 渡轮轶事

一英里又一英里的丘陵起伏,植被茂密的海岸线从窗前掠过。每隔几个小时,公共广播就会插播一则公告,允许乘客到车载甲板层,让宠物狗上个厕所或让家人去车上拿个东西。车载甲板上装的东西如实地体现了渡轮的实用性使命:把物品运到没有道路通行的阿拉斯加——甲板前后有装载机、几艘小船,还有小型商用卡车。阿尔坎高速公路可以从西雅图到安克雷奇,但行驶时间约莫要42个钟头。西雅图到纽约的实际行驶距离是直线距离的两倍,需要41小时。车子开往的这些城市——海恩斯、史凯威,是阿拉斯加公路系统开始的地方。大多数车都是现代车型:轿车、接驳车,还有几辆装着全部家当(比如道格一家的)的搬家卡车,一同开往阿拉斯加新大陆。

斯坦就是这样一位驶向新大陆的先锋。他来自俄亥俄州,是一个胖乎乎的小伙儿,在我见到他的三天里,他都穿着他最喜欢的NFL四分卫的球衣。

斯坦向波借了地图集,给我们看他买的旧金矿的地点。他打算用反铲挖土机开挖,然后淘出贵金属。他手指的位置在德纳里国家公园的南边,看上去有点儿孤零零的。但对斯坦来说,这是一个主要卖点。

"我讨厌下48州[①],"他说,"厌倦了纳税,厌倦了花钱养别人的孩子。"(因为阿拉斯加有石油收入,免交个人所得税,全州也没有销售税。)他对任何相信气候变化的人,还有担心气候变化的

[①] 下48州(Lower 48),指阿拉斯加以南的美国本土48个州。——译者注

"业余专家"没什么耐心:"事实就是冰川化了融进海里,接着冰河时代的进程就会重新开始。"他还引用了在一次电厂企业会议上看到的一份幻灯演示文稿,虽然他自己最近刚从电厂提前退休。倒不是说他对未来抱有什么希望,因为他肯定世界末日即将来临,并且他在新家囤了一堆枪支和冻干食品。斯坦是"肯尼科特号"上唯一一个因为续了不止一杯免费咖啡而被指责的人。

"天,我真迫不及待地想到达阿拉斯加。"他说。

不用说,大家都是这么想的。

第六章

奇伟之地

在北太平洋

气候变化在阿拉斯加或许是个敏感的话题,但人类学家普遍认为温度的剧烈变化促进了北美人口的增长。大约2.5万年前,在威斯康星冰期晚期,冰原中发现了大量的水,当时的海平面比现在低了300多英尺。佛罗里达比现在宽广两倍,阿留申群岛则是一个弯刀形的半岛。今天西伯利亚和阿拉斯加之间的海床在当时是一片1000英里宽的陆地,名为白令陆桥。第一批移民怎么来到美洲一直存有诸多争议——他们或是横穿西伯利亚步行而来,抑或是乘船跨海而来,但阿拉斯加应该是人类踏入美洲的主要入口。

新大陆上第一个定居的地方是欧洲人在探索时代找到的最后一个地方。1492年哥伦布第一次横渡大西洋之后,西班牙人在30年内就占领了美洲的大部分地区。葡萄牙人在1522年完成了第一次环球航行。然而，已知最早的白人进入阿拉斯加，已经是200多年以后的事了。

1725年，俄皇彼得大帝在去世前不久资助了一次探险，想借此来回答世界地理遗留的一个重大问题：亚洲与北美究竟相不相连？西伯利亚人之间流传着东方"奇伟之地"的故事。彼得大帝挑选了当时在俄国海军担任军官的丹麦人维图斯·白令，命他带领探险队，查明这些故事是否属实。白令在1728年的第一次大旅行中发现亚洲与其他大陆之间有一个海峡相隔，这个海峡现在以他的名字命名，不过此行并没有发现什么新的领土。

白令第二次离开西伯利亚去远征是在1741年。两艘船中的一艘由他指挥，另一艘由1728年探险时的军官亚历克谢·奇里科夫掌舵。经过多次徒劳的航行，6月20日那天，两艘船在暴风雨中分散了。白令指挥船只驶入阿拉斯加湾，7月16日，一名船员发现了18000英尺高的圣埃利亚斯山的雪峰。差不多同一时间，奇里科夫派11名水手划小船从冰川湾南面上岸，然而这11名部下再也没有出现过。第二回又派了4个人去，也消失了。失去了相当一部分船员后，奇里科夫只好返航回家。

与此同时，白令短暂地登上了凯阿克岛，探险队的博物学家乔治·威廉·斯特勒记录了一只鸟，而这只鸟跟他在一本关于卡罗来纳的书中看到的鸟一样——证明他们确实找到了美洲。在回家的路上，因为冬天的到来，白令的船搁浅了。春天解冻之前，白令船长跟船员共19条生命都被"坏血病"给带走了。第二年夏天，46名幸存的船员用船的残骸搭了艘小船回到了堪察加。他们运回一批精美的皮毛。威廉·道尔在一篇文章（这篇文章改编自他给年长船友的历史讲座）中写道："此次航行直接的后果就是，老百姓们都跃跃欲试，想要离开堪察加，向外扩张并获取财富。"

第二回探险的船员们带回的有海獭皮，因为异常保暖，所以价值连城。俄国猎手们很快便开始沿着阿留申群岛东进，每到一处，海里的哺乳动物就被捕了个精光。他们对待当地的阿留申人也毫不手下留情。男人被奴役去捕猎，女人被强奸，孩子们被劫为人质，让其家人用皮毛当赎金。阿拉斯加当地人对不少病菌没有免疫能力，这些疾病被引进，造成了毁灭性的后果。阿留申的人口在30年间少了八成多。

俄国发现阿拉斯加的消息通过圣彼得堡的法庭传到了西欧。西班牙人野心勃勃地宣称对所有连接太平洋的土地拥有主权，并集中在南美洲和中美洲进行殖民活动。这下子有了新的威胁，他们便将其势力延伸到更北的海岸，包括圣地亚哥和旧金山。

英国是北美大陆上另一个主要的欧洲势力，它对从墨西哥到阿拉斯加的大部分太平洋海岸提出了相同的主权要求。西班牙的优势在于定居点，而英国拥有世上最强的海军和史上最伟大的船长——詹姆斯·库克。在两次环球航行中，库克绘制了南部海域的地图，包括前所未知的澳洲和新西兰。1776年7月2日，也就是第二届大陆会议的代表在费城投票宣布脱离英国独立的同一天，库克从英国普利茅斯启航，踏上了他的第三次航程。

库克的主要任务是找到西北航道，这是设想的一条环北美大陆的水路，可以极大地缩短欧洲到东方的海上航程。（巴拿马运河开通之前，通往亚洲的船只只能通过合恩角，或绕着好望角向东行驶。）库克一行两艘船——"发现号"和"决心号"，通过塔希提岛向东航行，途中发现了前所未知的夏威夷群岛。他和船员们绘制了从华盛顿州北部到白令海的太平洋西北海岸的全图，第一次把阿拉斯加的实际地理轮廓勾勒了出来。然而，库克没听见对他此次发现的赞扬之声，因为1779年他在与夏威夷原住民的一次打斗中归西了。

库克此次航行中的一位军官乔治·温哥华，在1792年到1794年数次沿着阿拉斯加海岸航行，把他导师绘制的地图进行了扩充。同时，温哥华奉命去确认西北航道是否真的从遥远的北太平洋通向哈德逊湾。1794年7月12日，在探测亚历山大群岛的入海口时，温哥华的手下约瑟夫·惠德贝中尉率领一小队船员，划着长艇，发现了冰川湾的入口。但是，他们怎么也进不去，因为路全被堵了。温哥华后来描述道："坚固的冰山，在水边垂直伫立。"

温哥华戴着一顶愚蠢的假发，是一个挑剔、不招人喜欢的人。不过他也是一个极其精确的制图者。他的船员整理出的图表件件都是艺术品，更像是阿尔布雷希特·丢勒的木刻作品，而不是之前俄国的简陋美洲地图集。他们的作品精美之极，直到85年后，约翰·缪尔进入阿拉斯加探险之时都无人能及。然而，温哥华的考察此时已经不那么精确，因为当缪尔到达时，那些冰山似乎已经消失了。

第七章

教化野蛮人

安妮特岛

"长老号"继续沿着不列颠哥伦比亚省朦胧的海岸航行,在温哥华岛和大陆之间徐徐北上。约翰·巴勒斯之前描写具有田园风光的卡兹奇山时因笔触柔和独到而久负盛名,而此刻参差不齐的太平洋海岸倒让他感到有些词穷。"这片大陆一千英里长的海岸线边缘已经破碎成大大小小的碎片,好像被铁锤敲打过一样,"他写道,"似'银丝'般的冰川融水从层叠的云杉和铁杉林中倾泻而出。""长老号"时不时停下来捕捉光怪陆离的景象。徒步至一个瀑布,会发现汽船轻松而过的这片雨林步行几乎不能通过,跟身陷亚马孙丛林的探险者一样。因为气候潮湿,这里没有那种能烧光灌木丛的野火。徒步的人不仅会被巨型荆棘戳破手,还会在厚如积雪的苔藓上滑倒。巴勒斯写道:"哪怕是鹿和熊,穿越阿拉斯加森林也是困难重重。"

威廉·道尔在他30年的阿拉斯加探险生涯中,有过十四次同样的海上旅行。他告诉同行的伙伴,眼前这片郁郁葱葱跟前方未至的景色相比差远了。道尔是唯一知道前面有什么的人。"长老号"穿过加拿大进入阿拉斯加之前,道尔做了一次演讲,介绍了一些探险经历。从21岁开始,他就加入了一个科学团体,这个团体研究如何通过育空河在阿拉斯加搭建电报线路。由于团体领导人突然去世,道尔于是负责接手。为了履行职责,道尔忍受了两个气温降到零下60华氏度的冬天。19世纪70年代,道尔花了10年工夫主持阿拉斯加海岸线的地理调查,一直走到了阿留申山脉的尽头。当"长老号"进入阿拉斯加水域时,这里已然有了一个道尔岛、一座道尔岭和一条道尔河——都随了这位探险家的名字。不仅如此,这里还住着"道尔羊"(阿拉斯加野绵羊)。20年前,道尔甚至用他新娘的名字命名了"长老号"在阿拉斯加的第一站——安妮特岛。

到了1899年,安妮特岛在全美的知名度几乎超过了阿拉斯加州的任何地方。这里是广为宣传阿拉斯加原住民融入美国社会的实验点。"长老号"上的牧师乔治·纳尔逊医生把这个融入过程称作"教化野蛮人"。6月4日星期日上午,"长老号"停靠码头,一群当地人迎接这船客人,护送他们去牧师威廉·邓肯的家,而邓肯就是整个融入计划的推手。

威廉·邓肯是一位圣公会传教士,在不列颠哥伦比亚省的钦西安人中传教。1862年,他建立了一个名为梅特拉卡特拉的社区,以他传教的新信徒为核心。钦西安人历史学家米可·丹格利写道:

第七章 | 教化野蛮人

"邓肯的目的是把信教的原住民跟他们不信教的亲友分开,同时也防止他们染上酗酒、卖淫这些商人带过来的恶习。"其他地区钦西安人在挣扎着躲避天花疫情的时候,梅特拉卡特拉的人口却迅速增长。

邓肯定了一系列的规矩,帮助钦西安人适应势不可挡的西方社会文化的来袭。孩子们得去学校并接受宗教教导。古老的传统全部被禁,比如脸部彩绘,非基督教的超自然信仰,包括萨满和巫师。禁酒这条规矩尤其严厉。圣公会坚持让邓肯在圣礼中使用葡萄酒,而邓肯不愿意,最终造成了邓肯和差派他去阿拉斯加的圣公会之间的决绝。1887年,邓肯在安妮特岛创立了新梅特拉卡特拉("新"字很快就被放弃了,因为容易造成混淆)。这位牧师在下48州策划了一场闪电般的宣传战,宣扬他成功地教化了原始的钦西安人。

哈里曼探险队参观了这个镇,乔治·伯德·格林内尔将其比作"一个过时的新英格兰风格小村庄,十分恬静"。据他记载,街道又宽又直,房屋有整洁的花园和篱笆。考察团的大多数人都被护送到镇上的大教堂,全村将近1000名钦西安人都在参加礼拜。邓肯用土著语布道,当地居民似乎听得津津有味。土著语给巴勒斯留下的印象是"不清不楚、呆板且毫无特色"。

考察团无比感叹邓肯所取得的成就。"邓肯先生花了很多年将这些印第安人从野蛮人变成像样的文明人,"格林内尔记载道,"没有邓肯,就没有今天的他们。"

谈到美国原住民受到的迫害时,格林内尔是最具同情心的白人之一。他曾对大平原印第安人进行过深入的人类学研究,他自己也曾被波尼人收养。然而,当"长老号"到达阿拉斯加时,无论是他还是其他任何人似乎都没有费心去问问钦西安人自己的感受。也许他们太忙了，因为探险队显然错过了一些东西。梅特拉卡特拉博物馆在肯定邓肯贡献的声明中提到，创始人的工作"开启了建设性的对话"并"积极地促成我们社区在历史中步入正轨"。

"长老号"上还有一位曾经与阿拉斯加东南部原住民打过不少交道的人，那就是约翰·缪尔。没有原住民的向导，缪尔永远不可能看到那些最壮观的冰川，更别提让冰川家喻户晓。没有原住民的帮助，"长老号"可能根本不会出现在阿拉斯加。

第八章

秘 史

安克雷奇

钦西安人到达阿拉斯加东南部的时间比较晚。几千年来,亚历山大群岛这一带主要是特林吉特人的领地(还有一个群体,海达人,在18世纪由南而来)。阿拉斯加狭地的安妮特岛这一端与爱丁堡的纬度大致相同。温暖的黑潮从日本以北而来,一路向东横跨太平洋,带来温和的天气和理想的降水。内湾航道的大部地区都是温带雨林。这里富饶的环境孕育了特林吉特蓬勃发展的文化。坚固的云杉、铁杉和雪松用来建造长屋、雕刻图腾柱和制作独木舟。大海则奉上取之不尽的蛋白质,尤其是鲑鱼。特定区域的捕鱼权由个别家户细心管理。

19世纪初的特林吉特社会由大约16个部落组成，叫作"宽"。每个部落的氏族制度都是母系的，继承权和氏族身份由母亲传承下去。特林吉特人的网络深入阿拉斯加内陆，与其有贸易往来的欧洲人曾记载过，特林吉特的女人是主要的谈判者，讲起价来比男人厉害多了。部落之间常有械斗，拥有奴隶是拥有社会地位的标志。特林吉特人的"夸富宴"很有名，一连好几天的庆祝盛宴都是为了展示财富、纪念死者或清偿债务。

自从俄国人来了以后，亚历山大群岛改变得很快。罗伯特·福廷的《寒热》(*Chills and Fever*)一书里提到，19世纪30年代的一场天花疫情在几年内就让阿拉斯加狭长地带原住民人口减少了四分之一甚至一半。俄国在阿拉斯加做了最低限度的行政努力，主要是为了阻止皮毛贸易对手的进入，特别是英国人。1867年美国买下阿拉斯加时，原住民很不解。特林吉特人坚称俄国人是他们的客人，因此没有土地可卖。根据移交前由国会批准的"割让条约"，白人居民如果继续留在阿拉斯加满三年，就会成为入籍公民。"未开化的土著部落"将受所有法律法规的约束，但同时不享有"美国公民的所有权利、好处和豁免权"。在他们居住了几千年的这片土地上，他们瞬间成了不被允许进入的客居者。

"1867年到1897年阿拉斯加的实况尚待撰写，假如真能成书，几乎没有哪个美国人读起来会不愤慨。"哈里曼探险队的威廉·达尔返回后不久写道。在没有政府的情况下，在内战中筋疲力尽的美军成了维护阿拉斯加秩序的权威。1869年，在卡克的三个特林吉特村庄被炮轰，因为他们杀害了两名捕猎者而遭此报复。在短暂的一段时间内，财政部的海关收税员是阿拉斯加唯一的政府机构代表,之后美国海军开始接管,治理得同样糟糕。1882年,安贡的特林吉特居民要求赔偿,因为他们的萨满被意外杀害。结果,海军派了一艘军舰把他们的村子给炸了。鲑鱼罐头厂随心所欲地开展业务,把土著氏族的传统食物给抢了个精光。黄金发现以后,掠夺更是变本加厉,原住民干脆被赶出了祖祖辈辈的居住地。1884年,一位特林吉特酋长在地区长官面前做证说:"他们抢了我们的财产,夺了我们的土地,我们一找他们算账,他们就请个律师,弄上法庭,然后就赢了官司。我们现在已经很穷了。终有一天,我们将一无所有。"孩子们因父母病故成为孤儿,成年人酗酒成性,特林吉特社会惨乱一片。

就在这种权威真空的混乱中,基督教传教士来了。1877年,当长老会神职人员谢尔登·杰克逊医生到达乱糟糟的兰格尔堡(美国邮局后来将"堡"字从该镇的名字中删了)定居点时,他看到了一座肮脏的新兴之城,到处都是淘金者、赌徒、酒鬼和妓女。同时,杰克逊也在兰格尔发现了一群皈依基督教的钦西安伐木工,他们从威廉·邓肯在不列颠哥伦比亚省最初的传教区梅特拉卡特拉而来。这群人也在向特林吉特人传教。杰克逊和他的传教士们把兰格尔作为传教基地,发起了一场雄心勃勃的运动,想通过戒酒和教育来拯救阿拉斯加的土著居民。如果他们在这个过程中摧毁了基督徒所谓的异教徒文化,这不仅是土著生存下去的代价,也是传教士们传教以外的额外收获。

我想快点儿掌握更多与阿拉斯加相关的信息,所以在上"肯尼科特号"的前几个月,我特地到安克雷奇和费尔班克斯进行了一次勘察，请教了几位专家。第一站是拜访黛安·本森，她是特林吉特人，是阿拉斯加大学费尔班克斯分校（UAF）的阿拉斯加原住民研究和农村发展学科的助理教授。她的特林吉特名字叫莱克斯。我请她帮我补充"长老号"到达阿拉斯加期间有关原住民的知识空白。

在一次悠闲的午餐时，本森告诉我："我一直着迷于这段历史，很多转变、很多破坏都在这一时期发生。"我们坐在大学安克雷奇校区附近一家墨西哥餐厅的摊位上。本森建议我在尝试正确发"特林吉特"音之前，应该先把鳄梨酱吃完，然后把舌头放在门牙后面。

不少阿拉斯加人都有不止一份工作，这种情况并不少见：给你调卡布奇诺的咖啡师原来是雕刻师兼渔夫兼记账员。即便按照当地标准，本森的简历也十分丰富：她曾在一艘商业鲑鱼船上拖网；在阿拉斯加输油管道上开过拖拉机拖车；当过报社记者；经营过一家人才经纪公司；编导并主演了一部关于阿拉斯加民权先驱的颇受欢迎的视频节目；在开始学术生涯之前，她还作为民主党候选人竞选过美国国会议员和副州长，但均以失败告终。

"1899年哈里曼探险队到达时，我的祖父母和曾祖父母还活着。"她告诉我，"人们只想在全面的文化适应和同化运动侵袭中存活下来。"谢尔登·杰克逊是一位孜孜不倦的倡导者，要让原住民儿童接受教育，而当时没人真正在乎土著儿童的利益。根据历史学家诺拉·马克斯·道恩豪尔和理查德·道恩豪尔的研究，杰克逊仅仅认为原住民的语言"太异教徒，太罪恶，无法表达文明的基督教思想"。杰克逊被任命为阿拉斯加教育局局长，这在如今看来已然是公开违背了政教分离政策。杰克逊个人对土著语言的厌恶被写入了 1884 年的《组织法》。当地人甚至连名字也得改掉。本森说："我的祖父本来有一个极好的特林吉特名字,但是他们发不了这个音,所以祖父的名字就变成了乔治·迪克。"

军队控制下的生活对阿拉斯加原住民来说一直是无政府状态,即便《组织法》颁布了,情况也没什么大的改善。作为非公民,原住民几乎没有任何合法权利。他们的财产会被没收,他们毋须审判就能被轻易监禁。"我在管道上工作了 3 年,所以我很清楚'无法无天'是什么意思。"本森说,"假如发生犯罪,谁来维持公正呢?如果孩子或土地被强取豪夺,谁来插手阻止呢?没人。我祖父的一个妹妹被带走了,很可能是被卖了做奴隶。"在杰克逊制定的制度下,孩子们被送到寄宿学校,在那里说母语马上就会遭到惩罚。致命的天花还有其他疾病接踵而至,一直持续到 20 世纪。面对灭绝或同化,绝大多数当地人选择了后者。结果,整整几代人都没再学过自己的传统语言或文化。"我的曾祖母拒绝学英语。"本森说,"今天的情况恰恰相反——原住民社区只有几个 80 多岁的老人能流利地说土著语,并想办法在语言消失之前传给他们的曾孙。"

"因此,1899 年的阿拉斯加是一个支离破碎之地。最后一次流行病的席卷带来了大面积的死亡,这片土地变得更加分崩离析。"本森继续说道,"这段历史左右了我们家族的选择。说起这件事,我忍不住要流泪。这一时期的死亡和打击强迫我们最终断了对萨满的依赖。这让我们陷入巨大的抑郁,情绪上的抑郁。"

杰克逊对阿拉斯加文化的直接影响仍存在争议,就像威廉·邓肯对梅特拉卡特拉的影响一样。我遇到的一位 95 岁的特林吉特老人说,20 世纪 20 年代末,他被送到谢尔登·杰克逊学校上学是他一生中经历过的最了不起的事情。杰克逊在该州保护荒野方面的间接影响鲜为人知。1879 年 6 月 7 日，在优胜美地山谷举行的全国主日学校教师大会上（杰克逊经常进行此类巡回演讲），杰克逊发现自己与一位衣冠不整的业余人士结对，这个人就加州冰川主题发表了讲话。不管约翰·缪尔之前有着怎样的北上探险计划，杰克逊对阿拉斯加自然奇观的描述显然加速了这些计划的实施。几周后，这两人都登上了一艘开往兰格尔的轮船。杰克逊此去是要拯救灵魂。缪尔没有既定的计划，主要就是观赏冰川，也许还会找些值得写的东西。

第九章

"湿"者生存

凯奇坎

距凯奇坎大约 30 分钟航程，海岸上开始出现房屋，起初是零星的，接着越来越密集，密集到可以看见邻居家在烧烤。"肯尼科特号"靠岸时大概有一半的乘客都出来到甲板上拍照。大约 1 英里开外，我们只能看到 3 艘巨型游轮，每艘都有"长老号"的几倍大。这些庞然大物的白色船身刚好把凯奇坎的市中心给遮住，留下墨绿的山脉悠然而立，一层薄雾笼罩着山峰。水上飞机有如蜻蜓般嗡嗡飞旋，频繁起降。

"肯尼科特号"水手们的动作让我很是着迷。他们整理绳子就像养蛇人一样。我对这个感兴趣是因为我曾经在这行干过一段时间。大学和研究生期间的好几个暑假里,我一直在游船上工作,在芝加哥河和密歇根湖之间来回巡航。在水上干满一整天(我们有时候从早上7点一直干到第二天凌晨2点),回到家躺在床上,仍然觉得床在晃。

假如有一天"肯尼科特号"上发生紧急状况,全船的人命悬一线,需要找一个会打结的人,比如猴拳结、双半结,这个时候我就有了用武之地,我一定会挺身而出。在船上干活儿还教给我一课,就是滨水区常常会招引些"怪胎"——稀奇古怪的人飞蛾扑火般地前来,阿拉斯加也是如此。我的一个水手同事是一名"二战"老兵,他既不会读也不会写,却时不时要递给我一张纸条,上面潦草地写着五六个数字,说这是他医生的电话号码。我要是问他有没有抄错,他立马就生气。还有一个叫斯利姆的水手同事,是个有前科的人,曾经在60年代初杀害了两兄弟。20年后,他参加了政府的疟疾疫苗测试实验而得到了假释。我们之所以知道这些情况,是因为斯利姆随身带着他的释放文件,装在健身袋里,他还有一把他称作"利器"的大刀。曾经有一次,他拿刀指着我妹妹(她也在同一条船上工作过),怪我妹妹弄乱了他的比萨订单。

1923年,在一艘开往凯奇坎的比萨轮船上,新水手埃尔文·布鲁克斯·怀特遇到了许多像斯利姆这样的人。他从西雅图出发时,满心希望能看到"白雪茫茫、冰屋、因纽特人、北极熊、粗鲁的男人、花哨的女人、小酒馆、好斗的雪橇犬、极地之寒,还有遍地黄金"。没想到的是,凯奇坎跟他梦寐以求的阿拉斯加冬日仙境大相径庭,这地方"又暖又有蚊子,而且有一股子鱼腥味"。几十年来,三文鱼罐头是镇上的主要生意。1899年"长老号"经过

第九章 | "湿"者生存

时,小小的凯奇坎只有一个三文鱼罐头厂和几栋建筑,没什么值得停来下去看的,更何况声名远播的梅特拉卡特拉就在南边20英里处。然而不久,凯奇坎就成了阿拉斯加"第一城",倒不是因为它在20世纪20年代时人口最多,而是因为它是内湾航道的第一个停靠港。最近,这里是臭名昭著的"无处之桥"(Bridge to Nowhere)的基地。"无处之桥"是个耗资4亿美元的项目,旨在取代从机场出发的渡轮(因为凯奇坎附近很难找到平坦的地面,所以机场位于附近的一个岛上),其中大部分费用由联邦政府专款支付。

凯奇坎现在是阿拉斯加的第六大城市,大约有8000多人挤在狭窄的沿海一带。这里的房屋像常春藤一样攀附在山坡上。"肯尼科特号"靠岸时,我沿着海边走了一英里左右去市中心。

以酒精含量来衡量的话,凯奇坎一度是美国酒精含量最高的城市。当地历史学家、市议会议员戴夫·基弗告诉我:"80年代,这儿的人均酒类执照比例是全国最高的。"如今,主要都是游轮上的游客在喝酒,街上卖珠宝、运动衫和纪念品的商店里挤满了这些游客。看一圈这边商店的橱窗就能知道,凯奇坎的经济主要靠卖些无用的垃圾。听说所有的海滨商店都归游轮公司所有,我问基弗这条传言是真是假,他说:"同样的问题我也问了十多年。"

凯奇坎还是通加斯国家森林最南区的总部所在地。通加斯,对我们这些外地人来说,就像图书和电影版的《荒野生存》一样让人心驰神往,但阿拉斯加本地人则不以为然。通加斯地区是西奥多·罗斯福规划的。罗斯福本人从未踏足阿拉斯加,但他与梅里厄姆、格林内尔和巴勒斯私交甚笃,哈里曼的探险报告一出版,他就迫不及待地读完了。罗斯福担任总统不到一年,在威廉·麦金莱遇刺身亡后，于1902年规划了亚历山大群岛森林保护区。几年后，他又将保护区扩大，包括阿拉斯加狭地的大部分地区，成为今天1700万英亩的通加斯国家森林。

国家森林和国家公园不同，它是由美国农业部监管、特别划拨出来的公共土地，保护环境是其唯一的目的。在通加斯，古老的森林是需要管理的资源之一。"长老号"上的康奈尔大学林业专家伯恩哈德·费诺认为，砍伐阿拉斯加东南部的树木在经济上不一定可行。他在"哈里曼阿拉斯加丛书"第二卷的一篇文章里写道："在如此崎岖陡峭的山坡上伐木难乎其难。"但费诺和罗斯福都没有预见到的是，诸如链锯等的新技术让切割变得轻而易举。从20世纪50年代到90年代，大型纸浆厂在阿拉斯加东南部各地开展业务。到了1997年，由于价格下跌和环境诉讼，凯奇坎的工厂关闭，镇上500多个岗位被裁。然而，砍伐的现象仍然存在。内湾航道的山坡上随处可见"血淋淋"的证据，郁郁葱葱之中夹杂着皮开肉绽的锯齿伤痕。

找出环保的罪魁祸首要比找出一众纪念品商店的实际股东要难得多。通常，环保敌人戴一顶白色的帽子。当我到凯奇坎时，阿拉斯加精神健康信托基金希望将其伐木权出售给鹿山。鹿山是当地一个著名景点，几乎每张广角风景照里都有鹿山。其他的伐木权分别归越南退伍军人团体、土著部落和阿拉斯加大学所有。

90年代木材生意萎缩后，凯奇坎开始全力发展旅游业。旅游宣传册上推销各种图腾雕刻参观、飞行观景，还有阿拉斯加伐木秀。在克里克街，有一处展示老时光的博物馆，这个场馆是曾经的妓院改建的。

从降水来看，凯奇坎也非常潮湿，年均降雨量为141英寸。我在找游客不多的地方吃饭的时候，就下起了雨。阿拉斯加东南部经常下雨，似乎人人都有一双齐膝的棕色Xtratuf鞋，这种鞋随处可见，用途广泛，可媲美得克萨斯州的牛仔靴。（假如哪天你在阿拉斯加人的公司里聊天找不到话题，不妨问问他们，Xtratuf公司生产外包以后鞋子质量有没有下降。）选择一双好的胶靴是明智的，因为能用很久。根据目前的气候变化模式，世界上大部分地区可能在不久的将来会有干旱和饥荒，与此相反，内湾航道预计到2100年降水量会增加。

第十章

深思熟虑

梅特拉卡特拉

梅特拉卡特拉在很多方面与凯奇坎正好相反。自 1899 年以来，凯奇坎人口如雨后春笋般增长，而梅特拉卡特拉的人口从最初乘独木舟来的 826 名定居者抵达后，只有小幅度的变化。这里没有饭馆或小店，禁止饮酒；这里跟旅游景点最靠得上边的就是邓肯小屋博物馆，即创始人的家。博物馆负责人娜奥米·李斯克愿意带我四处看看，谈谈邓肯（"至少可以说是有争议的人物"）。可是，当我搭上"利图亚号"时（从凯奇坎南边乘船过去要 45 分钟），娜奥米来短信说，她家里有点儿急事不能陪我了，我只好一个人在梅特拉卡特拉待一个下午。

那天刚好是阵亡将士纪念日,"利图亚号"上所有的乘客只有我和另外两人,还有两名船员坐在船舵后面,甲板上停着一辆破面包车刚好挡在船舵前头。到了梅特拉卡特拉码头,大家都下了船,我在停车场站了会儿,试着搜索手机信号。之前匆匆忙忙赶到渡口,忘了娜奥米嘱咐我要提前约好出租车。我站的这条路离岛上唯一的市镇还有14英里。很明显,这条路只是用来接送渡口乘客的,而渡口还要过两天才会再运营。手机就如在阿拉斯加常发生的那样,显示没有服务。用我办公桌上方挂的地图来衡量的话,从阿拉斯加东南边界到阿留申群岛的距离大概是我两个前胳膊这么长。我这会儿才走了大概大拇指甲长的路,就被卡住了。

正当我背起包准备步行进城时,一辆SUV开进了停车场。司机打开车门,我立刻看到她是那种我从小就没怎么见过的专业烟民——脚还没落地就先侧过身,点上烟,深吸一口瘦长的香烟,白色的运动衫上还光荣地留着烟头烫疤。"你需要搭车进城吗?"她问。她来接她的儿子,她儿子这会儿正从洗手间出来。她的名字叫克里斯汀。我告诉她我原本是要来找娜奥米的,她点点头,灭了烟。她知道娜奥米应该在忙着照顾她的宝宝,几天前孩子刚刚出生。"这儿是个小地方,镇上家家户户或多或少都有联系,谁的事儿大家都知道。"她一边说着一边带我上路。

克里斯汀和她儿子带我快速参观了梅特拉卡特拉:罐头厂(后来明白了是指阿拉斯加的各种鱼类加工厂)、挤满了商业渔船的码头、信用社,还有教堂——对一个只有1400人的岛来说,这里的教堂多得惊人。其中最大的就是威廉·邓肯纪念教堂,现在这座是重建的,我在哈里曼的图片中看过原始建筑。这里的街道还和当年

第十章 | 深思熟虑

邓肯规划的一样,有像新英格兰海滨小镇上一样讨喜的小屋,旁边紧挨着废弃的屋子。有些废弃的屋子里堆满了垃圾,估计能让科利尔兄弟念念不忘。我住的酒店是岛上唯一的酒店,实际上是别人房子的一半。我进了前门,一位坐在躺椅上的老人跟我打招呼,而这位老人正念着《妥拉经》!

妥拉!居然是妥拉!老人手里拿着一部看上去挺新的苹果手机,他正滑动搜索着什么东西,字体放到巨大,差不多是视力检测图顶端的大 E 那般。我问他是否知道经理在哪儿。

"什么?"他一边喊道,一边用手托着耳朵。

"这里有人在吗?"

"你得给雪莉打电话。"说着,他把电话递给我。

"雪莉是经理吗?"

"雪莉是我的朋友。我想让她来看我。"

我于是打电话给雪莉,没人接。我扯着嗓子跟他说了抱歉,把包放在大厅里,出去吃点儿东西。

娜奥米告诉我,在假日里,迷你超市是梅特拉卡特拉唯一能买到吃的东西的地方。我于是沿着米尔顿大街,经过学校和社区中心,走到一个人群聚集的小地方,大家正在参加阵亡将士纪念日活动。到了迷你超市,我点了大比目鱼和薯条,柜台的姑娘叫我"纽约来的作家马克先生"。原来她是娜奥米的嫂子,娜奥米怕我找不到地方,事先打过电话给她。

午饭后回酒店的路上,我在社区中心门口停了一下,这里正在举办传统舞蹈庆祝活动。围观的差不多有 75 个人,三个鼓手和一队钦西安人穿着传统的红黑长袍跳舞。梅特拉卡特拉是阿拉斯加

229 个土著社区中唯一一个既是土著社区又是印第安人保留地的社区。大家都很友好，但我观看表演时总觉得自己似乎闯入了一个私人聚会。我扫视了一下围观的人，看看有没有其他与众不同的面孔，接着，参议员丽莎·穆尔科夫斯基的面孔凸显了出来。好像没人觉得这有什么不寻常。后来有人告诉我，在阿拉斯加，即便是偏远村庄的人也常常见到国家官员定期走访。正当我看着穆尔科夫斯基礼貌地跟着节奏拍手时，一个人走到我旁边，问我是不是叫马克。

"娜奥米刚刚给我发了短信，她想知道你有没有找到迷你超市。"他说，"她应该在 5 点左右回来。"

在邓肯精心塑造梅特拉卡特拉的媒体形象时，"基督教模范社区"这个词一次又一次地出现。邓肯用照片记录了这个社区发展壮大的每一步，详细程度不亚于今天 Instagram 推送的内容，从第一艘独木舟进岛，到砍伐树木，再到建造大教堂。

最终，我在邓肯家外面见到了娜奥米。她推着一辆婴儿车来到这里，车上坐着还不到上学年龄的女儿，她的丈夫约翰抱着刚出生的可爱的宝宝。"这孩子能睡，"约翰说，"不像她姐姐。"娜奥米打开前门，我们穿过小房间，一些房间整齐地放着邓肯的旧家具。玻璃罐里装着各种旧物，上头贴着手工印刷的标识，比如"旧药——请勿随意处理"。娜奥米说："这座房子建于 1891 年，仿照传统的长屋而造。"传统长屋是原住民常见的多户住宅。

在某种程度上，邓肯在融入当地习俗和文化方面比谢尔登·杰克逊更灵活。最重要的是他愿意用钦西安语——思迈概茨，进行宗教仪式。当然，这并不是说所有人都怀念他。

第十章 | 深思熟虑

"我一般都在前院工作,路过的人会说些不好听的话。"娜奥米说道,"有些人拒绝踏足这里,还有一些人听不得邓肯的一句坏话。"我想了解娜奥米自己的感受是什么,但她始终保持着严格的职业公正性,不露偏颇。然而,她偶尔也会不经意地评论些许,比如:"嗯,我们找到了一些史料,里面邓肯说他不希望任何人得到四年级以上的教育。"

邓肯办公室里挂着一幅他自己的很棒的照片,边上是一堆堆整齐的账本。这里看不到一个神像,似乎没有神像的容身之地。娜奥米告诉我:"一切都是极其有计划、有组织的。你必须签一份合同,说你抛弃了你的旧文化。"邓肯监督了罐头厂和锯木厂的建设,用以补助梅特拉卡特拉的收入。但效率专家和控制狂之间的界限并不总是很清楚。和特林吉特人一样,钦西安人的名字代表了部落的地位、捕鱼权等,邓肯让他们全部换了新的。娜奥米给我看了一个玻璃罐子,里面装着生锈的旧钥匙。"他保管着所有东西的钥匙,"她说,"如果我们不听他的话,他就会把水停掉。"闯到岛上来的白人会被抓起来。邓肯最后的20年都在为建一所公立学校而挣扎,他变得越来越反复无常和专制,直到1918年去世。

在他的宗教乌托邦倾向和独裁倾向之间,邓肯越来越偏离哈里曼团队描绘的拯救者,而更像琼斯镇的丑闻主人公吉姆·琼斯。"娜奥米,请原谅我这么说,但他听起来有点儿像邪教领袖。"我说。

"有人这么说过。"她平静地说。

娜奥米和她的家人送我回酒店,路程很短,一会儿就到了。我又去迷你超市买了一袋椒盐卷饼当晚餐。娜奥米的嫂子在柜台后面跟我挥手打了个招呼。第二天早上,我走了几分钟到水上飞机码头，买了一张回凯奇坎的票，咖啡还没凉到能喝的程度，我就已经在空中了。从空中可以看到数以千计的幽灵般的树木，被剥了树皮，堆在海边。之前在渡轮码头搭上烟民克里斯汀的车时，克里斯汀——那个抽烟的女人告诉我一个思迈概茨语单词，用来描述突然出现在海滩上的白色东西。它既可以指木材，也可以指人，她说着笑了起来。

第十一章

魔鬼也不在乎

兰格尔

从凯奇坎坐渡轮向北到兰格尔的行程只要 6 个小时，但时间是从凌晨 1 点到早上 7 点。住单间似乎是不必要的奢侈，我于是选择在"肯尼科特号"上学到的低成本方案。对那些觉得"省钱胜过舒适"的游客来说，这种方案很受用，即睡在日光浴层的躺椅上。有人告诉我，最好的方法是早点儿在渡轮码头排队，然后迅速跑上船去抢一张椅子，就像在俄克拉荷马土地热潮中冲刺抢地一样。我的出租车早在午夜前就到了凯奇坎渡口。因为下雨，"马塔努斯卡号"跟前没有排长队，只有少数几个拿着票的人。船上漆黑一片，静悄悄的。我摇摇晃晃地穿过车载甲板，爬上楼，希望能找到一张空的躺椅。

这个省钱的睡眠计划马上就出了漏子："马塔努斯卡号"比"肯尼科特号"小,既没有日光浴层,也没有躺椅。这里的经济舱乘客全都坐在公共休息室的地板上,挤在一排排类似电影院座位的空档里,硬地板上铺了一层薄薄的室内或室外毯。明智的乘客带了充气垫子和耳塞,隔开硬钢板和打鼾的老男人,还有像是在经历什么驱魔法事般哀号的婴儿。我爬进自己薄薄的涤纶睡袋里,辗转反侧,无意中睁开眼睛,看见一个十几岁的女孩,也是水平躺着,在2英尺外的一个座位下盯着我瞧。4点的时候,我放弃挣扎,下楼去自助餐厅喝了一杯咖啡。

我看着窗外,约翰·巴勒斯所说的"云杉丛生的小岛"正从眼前掠过。几个早起的人进来了,一个看起来20多岁的小伙儿坐在隔壁桌,从头到脚把身上有的口袋都检查了一遍。他刚站起来转身要走,然后又转身回来。"差点儿忘了我的结婚戒指,"他说着,从桌面上拿出一个小银圈,"不然就惨了。我是说快要结婚要用的戒指。我4月份就要结婚了。"小伙子名字叫肯尼,尽管他说自己是"下面南方"来的——也就是说任何纬度低于凯奇坎的地方都有可能,但有时候他被称为"爱尔兰人"。他身上的某些特征体现出阿拉斯加的特色:也许是他从容的举止加上 Xtratuf 胶靴;也可能是他脖子一侧有州地图的大文身,上面潦草地文着"阿拉斯加"。他前不久刚刚在圣地亚哥的一个朋友的客厅里加文了阴影,给脖子上的这个州地图带来了不错的 3D 效果。

直白点儿,我听说兰格尔像垃圾场。"兰格尔村是一个粗野的地方,"约翰·缪尔曾写道,"加利福尼亚州的砂岩峡谷里的采矿村没有哪一个,或者说我见到过的边远村庄里没有哪一个是如此的残

第十一章 | 魔鬼也不在乎

败,魔鬼可能也不在乎抛弃它。"(这句话充满了非凡的公民自豪感,当地历史博物馆把它印在了墙上)。兰格尔是一个在淘金热中发迹起来的小镇,吸引了各种跟探矿有关的不堪的人物。在哈里曼探险队到达的两年前,怀特·厄普[①]在逃跑之前担任了大约一周的代理法警。"兰格尔是另一个汤姆斯通,"厄普的妻子约瑟芬写道,"充满了婴儿潮一代、骗子、赌徒、妓女、持枪歹徒、小偷,还有来自世界各地的各种垃圾。"《孤独星球》(*Lonely Planet*)旅行指南上把兰格尔委婉地描述为渡轮航线上"最不文雅"的一站。

肯尼不这么认为。"兰格尔是个不错的小地方。"他说。他和未婚妻住在凯奇坎,他的未婚妻夏天两班倒地在游轮餐厅当服务员,赚了不少钱。许多阿拉斯加人就像冬眠动物一样活着,在日光充足(日照充足到我住过的每一个酒店房间都挂上了遮光窗帘,室内黑暗程度堪比伦敦大轰炸)的几个月里拼命地工作,到了冬天就睡个够。肯尼此行是去兰格尔当甲板水手,去他朋友刚从父亲那里继承的一条鲑鱼船上。"船上就我们两个人,"他说,"跟你说,这条船就像一辆凯迪拉克。其他船,方便的时候一般是拿个桶,装满海水,然后方便完了扔到海里。这条船有厨房,还有淋浴间。"他有点儿担心马上要来的鲑鱼捕捞季节,因为之前的报道上说鲑鱼的数量很少,捕多捕少关系到他的收入。有一年夏天收成好,他忙几周就赚了一万美元。

[①] 怀特·厄普是亚利桑那州科奇斯县的一名美国旧西部执法者和赌徒,也是一名代理法警。——译者注

一个女的穿着一件印有迪士尼动画的夹克,摇摇晃晃地走到我们桌子跟前,要拿一盏灯。她可能 30 岁,也可能 50 岁。刚开始她的脸上还有一种醉酒未果的浮肿和不老之色,没一会儿就醉得一塌糊涂了。肯尼站了起来,轻轻地把她扶到甲板上,说了一些话,让他俩都能呼吸新鲜空气。几分钟后,肯尼回来了,低声说:"在这些小镇上,这些事得当心点儿。我对酒吧并不陌生,但有些人,特别是像这位女士这样的当地人,他们没日没夜地喝酒。一旦你开始听他们说话就甩也甩不掉。"

在地图上,兰格尔岛看起来像一只飞向德纳里的麻雀,它的同名小镇位于麻雀喙的下侧。当我们穿行在扎伦博岛和埃托林岛之间(两岛总面积略小于欧胡岛,人口加起来仅有 15 人)时,透过毛毛雨可以看到,在这些地方过度开发还不严重。

船上广播我们即将到达的消息时,肯尼和我走过事务长办公室,下楼到车载甲板。肯尼在安全储物柜前停了下来,取回了他带上船的步枪。看到这支枪,我想到一件担心的事:熊。开始时我了解到,熊就像阿拉斯加的天气,有些时候它们好得很,但一般情况下都是由着性子胡来,还有些时候可能把人杀了。在兰格尔我需要防着熊吗?

"兰格尔是一个蓝领小镇,到处都是喜欢打猎的渔民,一年中有半年都没太多事要做。"肯尼一边说,一边拍拍他的枪盒,"我觉得熊不会是个问题。"

渡轮出口的坡道上可以瞧见我要入住的酒店,所以我就拎起行李,跟商船靠岸度假似的,大步走去酒店。走之前,肯尼提议几个小时后在海事酒吧见面,让我大开眼界,我拒绝了。店主的邮件上

第十一章　魔鬼也不在乎

说，她给我预留的房间没锁，于是我直接走了进去。我正要把背包放在床上，这时一个光着上身的男人从浴室走出来。我不确定我们两个谁更惊讶，但想想在房间问题解决之前先吃点儿东西似乎是个好主意。我喃喃道了声歉，然后朝着估摸是商业区的地方走去。

沿着教堂街还没走多远，我就站在了一座漂亮的白色建筑前，这里是第一长老会教堂。这座建筑其实是第二个版本，最初的建筑在1929年被烧毁了。1879年，在约翰·缪尔到兰格尔的第一个晚上，当时的教堂还在建，缪尔就在教堂的地板上找了个睡觉的地方（跟我不一样，缪尔喜欢睡在偏硬的地方）。他当时跟谢尔登·杰克逊还有其他长老会传教士们相处得并不好，他们登上"加州号"轮船沿着内湾航道北上时，长老会传教士们管他叫"那个野缪尔"。然而缪尔到这里的时候，兰格尔已然是杰克逊统治下的小镇了，来访者只需要说出谢尔登牧师的大名，便能进入教堂，就像密码一样。

第十二章

1879年的夏天

兰格尔

"长老号"在梅特拉卡特拉停留后,只在兰格尔待了几个小时,但缪尔对这个小镇已经很熟悉了。这里是缪尔自1879年探险之后的旅行基地,每次旅行都会到内湾航道。1879年7月14日,当缪尔在兰格尔靠岸时,谢尔登·杰克逊把他介绍给自己的一位阿拉斯加传教士助手塞缪尔·霍尔·杨。杨回忆他第一次瞧见缪尔的情景:"一个又瘦又结实的40岁男人,红棕色的头发和胡子,肩膀微微向前弯曲。"与"加州号"上的传教士不同,杨在与缪尔握手的那一刻就被他的魅力俘获了。

"从一开始,"几十年后杨回忆他们在兰格尔码头第一次见面的情形时说,"我就认定他是我的师父,他将会带我去美丽和神秘之地。如果没有他的帮助，我的灵魂之目永远不会看到这些地方。"

缪尔这么快就跟一个比他小10岁的传教士交好并不令人惊讶。经历过他父亲强制的《圣经》学习，缪尔获得了精通灵性语言的才能。同时，跟在兰格尔淘金热全盛时期涌入阿拉斯加的很多人一样，缪尔喜欢独树一帜。20世纪70年代的输油管项目是职业目标不明、社交技能有问题的单身男性的大本营。在该项目实施后的几年里，男女比例失衡，男性比例高到让今天阿拉斯加的女性还在重复这句约会时的陈词滥调："阿拉斯加机会不少，但奇怪的约会对象也不少。"缪尔在1879年到达兰格尔时，完全可以被归类为奇怪的对象。首先，他没有一份可以被认为是真正工作的职业。塞缪尔·霍尔·杨回忆道，他的新朋友被介绍为"博物学家缪尔教授"，但这位加州朋友没有资历。缪尔要么是在内华达山脉间畅游，要么就是在旧金山自由撰稿，写些冒险和自然故事谋生（当时和现在一样，自由撰稿人是个出了名的不稳定职业）。就在出发前往阿拉斯加的前一个月，缪尔终于在41岁时与路易·斯特伦策订婚。

刚到兰格尔的几天里，缪尔"在当地的白人和迷信的印第安人中造成了不小的骚动"，因为他在一场深夜的暴雨中爬上了镇子北端的一座小山，生了一大簇篝火。他写道，这簇火喷出了"三四十英尺高的火柱"。缪尔的目的是想"看看阿拉斯加的树木在暴风雨中的表现，听听它们唱的歌"。一群特林吉特的皈依信徒半夜2点钟敲开了霍尔·杨的门，他们觉得这簇火可能就是当年引领以色列人民走出埃及的火柱，他们来找传教士进行灵性引导。杨解释说，缪尔生火不为别的，只是个喜好。而这个解释似乎给当地人造成了更大的不解。当地人"从此以后总是怀疑地盯着缪尔看，觉得他是

第十二章 | 1879年的夏天

一个神秘的存在,猜不透他的行动和目的"。

然而,撇开他的怪癖不谈,缪尔所到之处,几乎都有才华横溢、有魅力、有吸引力和招人喜欢的赞誉。他那双锐利的眼睛,虽然其中一只因为车厢部件事故稍微打了些折扣,但仍散发着他乐观、少年般的热情。杨如此描述缪尔看到最喜欢的花的场景:"他从一丛花跑到另一丛花,跪在地上,用听不明白的腔调,喋喋不休地说着科学术语,其间夹杂着婴儿呢喃的奇怪语言。"最重要的是,缪尔是一位了不起的演说家。据《旧金山纪事》(*San Francisco Chronicle*)报道,他在优胜美地的活动上有关冰川的演讲"让听众相当兴奋"(在这次活动中缪尔见到了谢尔登·杰克逊),后来有100名观众跟随他进行了远足。

我对兰格尔不好的评价似乎是受到了缪尔当初不屑一顾的影响。这里废弃的角落堆着生锈的货车、船,还有家用电器,作为惹眼的证据诉说着这里无人看管。一个临时的垃圾场就在兰格尔最美的教堂旁边,挨着教堂整洁的院子。一位当地人告诉我:"这种情况常有,因为如果你的汽车价值200美元,而把它运出这里却要花1000美元。"杜威山离我住的旅馆只有几分钟的步行距离,穿过曲径的民居,沿木阶而上就到了。这座小山高四百英尺,就是在这儿缪尔点燃了那簇冲天的火柱子。小径顶端的一棵树上竖着一个"禁火"的告示,我希望这是哪位缪尔迷的幽默之作。港口之外的景色几个世纪以来应该没有太大变化——绿茸茸的小岛凑在一起,像一家子海龟。远处,海拔较高的地方布满了积雪,这是我第一次看到雪。

兰格尔的市中心很小，它的经济支柱是当地的海洋产业，而不是内湾航道的游轮。中心十字路口的麋鹿小屋外的一个招牌上张贴着"周六牛排之夜"的广告，超市周日关门。在政治上，兰格尔是这个深红色州内更红的一点。在酒店与半裸男子不期而遇后，我在一家餐厅吃了早餐，电视机频道调到了福克斯新闻右端的一个低预算电视台，柜台上摆着成堆的《枪与弹药》（Guns & Ammo）和《财富之兵》（Soldier of Fortune）杂志。我翻阅了一期3年前有关北美白尾鹿的文章，一边吃燕麦片一边温习弓箭技术。美国历史上最具争议的总统竞选正在南部酝酿，但在兰格尔，商店橱窗里挂着的海报是在宣传7月4日国庆节以及明星凯拉和亚历克斯之间的女歌王之争。

在兰格尔待了几天后，渡轮日程上出现的问题让我有了多余的时间停留，我这才意识到为什么一切看起来都很熟悉。兰格尔就像现在那些几乎完全消失的西部小镇，在20世纪70年代，我的家人开车去国家公园的几天车程中常常会在那里停留。就连我住的旅馆的名字——兰格尔逗留客栈和交易站（Wrangell Extended Stay and Trading Post），现在除了阿拉斯加，其他地方只有在异想天开的情况下才会用，或许哪家卖胡须蜡同时也卖手工酿造黑麦威士忌的商场才会用这种名字。这是我住过的第一家有这种操作的店，店的前窗上挂块牌子，写着店主有意购买兽皮——需要圆筒形海狸皮，或貂皮、水獭皮和狼皮挂。（我现在明白了，"圆筒形皮"和"皮挂"是分别用剥皮和烘干技术制成的。）从前窗随时都能看见店主迈克尔和莉迪亚·马特尼，他俩成日坐在缝纫机前，把皮毛制成帽子和拖鞋。除了渡轮，每隔几天，中型旅游船会在兰格尔停靠一次，当

第十二章　1879年的夏天

地的商家会摆出手绘的招牌和堆满小摆设的牌桌。我从凯奇坎赶来,感觉就像从黑色星期五的梅西百货到了旧货大甩卖的院子。

阿拉斯加人组成了一个多样化的群体,但我觉得可以把他们概括为两方面。一方面,他们异常好客。在纽约市收听公共广播的人都会听过一些毫无意义的关于某人是不是"正宗的"纽约人的辩论。如果你到阿拉斯加来,并且喜欢到愿意再住上一段时间,那么你就是阿拉斯加人。也许是因为北部的生活比其他地方艰苦,人们更愿意抛开偏见。在我旅行期间,每次我问阿拉斯加人是否有时间交谈时,他们通常都会礼貌地回答我,并且邀请我去他们家喝咖啡或吃晚餐,或者在他们家的空房里睡几个晚上。在我走进店主迈克尔的皮毛营业部不到30秒时,我就清楚地意识到,我俩的政治立场大相径庭。迈克尔一直抨击他以前住过的"苏联华盛顿州",他非常讨厌奥巴马的医改政策,尽管他脖子上有道又长又深的伤疤,说明他对医院很熟悉,但他还是放弃了医疗保险。即便如此,他也热情地告诉我,如果我需要开车去哪儿,可以借他的卡车。(他把车钥匙留在点火启动槽里,即便有人蠢到一试,兰格尔岛上的偷车贼也走不了多远。)兰格尔逗留客栈和交易站的许多旅客都是独自旅行的男人,有海鲜行业的劳工,还有在阿拉斯加小镇之间穿梭的巡回医疗工作者。莉迪亚敏锐地察觉到我有些孤单,她强烈建议我和他们一起搭船去看看他们的捕蟹笼。

另一方面,阿拉斯加人认为自己是极其自力更生的族群。他们喜欢自己砍柴烧柴,以至于在冬天,费尔班克斯这样的地方产生的烟雾会造成糟糕的空气状况。迈克尔喜欢每周一个人出去诱捕一次。最重要的是,阿拉斯加人通过狩猎、捕鱼和采集,充分地享受缪尔所说的这片"丰饶、友善之荒野"所给予的厚赐。缪尔初到兰格尔时写道:"此地浆果之丰,我所去之地,不论南北,无一能及。"果真如此。初夏时节,长满野莓的灌木丛穿过栅栏,几乎要侵占道路。

当我们驶出码头,进入开阔水域时,迈克尔掌舵,莉迪亚和我站在后面。莉迪亚讲了一个故事,这个故事概括了住在兰格尔和住在下48州的不同之处。他们夫妇买下了兰格尔逗留客栈和交易站之后,需要把保险箱搬到楼上。他们请了四名当地男子来做这项工作。当莉迪亚问要付他们多少钱时,他们感到很困惑。她接着说道:"他们一分钱都不要,他们说给邻居做这点儿事是应该的。"

"我有时会为在兰格尔岛长大的孩子感到难过,"迈克尔说道,"他们去西雅图,却从未见过红绿灯。我说的是这样的孩子,"他指着一艘装有舷外马达的小船上的两个男孩说,"10到12岁的孩子,不被允许离开码头。那天他们钓到了一条大鲑鱼。"兰格尔一年一度的鲑鱼钓鱼比赛正在进行,一些11岁的孩子钓到了22磅重的大鲑鱼。

我们继续向埃托林岛进发,去看捕蟹笼。莉迪亚说他们喜欢用大比目鱼的鱼头作蟹饵,她有时会烤些饼干给罐头厂的人,来换一些不错的比目鱼头。我们在第一个捕蟹笼的位置浮标前停了下来,用机械绞车把它转了上来。捕蟹笼有洗衣篮那么大,里面装满了巨大的帝王蟹,至少有十几只。在笼子底部,比目鱼被啃得像乔治亚·欧姬芙[①]画的奶牛头骨一样干净。莉迪亚一只接一只地把螃蟹

[①] 乔治亚·欧姬芙(1887—1986),美国艺术家,以半抽象、半写实的手法闻名,其绘画作品是20世纪20年代美国艺术的经典代表。——译者注

第十二章 | 1879年的夏天

拉出来,用一根木棍测量它们的大小,确保它们足够大后就留下。在水上漂了一个小时,我们收获了两大桶贝类,其中大部分将被清洗、冷冻,然后运往莉迪亚在华盛顿的女儿那里。

"我总是告诉莉迪亚,世界末日来了的话,我保证不让你挨饿,"迈克尔说,"吃的东西可能没那么多样,但你都能吃。"

我们的午餐并不丰富,除了煮熟的帝王蟹和黄油,别的什么都没有。在马特尼家饭厅吃了这一顿,我一整天都没再饿。

第十三章

开始创造

斯蒂金河

兰格尔的存在要归功于附近的斯蒂金河,这条河发源于不列颠哥伦比亚省的山脉,终点在兰格尔镇北几英里处。斯蒂金河这一带的特林吉特人在兰格尔岛居住了几个世纪,他们在这条河里捕鱼,并且跟内陆的人有贸易往来。兰格尔郊外的岩雕海滩有一些岩刻,揭示了该地区有可能早在 8000 年前就有人居住。俄国人在这里建造了一座堡垒,后来租给了英国的哈德逊湾公司。1867 年美国接管后,兰格尔成了一个小淘金热地,美国把淘金者和矿工沿着斯蒂金河一路输送到加拿大的卡西尔区。"长老号"经过这里时,金矿热已经转移到朱诺和克朗代克那边去了。

1879年到达兰格尔后不久,缪尔和霍尔·杨,还有杨的传教士同伴一起乘船沿着斯蒂金河逆流而上。这是缪尔与阿拉斯加冰川的第一次相遇。10年来,这位没有资历的高山游学者一直在与加州的州地质学家约西亚·惠特尼论证有关优胜美地山谷形成的原因。惠特尼,加州最高的山峰就是以他的名字命名的,他认为优胜美地山谷的谷底在一次灾难中坍塌了。缪尔则发现了仍在内华达山脉高段活动的冰川,他坚称,优胜美地山谷是经过一种更加精雕细琢的手法雕刻出来的。历史学家斯蒂芬·海科克斯解释说,缪尔的冰川假说把前沿的科学与灵性结合在一起,因为它"暗示了一个宇宙计划",表明上帝在依照神圣的蓝图工作。惠特尼一点儿都不相信,他称缪尔为"那个牧羊人"。

缪尔被斯蒂金大峡谷的美丽打动,并惊喜地发现此地与他最爱的北加州如此相像,此后一遍又一遍不厌其烦地重复描写这里的山川俊美。他写道:"雄山伟崖绘成一壁层峦叠嶂图,千峰百嶂,万态竞秀,其间冰川耸立,万壑急流。峡谷春深如海,绽红泻绿,尽在优胜美地。"

令缪尔印象最深的便是冰川——其形态之异,数量之多,类别之众。阿拉斯加的河冰与缪尔在内华达山看到的完全不同。这些河冰有的像庞然大物,有的则能灵巧地穿过常绿树丛。站在大斯蒂肯冰川前——现在是加拿大著名的大冰川,缪尔惊叹于"阳光沿着冰壁穿过冰尖"和"一望无际、晶莹欲滴的冰原"绵延千里。

几周后,几个兰格尔传教士租了一艘轮船沿海而上,希望能见到特林吉特的一个部族,而缪尔则有机会去亲自探历冰川。在一轮船停靠点,他和杨设法爬了"一两英里",穿过一个"迷宫似的浅

第十三章 | 开始创造

穴和峡洞",进入了一个似乎是冰川心脏的地方。传教士们为冰峡湾的壮观所震惊,向缪尔提出了很多有关冰川物理性质的问题:冰有多深?如何形成?年岁几许?缪尔在自己的笔记中记录下自己的观察,自己被"进入这片冰天雪地的奇特经历所打动……这是人在上帝创世奇功面前的自然表现"。

地球是按照上帝的设计被塑造的。在内华达山脉,上帝的冰川工程几近完工,而在阿拉斯加的才"开始创造"。

像缪尔一样,我也迫不及待地想见到我的第一座阿拉斯加冰川,于是订了沿斯蒂金河一路北上到加拿大边境的汽艇。我的导游是埃里克·扬西。一路同行的还有一对来自得克萨斯州的父子,他们来到兰格尔是为了猎一只黑熊。(这刚好反驳了肯尼,就是那个文了身的渔夫关于野生动物数量控制的理论。)这对父子不怎么说话,也许是因为他们的嘴巴正忙着抽烟和灌可乐。

埃里克还在当地锯木厂上班的时候就开始经营汽艇包租业务。"20 世纪 90 年代,伐木业开始停滞不前,"他说,"这也让凯奇坎的木材业陷入低迷。全镇各处的房屋和企业都挂起了低价出售的招牌。很多人离开了,大概有 800 人。"这意味着大约四分之一的人都离开了。"你可以从政府领个再就业培训的补贴,就是那个时候我开始做这个生意。"

有关环境问题的立场,埃里克可以说是阿拉斯加的温和派,他相信荒野保护和资源开发应该"正确组合"。与我在兰格尔遇到的大多数人不同,埃里克对约翰·缪尔很了解,他不明白为什么镇上不借助缪尔的影响力来宣传有关的历史。"如果这是朱诺,他们会利用和缪尔的联系带来很多好处。"他指着一片岩石海岸说,"有一张很棒的照片,缪尔就站在那个地方。"埃里克承认,他对阿拉斯加的自然资源开发持一种"不在我家后院"的经典态度。"我是偏向资源开发的,我赞成采矿和伐木。"他笑着说,"我只是不希望他们在这条河上搞开发。"

那天预报天气恶劣,但阳光还照着的时候,这一带的野生动物似乎在享受日光。我们在岛的一端摆荡,那里有30多只秃鹰闲散着,还有一群海豹懒洋洋地躺在沙滩上。我们在一个树木繁茂的小岛停了下来,接了几个要去钓鱼的皮划艇人员。这几个得克萨斯人约好了第二天去钓鱼,他们齐刷刷地点头吐口水,以示赞同。

我们穿过斯蒂金三角洲的辫状浅水域,开始看到当年吸引缪尔的荒野迹象。河两岸的山峰白雪皑皑,川流直下;一头成年驼鹿和两头小驼鹿爬上泥泞的河岸时跌跌滑滑。皮划艇人员在加拿大边境下了船,划界处是云杉林的一道阔隙。埃里克说:"从法律上讲,未经许可不能越境。"他读懂了每个人的心思,装模作样地转过身说:"但我不认为他们今天会密切关注。"想要去方便或违反国际法的人都有五分钟的自由时间。

我们安全地回到了美利坚合众国境内,进入了一个深峡谷。灰色的岩壁就像一张大象皮,一些地方横纹深嵌,另一些地方则被冲刷剥蚀,这是很久以前冰蚀的证据。一万年前,人类可能通过白令陆桥迁移至此,当时峡谷的冰川可能有一英里深。"能看到的这些陡峭山峰是唯一在冰面以上的山峰,"埃里克说,"其他平缓的山都在冰面以下。"缪尔曾记录,斯蒂金河沿岸的景色以"眼花缭乱之速"而变化。在一份早期的游记中,他称斯蒂金河为"百英里长的

第十三章 | 开始创造

优胜美地"。特别是这一带的美景,可以入选安塞尔·亚当斯的幻灯片展。我问埃里克关于缪尔所迷恋的100多条冰川的情况,他承认这些冰川正在逐步消退,而有些已经消失。几座留下的冰川,就是依附在海拔较高的山腰上的孤立冰川,也在过去的20年里消失了。他建议我们去参观首沙克斯冰川,这是一座潮汐冰川,意味着水流足够从冰川流入大海。

我们沿着海湾穿过一个狭窄的峡谷,峡谷渐宽,形成一个湖。湖中布满冰山,形态万千,其中一些像浆果冰沙一样闪着蓝光。"我在这里看到过有兰格尔市中心一半大小的山,"埃里克一边说一边驾驶汽艇绕过障碍物,"有时候湖里冻满了冰块,如果不下真功夫是过不去的。"湖的另一端是首沙克斯冰川的冰壁,像一条宽阔的通山土路向后蜿蜒。

缪尔在1879年没有见过这些,因为当时根本不存在。如今的沙克斯湖曾经是冰。"事实上,我1992年第一次来到这里时,冰川一直延伸到这么远。"埃里克说道,"在这段时间里,它后退了1.5英里。"

我们驶向冰川雄伟的表面,汽艇的金属船身撞击着冰块。近看,60英尺高的冰墙憔悴虚弱,像喜欢吃糖而不刷牙的野兽的臼齿。冰块崩解得很频繁,所以我们保持了安全距离。"我不知道你在这个问题上有什么看法!"在一个活动房屋大小的冰块掉进水里时,埃里克说,"气候在不断变暖,冰融化,气候变暖,更多的冰融化,形成了一个自我实现的循环。人类确实没能制止气候变暖,但我们真的要放弃我们的交通工具,放弃飞往世界各地度假吗?"

他这么说，仿佛牺牲舒适就是不爱国。第二天，我乘坐"哥伦比亚号"离开了兰格尔，这是阿拉斯加船队中最大，也可能是最好的渡轮。爱德华·哈里曼本人应该也会羡慕我的住宿条件：一间带淋浴的四人间。

第十四章

警 示 标

特德韦尔矿

在破旧脏乱的兰格尔短暂停留后,哈里曼探险队兴高采烈地启程前往北边200英里处的朱诺。约翰·巴勒斯观察到,沿岸的风景随着船行越来越极致。魔指峰,一个惊人的黑色花岗岩尖峰,像1英里高的烟囱一样耸立在帕特森冰川的后方。帕特森冰川是"长老号"上的人看见的第一个真正的冰川。缪尔一如既往地热衷于讲述他冰川学的知识,并分享他徒步20英里寻找冰川源头的故事。当巴勒斯被"群山环绕的广阔全景"淹没时,他看向水面,倒影中的景色更贴近他的田园情调。他写道:"一行七鹰飞过,像印第安酋长,对'长老号'漠不关心。""数尾鲸喷水,其背闪闪发亮,破水而出,宛如巨轮翻转。"

在考察团的自然科学专家中，有一位有着明确的商业倾向，他就是采矿工程师沃尔特·德弗罗。他在纽约市经营一家咨询公司，但在科罗拉多州靠白银和煤炭发家。考察团安排了参观朱诺的大型特德韦尔矿场，于是在到达之前，德弗罗在"长老号"的上层甲板上做了个介绍。他解释说，技术上的突破现在使矿业公司能够从石英矿床中提取微小的黄金斑点。尽管比不上加拿大育空地区的克朗代克淘金热，但考察团很快就会亲眼看见朱诺的先进技术使其能够每天处理数以千吨的含金矿石，这让特德韦尔一度成为世界上最大的金矿。在不到20年的时间里，采矿将朱诺从一个特林吉特小渔村变成了一个拥有2000人的城市。1906年，它成了阿拉斯加的新首府。

艺术家弗雷德里克·德伦鲍在日记中描述了他早上走出特等舱，沉浸在未来首府朱诺山脚下的如画风景中的情景。当时和现在一样，从远处看，朱诺就像是铁路模型中的一个阿尔卑斯山小村庄。他平静的思绪被一道巨响的爆炸声打破，他以为那是"长老号"的大炮发出的声音。

与朱诺的矿石冲压机的动静相比，爆炸声算不了什么。300个钢锤，每个重达千磅，将一吨接一吨的坚硬的石英块每分钟粉碎98次，24小时连续不断。巴勒斯写道："跟矿场冲压机的轰鸣声相比，尼亚加拉大瀑布只不过是'一丝柔和的哼鸣'，矿场的空气被不自然的喧嚣声'震碎'。"

从加斯提诺海峡对面望去，特德韦尔矿场是个了不得的奇景；而走近了看，这简直就是世界末日的样子。一个四分之一英里长的巨洞凿入地下，如同深渊，道格拉斯岛周围的森林都变成了树桩。

第十四章 | 警示标

震耳欲聋的矿石冲压机不断轰天震地,德伦鲍站在巨大的洞口边缘,看着矿工们"像侏儒……拼命挖金子",每天挣两三美元。一名矿业公司员工向德伦鲍抱怨说,朱诺周围的山丘也许藏着富矿,"但木材密度太高,勘探极其困难"。

特德韦尔矿场的所有者自豪地宣称,他们挖出的黄金价值高过了30年前购买阿拉斯加的价格。除了工资以外,矿产利润中只有很少一部分留在了阿拉斯加本地。还没什么人能想象阿拉斯加有可能吸收非金融类无形资产。粉状矿石用汞、氰化物、砷和其他化学物质加工,毫无价值的尾矿则被倾倒入加斯提诺海峡。在1893年首次出版的《阿普尔顿之阿拉斯加和西北海岸指南》(*Appletons' Guide-Book to Alaska and the Northwest Coast*)一书中,旅游作家埃莉莎·希西德莫尔在有关朱诺的一章中提道:"特德韦尔的氯化工程产生的浓烟已经毒死了岛边缘一英里以内的植被。"

第十五章

黑 金

朱诺

也许是因为房地产项目过多,分区法和城市规划在阿拉斯加并不是优先考虑的问题。作为美国自然景观最美的城市,朱诺市区就像一位年迈的好莱坞明星,在全景照中风采依旧,但在特写镜头下则颜老色衰。位于第四大道和主街拐角处的州议会大厦可能会被误认为是一所小学。从该建筑望向区法院,法院看上去像世界上最大的阿比汉堡店。在通常情况下,阿拉斯加州议会每年只召开3至4个月的会议,在4月或5月结束。这次我6月份到这儿,立法委员正紧急加班开会,看不到要结束的迹象。

阿拉斯加政府面临的财政问题非常棘手,部分原因是面积大、地形复杂和气候多变。阿拉斯加在每个公民身上的支出几乎是全国人均支出的 3 倍。该州曾是美国税收最高的州。1977 年，当普拉德霍湾（Prudhoe Bay）原油开始经由阿拉斯加管道系统进行输送时，税收负担很快就消失了。就像纽约市的情绪随着华尔街的股价波动起起落落一样，阿拉斯加的命运在接下来的 35 年里随着原油价格起伏不定。从 2014 年年中开始，原油价格开始急剧下降，在不到 18 个月的时间里，油价从每桶近 100 美元跌至 30 美元以下。油价暴跌时，大多数美国人都在庆祝。而阿拉斯加却要面对在 54 亿美元的预算中突然出现的 40 亿美元赤字。立法委员不仅内部讨论，也与州长就开源节流问题争论了几个月，而最终获得一致同意的重要削减项目是从州立大学的经费中削减 5000 万美元。

在经济方面，阿拉斯加与其他州不同的不仅仅是在体量上。与加州相比，它与委内瑞拉有更多的共同点。虽然渔业、矿业、旅游业和其他经济部门占阿拉斯加就业岗位的很大比例，但在大手笔的州预算中，90% 的收入依赖于石油业。正因为如此，阿拉斯加人现在缴纳的税（即州所得税、销售税和财产税）是全国各州中人均最低的。2015 年，阿拉斯加人均缴纳 524 美元。而人均税费第二低的州新罕布什尔缴纳的金额几乎是这个数字的 3 倍。佛蒙特州的居民缴纳得最多：每人超过 4000 美元。

阿拉斯加不仅对其公民征税不高，而且每年还会为居住在该州的每一个男人、女人和儿童支付一笔费用，仅仅用于补贴他们住在这里。这些资金来自阿拉斯加永久基金的收入，这是自输油管道开通以来从石油公司筹集并谨慎投资赚的一大笔钱。在过去的 20 年里，平均每人每年的分红（永久基金红利，简称 PFD）超过 1000 美元，有两次超过了 2000 美元。一年一度的股息金额宣

第十五章 | 黑金

布是阿拉斯加的重大新闻,就像中彩票抽大奖,人人都能获奖。大约在股息金额发布的前一个月,安克雷奇周围的电子产品商店和汽车经销商就开始张贴广告,上面写着"在这里使用您的红利"。自由主义的阿拉斯加人喜欢抱怨政府的干预,但他们也喜欢免费的钱。一位乡村宗教场所的负责人成为产权倡导的英雄,他与联邦政府争夺在国家公园内修路的权力,与此同时也为自己、妻子和 15 个孩子收取了 PFD 支票。我到达朱诺时,准备连任的州议员们正在宣传 PFD 支票的神圣性,这是自从压矿机关闭以来镇上从未听到过的音量。

不足为奇的是,石油业并不羞于在首府四处炫耀自己的影响力。从朱诺市中心陡峭的山丘和木梯上下来回时,我发现对于一个拥有 3.3 万人口的城市来说,这里好餐厅的数量惊人的多。考虑到镇上游说者的数量,这里丰富的就餐选择就显得更有意思了。并不巧的是,阿拉斯加州预算十位数的赤字中有 5 亿美元用于无效的石油勘探税收抵免。有些时候,石油商的诉求(税收抵免)比一顿美味的晚餐(商人宴请政客)更直接。就在市中心巴拉诺夫酒店比我的房间高几层的地方,一家石油服务公司的游说者被拍到像提款机一样向立法者分发现金。一位拿到钱的州众议员被抓到后吹嘘说,为了让一项石油行业反对的法案告吹,他"不得不作弊、窃取、乞求、借贷和欺骗"。另一人也认罪,承认撤回了一项预期的石油税法,得到了一笔 4000 美元的酬劳。一位环保活动者跟我一起喝了几杯鸡尾酒,感叹在阿拉斯加与大型石油公司抗争的难度。他说:"要命的不仅仅是这些人被收买,而是这些人只要这么一点儿钱就能被收买。"

历史学家威廉·戈茨曼和凯·斯隆在关于哈里曼探险队的《远望北方：哈里曼阿拉斯加探险，1899》(Looking Far North: The Harriman Expedition to Alaska, 1899) 一书中写道，"长老号"上的专家们要面对"二重阿拉斯加"问题，即弗洛伊德的圣女-妓女情结在环境方面的体现："阿拉斯加既是需要被保护的荒野，也是需要被开发的边疆。"现代朱诺就是二重阿拉斯加的一个好例子。在小镇的一端，有门登霍尔冰川，它美得让人惊叹，与黄石国家公园或优胜美地一样令人难以忘怀。如果你已经在朱诺，去门登霍尔非常方便。我坐了一辆2美元的公交车，然后步行了大约1英里便到了景点。

在朱诺的另一端是一座用淘金和石油热的钱堆筑的小城。我参观了市中心一座漂亮的新建筑——阿拉斯加州立图书馆、档案馆和博物馆，它的建设经费来自2008年油价飙升的收入。当时正值朱诺的庆祝周，来自阿拉斯加东南部的钦西安人、海达人和特林吉特人齐集首府，进行为期几天的庆祝和社交活动。看到圆锥帽和兽皮衬衣，我认出了一位来自梅特拉卡特拉的舞者，他肯定也认出了我，因为他看我的眼神好像我一直在跟踪他一样。庆祝活动把大多数参观博物馆的人吸引了过去，偌大的州历史大厅几乎就剩我一个人。馆里的展品都很出色，大部分的空间都用来展示石油在阿拉斯加历史上的巨大作用。

名言颇多的州长沃利·希克尔有一段著名的话，淋漓尽致地表达了阿拉斯加政客们对资源开发先买后付的态度："不能让大自然肆无忌惮。"1968年，北美发现的最大的油田位于最不友好的环境中，希克尔派遣了一队推土机，在原始荒野中开辟了一条550英里长的土路，不久的将来这里成了北极国家公园之门。春天解冻时，这条被俗称为希克尔公路的通道被洪水淹没，成了一条泥泞的沟渠，很快就被淘汰了。

在确定建输油管之前，关于如何将阿拉斯加石油运到目的市场，人们讨论了好几种方案，包括用大型喷气式飞机进行空运。1969年8月和9月，1000英尺长的超级油轮"曼哈顿号"被改装成一艘巨型破冰船，通过西北航道试运行，却差点儿被困在极地冰层中。结论是，通过北极进行海上商业运输是不可行的。不到半个世纪，在燃烧了100多亿桶普拉德霍湾原油之后，由于气候变化，北极冰层融化得非常之多，以至于爱冒险的游客现在已经能够穿越当年的极险路线，即挪威探险家罗尔德·阿蒙森在1903至1906年探索的路线。我在朱诺的新州立博物馆参观时，豪华的"晶静号"正预备成为穿越西北航道的最大游轮，定于8月从安克雷奇出发，穿过曾经无法通行的北极前往纽约市。900张票，起价2万美元，最高价10万美元，几乎顷刻售罄。

第十六章

预算危机

安克雷奇

朱诺是阿拉斯加的首府,但安克雷奇是它的权力中心。该州几乎一半的人口都住在安克雷奇的市区范围,所有的石油业务总部都设在那里。阿拉斯加其他地区的人形容安克雷奇的时候,听起来像是迪拜和蛾摩拉的混合体。一个流行的打趣说法是,安克雷奇最棒的一点就是它距离阿拉斯加只有30分钟的路程。安克雷奇的大型建筑比朱诺更早建成,可以追溯到油价飙升时期(未来关注20世纪80年代初野兽主义精简建筑的学者们会在这里发现很多值得研究的东西)。这座城市与威奇托等中型城市有着更多的相似之处。事实上,由于安克雷奇坐落在楚加奇山脉和库克湾之间,假设阿尔卑斯山距离地中海只有15英里,安克雷奇看上去就像是把威奇托放在霞慕尼山顶的模样。天气晴朗时,我可以从酒店房间看到德纳里国家公园。"这可能是个令人遗憾的小镇,"约翰·麦克菲在20世纪70年代描述安克雷奇时写道,"但它的镇外之景举世无双。"

今年春天,我访问安克雷奇时遇到了阿拉斯加大学安克雷奇分校(UAA)的经济学名誉教授斯科特·戈德史密斯。这位教授现在已经半退休,穿着非常不像阿拉斯加人的西装,打着领带,参加当天大学社会经济研究所举行的董事会会议。与麦克菲在这里的时候比,安克雷奇已经变为一个更加宜居的小镇,市中心到处都是不错的咖啡馆(要想品尝当代反乌托邦的恐怖口味,必须向北走一个小时,去莎拉·佩林乡村和瓦西拉一带)。戈德史密斯教授同意跟我见面喝杯咖啡,我想请教他本人的一篇论文——《财政解决方案的途径:利用我们所有资产的收益》。戈德史密斯在文中解释说,阿拉斯加的长期形势可能比每桶油价下降和预算赤字所显示的更可怕。阿拉斯加人已经习惯于依赖州政府的优秀服务和每年发放的PFD红利,而油产和红利正在慢慢耗尽。北坡(North Slope)油田的产量在1988年达到了每天200万桶左右的峰值,此后下降到每天60万桶。

永久基金是由州长杰伊·哈蒙德在20世纪70年代阿拉斯加输油管道开通后不久设立的。戈德史密斯说:"基金设立的想法,一是'我们需要把一部分钱存起来,以备石油用尽之需';二是'我们需要把一部分钱存起来,不然就会坐吃山空'。"

对于一个政界人士来说,这似乎是非同寻常的远见。戈德史密斯和我都是在伊利诺伊州长大的,在伊州,挪用纳税人的钱通常被看作担任公职的附带福利。

"确实，这太不可思议了。然后在基金成立后不久，哈蒙德就提出了永久基金分红的想法。"每年秋天汇入阿拉斯加邮箱的魔法支票就是这么来的。"自成立以来，永久基金唯一花出去的钱就是这个股息分红，因为多进少出，基金积累了超过 500 亿美元。"戈德史密斯说，"这些钱在世界各地投资，扣除通胀因素后，每年产生约 25 亿美元的收益。"通常，大约有一半的收益金额会以 PFD 支票发放。

戈德史密斯将依赖单一资源的阿拉斯加与太平洋小岛瑙鲁做了个比较。一个世纪前，有人发现瑙鲁郁郁葱葱的热带雨林地下堆积着大量海鸟粪，这是几个世纪以来鸟类消化的副产品。海鸟粪是磷酸盐的极好来源，而磷酸盐是肥料所需的成分。（它取代了早先耗尽的一种肥料来源——大平原上遗留下来的数千吨水牛骨架制成的骨粉。）整个 20 世纪，一批批的殖民者和土著首领很快便掠尽了这种矿物。瑙鲁的人均国内生产总值一度仅次于沙特阿拉伯，而今它的磷酸盐储备耗尽，国家破产，曾经的绿色森林变成了一片死气沉沉、坑坑洼洼的荒地。

阿拉斯加的许多人似乎都希望这次经济危机的解决方案能和以前的一样：突如其来的中东政变或尼日利亚罢工导致油价飙升，美国其他地区的晚间新闻采访几个愤怒的驾车者，播放一段题为"加油站的痛苦"的片子，而阿拉斯加的一切就此恢复正常。戈德史密斯说那些日子已经一去不返了。

他说："随着石油产量持续下降，为了平衡预算，油价必须回升到每桶 115 到 120 美元。"我们坐着聊天的这会儿，油价大约是每桶 42 美元。没有人想要削减服务，而且即便每个州的公务员都被解雇，还是不能弥补赤字。我说："这让我想起了温斯顿·丘吉尔那句经典的台词：'人人都想只交 95 便士的税就能得到价值 1 英镑的服务。'"

戈德史密斯摇摇头说："人人都想要价值 1 英镑的免税服务。"

阿拉斯加并不是一个完全免税的地区。石油公司支付开采权费用和生产税，一些市政当局征收销售税和财产税。游轮乘客需缴纳与旅游相关的基础设施费用来分摊税费。对阿拉斯加其他标志性行业征税不知是否会有帮助。

戈德史密斯说："我曾经算过对每条商业捕获的鲑鱼要征多少税，才能与石油行业的税收持平，算下来大概是 10 美元一条鲑鱼；或者，要向每位游客征多少税才能产生同样多的收入，每位游客大概 1000 美元。"

经济表象的背后藏着毛茸茸的猛犸，几乎没有一个阿拉斯加政客愿意承认这一点。猛犸的化石燃料为一切的工业生产无偿供应，也为气候变化做出了"贡献"。气候变化已经对阿拉斯加造成了比美国其他任何地方都严重的打击。严格地从经济角度来看，气温上升可能造成数十亿美元的损失。阿拉斯加刚刚迎来了有记录以来最暖的春天。安克雷奇市连续两年需要从费尔班克斯拖运一火车的雪来满足艾迪塔罗德狗拉雪橇比赛的需要。随着气温升高，在永久冻土上建造的高速公路和建筑地基都变形了。海岸侵蚀的威胁也不容小觑，不断上升的海平面将淹没沿海的村庄；在海冰上狩猎的当地人越来越难获得传统食物，而传统的食物来源是他们饮食构成的主要部分。阿拉斯加有一个州特别工作组，其职责是将沿海定居点转移到更安全的地方，这个迁移过程极其耗资，每次搬迁的费用预计有数亿美元。

我问戈德史密斯，气候变化是否在经济上有一线希望——譬如会不会降低取暖费？"嗯，会有一个更长的农业生长季。"几秒钟后他说道。100年来，美国农业部一直试图了解如何在阿拉斯加种植作物，这个想法并不像听起来的那么疯狂。安克雷奇以北的马塔努斯卡-苏西特纳山谷的土壤肥沃而深厚。该地区的农民以种植沙滩排球大小的卷心菜而闻名，在夏季20小时的日照下这些卷心菜长势喜人。大萧条期间，联邦政府从中西部迁移了200个农户到这里，不过大多数农户最终都搬回了南方。他们可能走得太早了。这100年间，气温上升大大地延长了阿拉斯加的生长季。在费尔班克斯，研究人员发现，1906年至2002年，生长季从85天增加到123天。阿拉斯加人最近投票赞成大麻合法化，有传言说，马特苏作为该州"大麻种植之都"（据《安克雷奇报》命名）可能会创造更多的就业机会。

阿拉斯加经济多元化的尝试大多以惨败告终。国家发展署对安克雷奇海鲜加工厂的5000万美元投资已经付诸东流，这家的厂房现在被一个大型的非宗派教会占用。人们对有机会暴富的大型项目兴趣不减，而这些项目通常离不开对自然资源的开发，这似乎存在于阿拉斯加的基因中。戈德史密斯说："所有这些来发展阿拉斯加基础设施的项目都让开采矿产变得越来越轻而易举。但其实这不仅是在过一座独木桥，也是在走一条不归路。人们常说：'要是我们能延长这条铁路，或者修建一条通往阿拉斯加西部的公路就好了，那里有可开发的矿井。'或许，继石油之后的下一个致富项目是煤炭，因为我们在北坡有多得难以置信的煤炭储量。但问题是：第一，你怎么把它挖出来；第二，谁想要它？不考虑这些的话，煤炭开采是个好主意。"

戈德史密斯告诉我，该州正对几个大型项目的投资犹豫不决，从连接朱诺到史凯威（以及北美其他地区）的高速公路，到一条至少耗资450亿美元的800英里长的天然气管道，等等。这些项目与阿拉斯加那些已经实施却从未取得成果的项目相比，也不算贪心了。20世纪50年代初，美国陆军工程兵团提议在育空河上修建一座大坝，这座大坝的发电量将是整个州用电量的好几倍，并要建一个比伊利湖更大的淡水水库。20世纪50年代末的另一项计划是战车计划，试图通过引爆5个核装置，在诺姆以北250英里处造出一个深水港。虽然受到氢弹策划者爱德华·特勒的大力支持，并得到了阿拉斯加州新立法机构的批准，但由于当地因努皮亚特人的反对，战车计划最终被放弃了。事实证明，当地并不需要这样的港口。

我个人最喜欢的大型项目是横渡白令海峡。这个项目可以追溯到哈里曼的探险队。在哈里曼1909年去世后的几年里，有一个故事流传开来，说他访问阿拉斯加的部分动机是为了探索修建一条环球铁路的可能性。这条横跨全球的铁路据说包括一条白令海峡下的隧道。考虑到当时最长的铁路隧道不到3英里长，而白令海峡最窄的地方也有50多英里宽，这个故事经不起推敲。多年来，哈里曼的这个想法以各种形式重现。有一位安克雷奇商人仍在宣传这条隧道，称其为世界经济的潜在福音。

戈德史密斯说，除了旅游业，还有一些非石油经济产业正在增长。一个是航空货运业，联邦快递和美国联合包裹运送服务公司

第十六章 | 预算危机

(UPS)等利用安克雷奇位于亚、欧和北美之间的中心位置进行飞机加油和更换机组人员。另一个是养老产业。曾经到阿拉斯加赚了钱又返乡的人现在往往因为低税收而选择留下来。他说:"虽然比不上佛罗里达州,但在过去的几十年里,我们的老年人口是所有州中增长速度最快的。"

阿拉斯加预算问题还有一种可能的解决方案,那就是钻探更多的石油。阿拉斯加的华盛顿代表团都是支持发展的共和党人,多年来他们一直在推动允许石油公司在北极国家野生动物保护区开发石油的政策。这个保护区是美国最大的受保护荒野。这片广袤的土地从布鲁克斯山脉向北延伸到波弗特海,是世界上仅存的面积如此大的自然景观。该地区最初是在1960年德怀特·艾森豪威尔总统领导下保存下来的,这里有不可胜数的动物物种,因此经常被称为"美国的塞伦盖蒂"。

阿拉斯加政界人士经常听到的一句话是"联邦政府越权"。这个词代表了在阿拉斯加广泛持有的一种信念,即美国联邦政府拥有阿拉斯加61%的土地所有权(包括国家公园、国家森林和由土地管理局监管的数百万英亩土地),华盛顿颁布的各种法规扼杀了阿拉斯加应有的发展。各地预备竞选的共和党人都对限制政府规模感到不安,但阿拉斯加的官员有一种特殊的天赋,能让人觉得该州的公民似乎生活在环境保护局实施的某种戒严令之下。北极国家野生动物保护区中有1900万英亩土地被指定用于潜在的石油和天然气开发,这个部分产出的石油预计高达100亿桶。当奥巴马总统提议将该区域的开采计划永久搁置时,参议员穆尔科夫斯基称这一提议是"对我们主权的强烈冲击"。

阿拉斯加从华盛顿获得的人均资金比其他任何州都多——阿拉斯加缴纳的人均税款只有 2.5 美元，那些抱怨联邦政府越权的官员倒是不经常提到这一点。联邦政府资金约覆盖了阿拉斯加所有就业岗位的三分之一，与石油行业的支出差不多。

"每个人都明白，国会代表团的首要工作是争取联邦政府资金。"阿拉斯加大学安克雷奇分校历史学教授斯蒂芬·海科克斯告诉我，"因为阿拉斯加是一个非常保守的地方，充满了顽固地坚持一种自由真我理念的人——他们对自己说：'我来这里是为了摆脱政府监管。'这种自我认同与依赖联邦政府预算的历史和现状之间存在着奇怪的脱节。这就好比生活在洪水泛滥的平原上，但人们对此完全否认。"

第十七章

奇尔卡特

海恩斯

几年前,挪威电视台制作了一系列非常受欢迎的催眠视频,长达数个小时,完全由火车或渡轮旅行中拍摄的视点镜头组成。因为没有更好的词可以表达,镜头里几乎完全只有树木、水流和岩石等景色闪过。观众一旦进入冥想状态,小桥或小鸟在镜头中的出现就会让人兴奋。从朱诺沿林恩运河北上就是这种视点镜头影像的现实版本。

林恩运河是北美最长、最深的峡湾。这是商业游轮必经的内湾航道,两岸的雪山有如柱廊,错落起伏,向北绵延至远处的冰川。这里水平如镜,波澜不惊,唯有鲸偶尔游过,还有轮船常来常往。哈里曼探险队离开朱诺前往史凯威,它在内湾航道的最北端。我中途在一个小镇停留，这个小镇被认为是史凯威的双胞胎——海恩斯。

海恩斯和史凯威相距仅 20 英里。它们是仅有的两个真正连接阿拉斯加海上高速公路系统的内湾航道城镇。第三个是在最南面的海德（人口仅 87 人），然而海德比较偏远且与世隔绝，当地居民使用不列颠哥伦比亚省的区号，当地的酒吧接受加元。海恩斯和史凯威之间可以开车经由加拿大育空到达，假如在两个边境口岸没遇到什么麻烦的话，车程需要 8 个小时。几个阿拉斯加人告诉我，加拿大边境巡逻人员对不申报武器的美国人比较戒备。"他们总是一副'拜托，阿拉斯加人人都带枪，好吧'的样子。"一个阿拉斯加人告诉我。他还在考虑买一把需要组装的枪，以免被搜查。

凯奇坎和朱诺是内湾航线中游轮必到的三大胜地之二。史凯威是第三个，当然也是最引以为傲的旅游胜地。海恩斯是无拘无束的，好些方面都说明它是个罕见的小镇：这个小镇曾经对抗游轮业，并在制裁中幸存了下来。1998 年，一家大游轮公司承认在林恩运河倾倒"有毒污水"，海恩斯立刻征收了乘客税。游轮公司很快就把海恩斯从他们的行程中删除了。"船只来了，小城在变，消耗着美丽，喷涌着垃圾。"海恩斯历史学家丹尼尔·李·亨利写道，"我们希望这些公司至少能守规矩。"约 20 年后的今天，该镇平均每周只有一到两艘大船到达。海恩斯决定做自己，而且似乎做得很好。

海恩斯在某种意义上可以称约翰·缪尔为开镇元勋。1879 年缪尔开始第一次阿拉斯加之旅时，有关谢尔登·杰克逊的教会学校的传闻已经传到北边著名的敌对阵营——奇尔卡特的特林吉特部

第十七章　｜　奇尔卡特

落。部落首领要为他们族人找一名教师。得知林恩运河一带有传教士，霍尔·杨非常兴奋。缪尔从探矿者那里听说了有关内湾航道顶端非同寻常的冰川传闻，可能远远超过他在兰格尔附近看到的冰川。在杨的帮助下，他在兰格尔安排了"一艘不错的独木舟和船员"，带着吃的和毛毯就出发了。

独木舟船员是四名特林吉特人。领头的是托亚特，他是一名斯蒂金酋长，也是老练的水手，有一艘 36 英尺长的红柏独木舟。副手是卡达昌，是敌对部落首领的儿子，所以在不能保证会得到热情接待的地区，他会是一名极好的中间人。船员们准备离开兰格尔时，对于进入敌对地区，托亚特的妻子和卡达昌的母亲都表达了深切担忧。后者警告杨："如果我的儿子出了什么事，我会把你的孩子带走作为补偿。"四名船员中还有两个年轻人，其中一位也是斯蒂金特林吉特人，名字叫约翰，他负责做翻译；另一位是西特卡·查利，他去过很多地方。缪尔后来回忆说，当查利发现他对冰川感兴趣时，告诉他说，自己还是个孩子的时候，"他和父亲去了一个装满冰的大海湾捕猎海豹，虽然已经很久没有去那里了，但他觉得自己能找到去那里的路"。

我最初是通过海恩斯的住宿网站与戴夫·南尼联系上的，他的小旅馆叫奇尔卡特之鹰。旅馆主页的色调是荧光黄搭上荧光粉，看上去似乎是从 GeoCities① 时代到现在都没更新过。（南尼后来告诉

---

① GeoCities 创立于 1994 年，当时名为比佛利山互联网（Beverly Hills Internet），是最早一批为用户提供个人主页服务的网站之一。——译者注

我,他是做专业网页设计的。)南尼也是海恩斯·约翰·缪尔协会的创始人。网上对他的小旅馆评论不是很好,但大多数评论里都说南尼是一个很好的人,对海恩斯了解很多。此外,他只收70美元的房费——这是我在阿拉斯加碰见的最优惠价格。并且南尼会驱车5英里到渡轮码头接他的住客,不收额外费用。

"你想要全套的约翰·缪尔之旅吗?"南尼把车停到码头时,满怀期待地从司机侧窗问道。他的头发和胡子是银色的,着装也不拘一格:一顶印有火焰装饰的磨旧了的帽子,黑色运动裤,还有一件绣着特林吉特鸟图案的羊毛衫。他戴着无指手套,两只手腕上都戴着手表——一块智能手表和一块模拟手表。他打开自己的SUV后备厢时,挪了挪几只风筝给我的包腾了个地方。他说:"你说不准什么时候会突然有放风筝的冲动。"

20世纪60年代,在斯坦福大学学习计算机的南尼,在军队服役几年后搬到了海恩斯。当我们开车穿过市中心的几个街区时,他说:"我在斯坦福一起上学的几个人一直在谈论,怎样才能实现家家有电脑,人人能互联。"人口仅2500人的海恩斯并不是很大,"有时人们出了渡口直接穿过小镇,然后不得不掉头",但它具有明信片上阿拉斯加小镇的所有特征:10倍大的小镇都会羡慕的图书馆和书店;方便行人的城市布局(我至今没找到答案,为什么在游轮时代之前就有的内湾航道小镇会有这么好的人行道);一家上好的咖啡馆,有户外餐桌,狗可以在主人脚旁懒洋洋地躺着;有一家酿酒酒吧;至少有一个古怪的旅游景点(一家专门展示锤子的博物馆)。小镇还被阿拉斯加最美的风景所包围,三面皑皑的雪峰矗立在林恩运河宁静水面的两旁。所有这些都很可能亲眼见

第十七章 | 奇尔卡特

到，因为一排高山阻挡了雨水，不像内湾航道上的其他城市，常常大雨如注。那是入夏前的一个星期二，镇上一半的汽车顶上都绑着山地自行车和皮划艇。在竹屋餐厅，坐在我旁边的三个人晒黑的脸上嵌着白色的浣熊眼圈，他们刚刚完成了滑雪板产品目录的照片拍摄。

我们沿着7号公路驶向机场时，南尼说："在阿拉斯加各地，人们都梦想着搬到海恩斯去，也难怪。"南尼最早参与社区规划，开始探索除了自然美景和数量众多的鹰之外，海恩斯还有没有其他吸引人的地方，就在这个时候他开始对缪尔产生了兴趣。"奇尔卡特人管理着这个地区，他们知道美国人要来，"他说道，"缪尔就是顺着这条运河一路而上，在1879年到了这里。"过去一个叫岩度斯塔基的小村子，曾经是阿拉斯加历史上最重要的文化交流之地，如今被机场跑道的柏油路覆盖。

南尼在《阿拉斯加之旅》一书中一字不落地熟读了缪尔在海恩斯的故事。缪尔写道："住在林恩运河北边天然堡垒中的奇尔卡特人是所有特林吉特部落中'最有影响力'的，也是最令人畏惧的。""在我们的旅程中，每当我谈到走访过的部落的有趣特征时，船员们都会说：'哦，对，他们是相当不错的印第安人，但是等你看到奇尔卡特人后再说。'"当缪尔他们接近奇尔卡特半岛时，托亚特和他的部下要求停下来，"准备迎接他们的强大对手"。他的斯蒂金同伴们打开了几个星期没动过的箱子，拿出了新帽子和靴子，干净的白衬衫和领带。缪尔被他们的变装吓了一跳，他于是也在帽子上插了根鹰羽毛，让自己的旧衣服看起来精神点儿。在离奇尔卡特村子几英里远的地方，一个哨探的人发现了这艘独木舟，他大喊：

"你们是谁？叫什么名字？你们想要什么？来干什么？"缪尔他们回答了，然后这些回答又被这个哨探的人喊给四分之一英里外的另一个信使听，"就这么通过一部部活电话，消息传给了在家坐着的酋长"。当独木舟接近村子时，他们头顶上响起了一连串的火枪声，这既是欢迎也是警告。

独木舟一靠岸，一支四五十人的队伍就冲了上来，把整条船包括船上的人从水里抬了出来，一直抬到达纳瓦克酋长的家门口。缪尔几个人享用了一顿丰盛的晚餐，有涂着海豹油的美味。上另一道菜的时候，缪尔对杨说："阿蒙①，阿蒙，我撑死了，我们一会儿就会长出侧鳍和尾鳍，在海里扑腾。"用餐后，杨开始传教："是时候弃旧迎新、皈依主道了，信主道得永生，阿门。"杨说完后，奇尔卡特人要求冰酋长（他们如此称呼缪尔）也发言。缪尔勉强讲了一段话，而这段话他在接下来的3天里重复说了几遍："称赞他们土地的自然物产，分享他们的信念，即这片土地是由冰川养活的。还有，重点讲了所有种族的兄弟情谊，向他们保证上帝爱他们，他们的一些白人兄弟开始了解他们，并关注他们的福祉。"

奇尔卡特人喜欢从杨那里听到的东西，他们也喜欢从缪尔那里听到的东西。冰酋长和传教酋长（杨）一共讲了五次话，不仅对奇尔卡特人，也对他们的邻居奇尔库特人。挤挤凑凑的人围在门口，还有的人从达纳瓦克家屋顶的烟洞探出头来。杨听到墙壁传来的撕裂声，意识到"他们正在撬开木板，好让外面的人听得

---

① 缪尔对杨的昵称（Mon）。——译者注

第十七章 | 奇尔卡特

见"。在缪尔的最后一次讲话之后,一位老萨满慢慢站起来对缪尔说:"每次我与商人还有那些矿探子交谈时,就像是在跟大河对岸的人交谈,河上水流湍急,波浪击石,沸沸扬扬,听不到一个字。而如今头一回,印第安人和白人站在河的同一边,眼神相通,心心相印。"

4天后,奇尔卡特人愿意考虑接受一名传教士和老师,缪尔拥有压倒性的呼声。根据缪尔的说法,他们甚至提出了让人眼馋的方案。"酋长承诺说,如果我来找他们,他们将永远按照我的指示行事,听从我的建议,给我尽可能多的妻子,建造一座教堂和学校,把小路上的所有石头都捡走,让路变得滑畅,方便我走路。"这是他收到的第二个慷慨的提议。第一个是在他们刚到的时候,当时缪尔听见一个新生儿的哭声。孩子的母亲去世了,孩子也快饿死了。缪尔和杨带了几个炼乳罐头(冲咖啡时用的),他们用温水掺了点儿炼乳喂孩子,并抱着孩子哄了一晚上。为了表示感谢,达纳瓦克告诉缪尔,他可以把这个男孩带走,但缪尔拒绝了。7年后,杨回来时发现这个男孩还活着。

客人离开前,达纳瓦克酋长把杨护送到港口,而缪尔此刻去爬山了。酋长抬起手臂,指向一块土地,示意长老会可以在那里建教堂和学校。杨把这个手臂动作解释为酋长示意这数百英亩的土地都归教堂所有,而现在教堂是海恩斯的中心。

"土著人不懂什么是土地勘测和产权契约。"我们驱车穿过小镇时,南尼说,"在他们的理解中,他们只是允许这些人使用这块土地,结果却被告知他们的土地已经完全地卖了出去,多么难以置信。整个镇子都做过土地勘测了,卖了很多。"

南尼的小旅馆有些乱糟糟的，内部的装修从20世纪80年代末以来就没更新过。我稍微有些吃惊，我在旅馆里一堆出售的录像带和廉价首饰中看到了南尼组装的一大堆乐器，其中包括一个由长笛和键盘结合的乐器，可同时吹弹。"你喜欢即兴演奏吗？"他问，"我们这里进行过很棒的即兴表演。"

我是当晚唯一的住客。一天结束时，南尼告诉我早餐可以随便吃厨房里有的东西，并告诉我多余的被子存放在哪儿。"我用木柴取暖，"他指着一个大黑铁炉子说，"但我们今晚应该用不着。"

第二天早上我醒来时，外面的温度是48华氏度，但在室内张嘴就冒白烟，说明里面也暖和不到哪儿去。我下了楼，发现南尼昏昏欲睡地躺在沙发上，对电视上大声播放的鲍勃·纽哈特脱口秀的笑声无动于衷，他仍戴着无指手套，把毯子一直拉到下巴。

一直有传言说海恩斯是20世纪90年代初电视剧《北国风云》（Northern Exposure）里阿拉斯加古怪小镇的原型。没看过这部剧的年轻人，剧透一下，这是除《双峰》（Twin Peaks）以外最古怪的电视剧。我走到市中心喝一杯咖啡才想起做这个比较。立体声音响里安静地播放着当地电台KHNS的广播节目。DJ放了一首穆迪·布鲁斯的歌曲，随后是天气播报，通知每周一次的瑜伽课程地点变更，然后是一曲长长的小提琴演奏，再接下来是一段当地博物馆策展人有关特林吉特艺术藏品的采访。我最喜欢的部分是听众播报。

"泰勒丢了钱包，到处都找遍了，是的，甚至在沙发上也找了。是棕色皮革的，如果你找到了，请给他打电话，766-××××，真的很急，因为他的猫粮快用完了……莫琳这个周末要开车去怀特霍

第十七章 | 奇尔卡特

斯,她的车还有一个位置,联系她请拨打766-××××……艾米,西尔维斯特在找你,你应该知道为什么,所以请拨打766-××××给他。"

"现在让我们来听听杰瑞·加西亚乐队带来的歌曲。"

第十八章

克朗代克狂热

史凯威

早上当我准备离开戴夫·南尼和他的奇尔卡特之鹰旅馆,赶45分钟的渡轮去史凯威时,戴夫脸上是一副放不下心的老母亲的表情。他说:"记住,1899年哈里曼探险队到史凯威时,史凯威眼里只有万能的美元,而现今一如既往,眼里还是只有万能的美元。"

1899年,史凯威就像一块磁铁,吸引着阿拉斯加从来不缺的一类人:梦想一夜暴富的人。跟朱诺有序且压抑的特德韦尔矿相比,在史凯威人人都能自由行动。缪尔在1897年第六次去阿拉斯加时走访了这个新兴的港口城市,他描述看到的情景时说:"一个陌生的乡村来了一窝蚂蚁,一根棍子搅得它们情绪高涨。"

3000 英里阿拉斯加荒野之旅

缪尔来的时候是 8 月，刚好见证了克朗代克淘金热的开始。前一年加拿大育空地区发现了金矿，消息在冬天就一路向南方传播。1897 年夏天，两艘装满黄金的船分别抵达旧金山和西雅图。紧接着 7 月 17 日的《西雅图邮讯报》（Seattle Post-Intelligencer）就刊登了这样标题的文章：

黄金！黄金！黄金！黄金！
"波特兰号"上的 68 个富人！

堆叠如山黄灿灿的金属！
有些人拥有 5000 美元，不少人拥有更多，
还有一些人每人能拿出 10 万美元！

这艘轮船装着 70 万美元！
本报记者包租特殊拖船获取新闻

南尼对史凯威的担忧让我莞尔，毕竟，这个小镇的人口还不到沉闷的海恩斯的一半，它能有多糟？但当渡轮靠岸时，我立刻领会了他的意思。史凯威紧紧地夹在两排山脉之间。在它紧凑的海岸停着四艘巨大的白色游轮，像倒塌的摩天大楼一样排着。史凯威城区是一个老西部主题公园，有个假的前楼，人们打扮成淘金热人物在街上摆姿势拍照。主干道两旁是游客商店，可以用来拍珠宝贩子相互抢生意的电影的高潮场面。因为镇上大多地方都是克朗代克淘金热国家历史公园（Klondike Gold Rush National Historical Park）的

一部分，所以也有很多国家公园管理局的护林员在场。我站在一个旅行团的边上，跟着听听。旅行团带队的是一名叫桑德拉的活泼的护林员，她带着旅行团穿过市中心。

"人们源源不断地来到阿拉斯加，最大的原因是什么？"她问大家。

"风景！"有人答道。

"是的，但是大峡谷也有风景。"

"野生动物！"

"不完全是。很多地方都有野生动物。"接下来是几秒钟令人不舒服的沉默。

"那钱呢？"护林员桑德拉终于问道，她举起一叠假钞，眼睛睁得大大的，"今天有一万人来到这里，是因为史凯威的黄金闻名遐迩。每年夏天都有很多年轻人花了不少钱来到这里，希望能从像各位这样的游客身上发财。"她拿着钞票的手在头上挥舞着，"钱！钱！钱！"

护林员桑德拉从她丰富的视觉辅助工具中拿出一张大照片，这是阿拉斯加历史上最著名的照片之一。一排探矿者像一群动物一样爬行，沿着陡峭、积雪的奇尔库特山路一寸一寸地往上爬。为了进入加拿大育空地区——满是黄金之地，守边的骑警要求每个矿工都要带足一年的食物和装备——总重大约有2000磅。需要往返多次才能把所有东西拉上去，而这只是长征的开始。一旦探矿者到达育空河的源头，一段550英里的水路还在等着他们。

"1893年恐慌引发了一场全国性的大萧条。"护林员桑德拉继续说道。1893年恐慌是美国历史上最严重的经济危机之一，将一些城市地区的失业率推至25%以上。"西雅图、芝加哥和纽约的报纸趁机捞了一笔广告费,用来宣传到阿拉斯加的都能致富!"在克朗代克淘金热期间,赚得最多的是那些"服务矿工的",这些人包括供应商、旅馆经营者和轮船主。

超过10万名克朗代克狂热者在难以想象的短时间内踏上了北上的旅程。1897年初夏,港口城市迪亚——史凯威的邻居和竞争对手,只有一栋建筑。一年后,迪亚已经有了4000个居民,150家企业和两家报纸。到1899年年底,它又变成一座鬼城,一直至今。

1899年"长老号"到达时,淘金热已经消退,但码头上一群兴奋的人迎接了"长老号"。"揽客的人挥舞着卡片,喊着各种旅馆的名字,"约翰·巴勒斯写道,"妇女和小女孩,其中一些穿着自行车服,挤到前面盯着陌生人看。"巴勒斯可能反应过度了,因为自行车服跟机械师工作服一样显眼。船刚到码头,男孩们就涌到"长老号"的甲板上,结果却被船员们赶上岸。巴勒斯写道:"这个只有两年历史的小镇上到处都是新鲜的树桩,但人们已经开始谈论三年前为'早期时代'了。"

如果能负担得起从旧金山或西雅图向北的路费,去史凯威就相对简单了。在镇子的后方,也就是山脉开始的地方,事情变得困难起来。历史学家皮埃尔·伯顿写道:"在所有进入克朗代克的路线中,怀特关的史凯威小径比其他任何路线都更能激发人们最坏的一面。"上山的路看起来似乎很容易,一条缓缓的斜坡穿过一段哈里曼探险队成员所谓的史凯威"郊区"。然而不出几英里,这条小径就变成了陡峭、弯曲、泥泞的上坡路。那些到史凯威的从来没载过东西的马受的罪最多。"它们要么被山石砸死,要么在山顶被毒死,

第十八章 | 克朗代克狂热

要么在湖边被饿死。"杰克·伦敦写道。他在1897年年末进行了怀特关之旅,马匹从小径上跌下去了,能经历的它们都经历了。马在过河的时候被淹死在重物下面,在过山崖的时候被石头砸得粉身碎骨。不久,怀特关被称为"死马小径"。

一项新的工程奇迹将结束这种痛苦。爱德华·哈里曼对修一条通往西伯利亚的铁路兴趣不大,但他前一个夏天还在联合太平洋铁路公司修补坡度和弯道。此时,他对在此处修铁路产生了浓厚的兴趣。21英里的轨道以惊人的速度嫁接到这条荒凉的小路上,2000名工人每周铺设一英里左右的铁轨。"长老号"到达时,铁路还没完工,但哈里曼还是安排了一次直达怀特山顶的火车旅行。回头俯瞰小镇,所有乘客都能看到林恩运河峡湾令人叹为观止的美景。

窗外的景色既壮观又令人畏惧,火车驶过动物们的葬身之地——过去的两个冬天积攒的马尸在高海拔的寒冷中还没被分解。艺术家弗雷德里克·德伦鲍看见两具动物尸体的腿像死的甲壳虫一样竖着,被吓得往后一退。火车穿过数百英尺高的栈桥,沿着一条通向荒凉山峰的路径行驶,考察团成员对这项工程赞叹不已。巴勒斯沉浸在"天灾般"的景色中,感到自己"仿佛第一次看到了地球真正的花岗岩肋骨"。似乎为了证明在任何地方都能找到熟悉的面孔,哈特·梅里厄姆在半山腰发现一群科学家沿着小路艰难地走着时喊道:"那几个孩子是我的人!"美国生物研究所的三名同事正在去往阿拉斯加灌木丛的路上,这种艰苦条件下的田野研究对他们来说很熟悉。火车到站了,这三位野生生物学家享受了一次陌生而又舒适的登顶之旅。

铁道的尽头是一片荒凉的岩石，长满青苔和地衣，还有一堆冷冷清清的帆布小屋，被称为怀特关城。一面破旧的美国国旗在冷雨中飘扬，在此标示美国和加拿大之间有争议的边界。其中一间小屋里，铁路官员为尊敬的客人准备了一顿丰盛的饭菜。哈里曼让爱德华·柯蒂斯给大家拍张合照，但中午光线不佳，没能拍成。火车回史凯威的路上临时停了下来，因为有人发现哈里曼失踪了，铁路工人正四处寻找。

怀特关线路的施工者当时并不知道，史凯威的热度正在结束而不是开始。克朗代克的淘金热在消退，到1900年，诺姆成了阿拉斯加发迹者的新目的地。阿拉斯加探险专家队队长威廉·道尔在《国家》(*The Nation*)杂志上称史凯威是阿拉斯加的"未来之城"，但他这么说的原因并不是因为黄金。他对怀特关铁路的预测为时过早，但仍有先见之明："用不了多久，到山顶的火车之旅就会成为当地经典旅行的一部分。"

早上7点是史凯威游轮码头的高峰时间，白色巨型游轮靠岸，放下数千名乘客，让其享受一天的淘金之趣。我躺在酒店舒适的床上，看着安克雷奇新闻播音员面带微笑、滔滔不绝地讲着当天的头条新闻。该州刚刚再次打破了最暖春天的纪录。像诺姆这样偏远的镇子，尽管游客只有史凯威的零头，也在急切地准备迎接"晶静号"8月在西北航道的初航。虽然油价已经升到每桶50多美元，是近一年来的最高水平，但远不足以解决朱诺正在经历的预算危机。警方正在调查德纳里附近发生的一起非法射杀驼鹿案件。布里斯托尔·佩林再婚了。

现代的史凯威有着穿紧身胸衣的女服务员和仿制的有轨电车，

第十八章 | 克朗代克狂热

感觉像是20世纪90年代的同性恋游乐园。但是跟迪士尼乐园不同，这里可以窥见乐园是怎么运转的。早上8点55分，离主干道一个街区的地方，20多岁的年轻人湿着头发，从宿舍一样的住处匆匆忙忙去上班，一边喝着巨大号的咖啡，一边玩着智能手机。我在健身房遇到的自来孟买的两兄弟，他们是持H-1B工作签证来这里度假的。只有完成合同上的工作，他们的机票才能报销。史凯威图书馆内部空荡荡的，但外面熙熙攘攘，因为下午休息的游轮员工都到这儿来蹭Wi-Fi，给家里打Skype电话的有6种不同的语言。

怀特关的登山火车路线很有趣，不过价格高得离谱，比好莱坞环球影城的成人日通票还贵。回到镇上时，当天的游轮已经整装待发，史凯威也已空了。沿着空荡荡的大街朝山上望去，景色相当迷人。

第十九章

俄治美洲

危险海峡

"长老号"离开史凯威开往冰川湾,接着从那里继续前行到了锡特卡。冰川湾附近我想见的人刚好这周不在,所以我先去了锡特卡。南行的海洋公路渡轮要过几天才会回到史凯威,所以我选了个航班飞过去,阿拉斯加这边有不少小型区域航空公司。8点多我退了房,步行5分钟到了机场。我翻了翻有关阿拉斯加交通路线的书,几乎每个小型交通枢纽都有机场。飞行员来后,低头看看手上的乘客名单,核对了我的姓名。我爬上四人座的飞机,前面一位乘客带了一只杰克罗素梗,挤在副驾驶座位上。我和飞行员聊得很愉快,他在伊拉克为海军飞行的时候,我在林恩运河的冰川山林里转悠。九点半的时候,我已经坐在朱诺吃早饭,等着两周一班开往锡特卡的渡轮。

朱诺到锡特卡最快的水路是一条连着危险海峡的弯道，在朱诺西南约90英里的地方。这个弯道海峡变幻莫测，在有些夹道处只有几百英尺宽。2004年，阿拉斯加海洋渡轮"孔特号"经过这里时发生触礁，差点儿沉没。哈里曼探险队是在夜里驶过危险海峡的，这个难度让人敬佩。这段没有冰川的水道是通加斯国家森林中非常漂亮的一段。靠近海岸线的时候所有的色彩都鲜活起来——雪峰之白，海水之蓝，云杉之绿，更近的时候，可以看到树枝上鹰的巢穴。

"天晴号"是一艘双体船，看起来像气垫船一样浮在水面上。在休息室里，我应该是盯着树看走神了，所以在听到一句"你介意我坐在这里吗？"时被吓了一跳。声音是从离我耳朵6英寸远的地方传来的，一个长相和善、穿着破洞牛仔裤的家伙坐到我旁边。他一头短发，但后面扎着条直根一样的小辫子。他正从头痛欲裂的宿醉中恢复过来，说是想去锡特卡找工作。"我要去港口找我朋友，他有船。"他说道，"我会有头绪的，不行的话还有罐头厂，他们什么人都雇。"

我上大学的时候，每年都会流传这样的故事：朋友的朋友热爱冒险，夏天去阿拉斯加的一家鲑鱼罐头厂打工，赚了一大笔钱回来。我觉得这些故事很可能是真的。对于想赚辛苦钱的人，阿拉斯加是个好去处。阿拉斯加海岸的每个城镇都有鱼类加工厂，但现在大部分劳动力都来自菲律宾或中美洲。大学生们将挣钱的目光转向了史凯威和凯奇坎的旅游业。

我的同座拿出一个小喷雾瓶，往手掌上喷了点儿柑橘味的液体。"这是草药，我女朋友从澳大利亚寄来的。"他一边说一边擦

第十九章 | 俄治美洲

手,好像外科医生准备手术一样,"我1991年到阿拉斯加来,就是为了躲俄勒冈的一个疯女人。在船上工作很难找对象,因为一旦离开镇子,就得跟着鱼走,钓到鱼后,就得在最近的地方停船把鱼卖掉。我可能两周内都回不了锡特卡。"

"很多鲑鱼身上都有被其他动物咬伤的痕迹,你知道的,那些是卖不出去的。卖相好的切掉鳃,用刀背把血管挖出来,洗干净后用冰块从头到尾包起来,就像这样。"他用手比画了一下,"用冰块再包一层。我们到港口的时候会弄4000磅左右的冰上来。得先用水管把所有鱼冲一遍。"

"在那之后,你还能忍受鲑鱼的味道吗?"我问他。

"哦,是的。我喜欢鲑鱼,烤的、烟熏的……都好吃。"他扫视了一下船舱。

锡特卡是那种经常出现在"最佳居住地"排行榜上的小镇,它有历史建筑、古典音乐节,还有一家很棒的法国餐厅。"天晴号"的乘客比我在其他渡轮上看到的档次更高,比起 Xtratuf 胶靴有更多 L.L.Bean 登山靴。"这些船上以前都有酒吧。"我的这位新朋友说道,"我会拿出吉他开始弹奏,人们会送酒来,结果我喝得烂醉。有一次我在演奏汉克·威廉姆斯的《你的欺骗之心》(*Your Cheatin' Heart*),才弹了大约3个音符,一个来自梅特拉卡特拉的家伙就弹钢琴合奏起来!伙计,我真怀念那些酒吧。这艘船连个淋浴都没有。"

危险海峡有很多弯道和拐角。我的同座每个都很熟悉,提前一分钟就说出了每个道口的名字,好像一个小孩子忍不住要剧透一部最爱的电影。"我要出去看看,"他最后说道,"水可能有50英尺深,但清澈见底。我一会儿回来接着跟你聊,兄弟。"

"天晴号"在岛屿之间穿行,蜿蜒驶过一条条狭道。船离岸很近,近到可以分辨出每棵云杉树的特点,它们的主干高度就像人的身高,千差万别。有些树脊柱侧弯,有些缺胳膊少腿,还有一些矮小的新树藏在一片棕黄、枯死树木的荫蔽下。一位乘客站在过道里,用相机对准岸边。我转过身,看到海豚在水里翻腾。

一个沙哑的声音说:"嗯,这就是旅行中最棒的部分。"一种熟悉的气味从我身后飘来,好像是90%的澳大利亚草药喷雾和10%代谢掉的乙醇。我那留着小辫子的朋友走到船头的橱窗跟前,把鼻子贴在玻璃上。我在想,"长老号"是怎么在夜晚通过这里的。水手们聚集在船头,用绳索表演他们的抵达仪式。转了最后一个弯终于到了,迎接我们的是潜伏在锡特卡湾的埃奇克姆火山。

1899年,锡特卡是阿拉斯加地区的首府,一小部分有教养的美国人住在这里。约翰·巴勒斯写道:"人们实际上是自愿住在锡特卡的,日子似乎过得很美好。"此时的巴勒斯对阿拉斯加迷人的居住地感到有些厌倦,但还是不厌其烦地跟读者交流:"我们在这儿遇见了新英格兰来的老师,还有跟当代文学打交道的人。"锡特卡镇最引人注目的建筑是1867年美国购买阿拉斯加之前留下的,此前锡特卡一直是俄国在北美经济和政治活动中的枢纽。哈里曼探险队参观了这座洋葱形圆顶的俄式东正教教堂,随处可见用银叶装饰的教会圣像。相较于罗马时期的风格,这些圣像显然更多受到拜占庭时期基督教的影响。

参观教堂之后,哈里曼在"长老号"上盛宴招待了锡特卡最有

第十九章 | 俄治美洲

名的几个人,地方总督约翰·布雷迪也在当晚的贵宾中。当布雷迪还是一个在曼哈顿市区游荡的街头顽童时,老西奥多·罗斯福(未来总统的父亲)发现并资助的一个印第安纳州家庭收养了他。布雷迪后来从耶鲁大学毕业,成了长老会的按立牧师,并成为谢尔登·杰克逊的门生。和缪尔一样,布雷迪也是得到了杰克逊的指引去的阿拉斯加。直到今天,阿拉斯加的人还在说,他们的州就像是一个巨大的小镇子,这里的任何人与其他人之间的距离最多不过两三道弯(我觉得在很大程度上的确如此)。对于1899年的白人来说,阿拉斯加一定是一个非常小的镇子。

许多探险者在首府游览时明显会感觉到,锡特卡的鼎盛时期早已过去。据一位历史学家说,锡特卡作为俄国港口在全盛时期时"被认为是北美太平洋沿岸最文明的城镇"。与坚固的俄国建筑相比,美国人在交接后建的房子有点儿寒碜。三层楼高的俄国总督官邸壮观无比,可俯瞰港口,被称为巴拉诺夫城堡。根据旅游作家埃莉莎·希西德莫尔的说法,在1867年之后的几年里,这座官邸"被肆意剥夺洗劫一空,变得破败不堪"。它在1894年被烧毁。

锡特卡有古色古香的市中心、农贸市场和面朝太平洋的景色,应该是跟海恩斯竞争阿拉斯加最可爱小镇的头号对手。为了了解沙俄时代锡特卡的生活面貌(当时它还被称为"太平洋上的巴黎"),我给当地的历史学家哈维·勃兰特打了电话。我们约在俄国主教府会面,这是锡特卡前美国时代遗留下来的最著名的两座建筑之一,另外一座是圣米迦勒大教堂。大教堂于1966年被烧毁,后按原貌重建。当时和现在一样,这座建筑最特别的地方是它的位置,教堂立在市区主干道林肯街的中央，周围车辆穿行，就像小溪绕着岩石流过一样。哈维穿着平领毛衣，戴着棒球帽，看起来很像他祖父那个年代里大家钟爱的保罗·纽曼。几十年前，哈维曾在主教府当过护林员，他对这座建筑和庭院有着一种专属的感觉。"来，你闻闻这个。"他说着便伸手摘下前院修剪整齐的一株装饰性植物的叶子，放在我鼻子底下，"它很甜。主教还在的时候，这片都是花园。"哈维是主教的铁杆粉丝。

"这座建筑有70%都是原来的。"哈维一边说着，一边和我在过去的住宅后面走着，"我1967年来的时候，这里破旧不堪！圣米迦勒大教堂是在这座家宅完工以后才开始动工的。可能是同一支建筑队，芬兰人。"（哈维也是芬兰人的崇拜者。）俄美公司是政府的一个商业部门，负责监管阿拉斯加的业务。该公司的首席经理是赫尔辛基人，他在19世纪40年代引进了一支芬兰木匠大师团队。直到1969年，主教府一直归东正教（总部在莫斯科）所有，在古巴导弹危机期间，这肯定有点儿奇怪。

"你在镇上待多久？"哈维问道，"我想你需要去国家公园管理局的图书馆看看，他们有朱诺以外最好的俄国时代的资料收藏。我之所以知道，是因为我整理过这些资料。"

我们走进主教府旁边的国家公园管理局大楼时，值班的年轻护林员一惊。小伙儿个子高挑，留着褐色脏辫，当哈维开始盘问他时，他几乎要站起来。"我在这里建立的组织体系出了什么问题？你们开放到几点？这位客人千里迢迢从纽约市赶来使用这个图书馆。"但其实60秒前，我还不知道图书馆的存在。

"我，啊，不知道。我是新来的，我可以打电话给……"

哈维已经从书架上把书拿了出来，翻了翻，递给我。"你会想看看这个，还有这个，尤其是乔治·埃蒙斯写的，他原来就住在这条街的那头。"埃蒙斯是哈特·梅里厄姆的朋友，哈特·梅里厄姆在特林吉特人中进行了广泛的民族学研究。"长老号"停在港口时，埃蒙斯带梅里厄姆和格林内尔参观了特林吉特村，梅里厄姆在那儿买了一个棕熊的头骨。"我们需要一张地图。"哈维说，他去找正在紧张地对着电话咕哝的护林员，"我想你应该有1845年地图的复印件吧？"

"啊——没有，"护林员说，"但是你的朋友可以从14：30至16：30使用图书馆。"

"只能这样了。"哈维失望地说。我们绕到主教府的前门，走了进去。"我希望他们能让我们看看阁楼，"他一面说着，一面瞄到了一扇挡住楼梯的门，"我们以后再上去好了。"

我们穿过一些房间，直到进入一个巨大的锡特卡1845年的立体景观房。根据一本19世纪的旅游指南，这是锡特卡的"黄金时代"。哈维使用古画和地图设计了这座微型城市模型。大多数的小建筑都被漆成了黄色，屋顶是红色的，让人不禁想起威廉·道尔在拍卖会前对锡特卡的描述："暖色的建筑上面耸立着淡绿色的尖顶和希腊式教堂的圆顶，映衬着陡峭的雪峰、郁郁葱葱的云杉林，形成了如画的风景，在美国定居点中独一无二。"

19世纪上半叶，太平洋西北部正在进行一场四方角逐的权力斗争。俄国试图通过在西属上加利福尼亚省（Alta California）建立殖民地来巩固其在北美的势力。上加州省位于旧金山的西班牙修会所在地以北不到100英里的地方。俄国当时的计划是要将后来称作罗斯堡的一块地方用来做毛皮采集和农业种植的基地。这两次冒险都没有成功。同时因为管理从索诺马县到阿留申群岛的领土很困难，最终俄国不得不签署条约，开放该地区，与美国和英国的哈德逊湾公司进行贸易。西班牙在北美的势力随着墨西哥1821年的独立而消解。罗斯堡被遗弃，并在1841年被卖给了约翰·萨特。几年后，在萨克拉门托山谷一带，萨特在他那有名的磨坊里发现了黄金。到了19世纪40年代中期，俄国示意美国，阿拉斯加可能会被出售且价格相对便宜。

这场地缘政治角力的结果是阿拉斯加的边界变得很奇怪，看起来像是某个人用竖锯切割直线，中途癫痫发作而制成的作品。这个作品的起因是哈德逊湾公司和俄美公司之间的争端——到底是俄国还是英国拥有太平洋沿岸特定地区的贸易权。1825年，一项条约将国际边界定在北纬54度40分，即现在阿拉斯加狭地的最南端。还有一条不太明确的分界线，把太平洋附近的山峰顶点连接了起来，与不规则的海岸线基本平行，这条虚构曲线以西的一切都是俄国的。哈里曼团队到怀特关时，尽管有旗示界，但这条模糊的边界仍然不明确。当时美国声称拥有这块土地的主权，而这里的加拿大官员在向矿工收取关税。这一争端一直没有解决，直到1903年一个国际法庭在此设立了国际边界。英国代表加拿大参与了谈判，而加拿大对英国的软弱态度大失所望。顺便说一句，这种失望很合理，因为这加速了加拿大从英王统治中独立。

哈维推开了一扇标有"员工出口"的门，打开门是楼梯通道。他朝两边看了看，然后拿起了一块像是微型熊皮地毯的东西。"你见过海獭的毛皮吗？感受一下这个。每平方厘米有十万根毛！"确实,海獭毛既有羊绒的柔软,又有凡士林般的丝滑与稠密。

主教府里最大的一个房间改装成了古董画廊,展示着阿拉斯加和锡特卡历史上的重要珍藏。第一幅映入眼帘的是一张脸,标示写着"维图斯·白令的肖像"。

"这不是真正的白令,这是他的叔叔。"哈维皱着眉头看着那张胖乎乎的脸说道。1991年,一队考古学家冒险前往白令死于"坏血病"的那座没有树木的岛屿,去挖掘探险家的坟墓。白令遗体的法医分析表明,他的身材更像一个中量级拳击手,而不是油画布上那个盯着我们看的胖子。"也不是白令发现的阿拉斯加,这种见解太愚蠢了。"哈维说道,"特林吉特人很久以前就在这里定居了。有一个古老的故事说,当埃奇克姆火山还在冒烟的时候,特林吉特人就已经在这里了。"埃奇克姆火山是一座隐蔽在锡特卡的休眠火山,上一次喷发是在公元前2500—公元前2000年。"也就是说他们至少在4000—4500年前就在这里了。"

到目前为止,画廊空间的大部分都是为了纪念同一位圣人,俄国主教府就是为他而建的。"这个人就是无辜主教,他是个天才!"哈维边说边仰慕地凝视着他的肖像,"他在西伯利亚一贫如洗地长大,但到了1823年他在锡特卡过冬的时候,已经成为一名优秀的作家、科学家和一名非常优秀的牧师。他很有语言天赋!"

纵观阿拉斯加有记录的历史,在所有登场的杰出人物中,无辜主教可以说是最令人着迷的。当他还被称为伊万·韦尼亚米诺夫神父时,在锡特卡停留之后,他于1824年搬到了阿留申群岛的乌纳拉斯卡小镇。生活在俄国毛皮商数十年盘剥下的阿留申人惊讶地看到,韦尼亚米诺夫开始建造自己的房子和教堂,并在完工时教给当地居民基本的建筑技能。他身材高大,头脑灵活,经常被描述为"穿着斗篷的保罗·班扬"。他自己做钟表,打家具,其中一张桌子有一个巧妙的秘密隔间,至今仍在他的老家展出。韦尼亚米诺夫很快就学会了说东部方言,还帮助设计了首个字母表,方便编写教科书,并将经文翻译成当地语言。

如果说阿留申人对韦尼亚米诺夫的意图将信将疑,那么1834年他到锡特卡上任时迎接他的特林吉特人则是对他满腔敌意。就在30年前,俄国人包围了锡特卡,并修建了一个戒备森严的要塞。哈维说,当韦尼亚米诺夫到达时,"俄国人把他们的大炮对准了城墙外的特林吉特村"。而韦尼亚米诺夫再一次表现出对当地文化的无比尊重。在一次致命的天花疫情中,他推广的疫苗取得突破,挽救了很多生命。"特林吉特人想:嗯,我们会读这家伙的《圣经》的。"1840年,韦尼亚米诺夫被任命为无辜主教,负责的教区从西伯利亚一直延伸至加州。

无辜主教给我印象最深的是他的海上航行。在阿留申群岛,他划着拜达卡,也叫阿留申皮划艇,从一个岛到另一个岛。旅行期间,他做了详细的科学笔记,我后来在乌纳拉斯卡遇到的一位划桨手说,无辜主教的日记在寻找饮用水源位置方面仍然很有用。1836年,无辜主教航行到罗斯堡,这是他庞大教区的最南端。回到锡特卡后,他制造了两架小管风琴,并在他访问加利福尼亚州时赠送给那里的天主教教会。在他晋升为锡特卡主教后,历史学家沃尔特·博恩曼写道:"1842年至1852年,为了走访阿拉斯加和堪察加半岛的新教区,他进行了三次重要的航行,每次航行约15000英里。"

当我正在了解无辜主教的成就时,哈维的注意力被一扇门吸引住了。门上有个牌子,上面写着"仅限博物馆工作人员使用",但

第十九章 | 俄治美洲

他毫不犹豫地打开了门。

"因为俄国人有贸易协议，比如与哈德逊湾公司的贸易协议，所以在这里几乎可以买到任何东西，上好的葡萄酒也不在话下。"他喊道。我蹑手蹑脚地跟在他后面，我们到了某个人的办公室里。"他们移走了我的文件柜。"哈维一边说，一边从架子上拿出个盒子，听起来很不高兴。

"你确定我们可以进来这里吗，哈维？"我问道，回头看了看。

"嗯，没事儿。这个收藏品是我做的。"他打开一个大盒子，里面是一个大块的棕色方形物体，上面印着什么字，看起来像一块巨大的巧克力。"你见过茶砖吗？你知道茶炊的工作原理吧？"他伸手去拿一个巨大的盛茶罐子。我开始胡思乱想，180年前的茶的气味飘过大楼，会不会把警察招来？我在阿拉斯加认识什么律师吗？但是哈维改变了主意，朝着前门走去，接着他又停了一下，专注地看着楼梯，楼梯上面是阁楼。我一直没弄明白他为什么要上去。

俄治美洲的末日很快就来了。1845年，俄国向黑海地区扩张，继而与土耳其发生冲突，最终克里米亚战争爆发，英国和法国作为土耳其的盟友加入了这场战争。结果俄国战败，遭受耻辱，付出了高昂的代价。阿拉斯加领土维护耗资甚高，而毛皮收益日渐减少。担心海上强国英国会扩张其在白令海峡对岸的势力，俄国向美国明确表示，很快就会有除了英国以外的国家要购买阿拉斯加。

由于美国南北战争，两党之间的严肃讨论被推迟到1865年。美国主要的谈判代表、国务卿威廉·西沃德和他的5名家庭成员遭到袭击并被残忍地刺伤（还有1名因枪击受伤），这和约翰·威尔克斯·布斯枪杀亚伯拉罕·林肯同属一起暗杀阴谋案件。西沃德家的受害者无一死亡,根据哈维的说法,刺客的刀可能被颈托挡住了。"如果西沃德没被马车碾过,他就不会浑身打着石膏,"哈维说,"那次事故救了他的命。"

与参议院一开始嘲笑"西沃德的愚蠢"相反,以每英亩2美分的价格购买大片传说中有丰饶土地的阿拉斯加购地案从一开始就很受欢迎。美国参议院以37票赞成、2票反对的投票结果通过了这项购买议案。"阿拉斯加"这个名字要归功于西沃德,他为整个地区选择了阿留申语的"大陆"这个词。1867年10月18日,在巴拉诺夫城堡前,阿拉斯加由俄国移交给美国。

哈维和我走到城堡山移交签字仪式举行的地方,也是星条旗在美治阿拉斯加上空首次升起的地方。这里可以看到港口的美景,还有一门孩子们喜欢爬的旧俄式大炮,但黄金时代留下的其他东西已经所剩无几了。然而,在我们的脚下,有一个巨大的贝冢①,证明了锡特卡曾经是西海岸最国际化的城市。20世纪90年代末,考古学家发现了数千件文物,包括夏威夷的椰子、日本硬币、海地制造的英国纽扣、法国武器的碎片以及奥斯曼帝国的烟斗。哈维说:"我想1899年哈里曼来的时候,锡特卡是一个文化中心站,但那时的锡特卡仰仗的其实是俄国时代的声誉。"

"长老号"到达时,巴拉诺夫城堡可能已经不复存在,但"长老号"的乘客在布雷迪总督的官邸受到了接待。弗雷德里克·德伦鲍留意到,在探险过程中穿着正装,并接受由锡特卡精英组成

---

① 贝冢是史前时代人们捕食的贝类堆积遗址。——编者注

的迎宾队伍的夹道欢迎,这非常奇怪。哈里曼让布雷迪邀请了当地的特林吉特酋长和他部落的几名成员。这几名当地人对哈里曼的留声机感到惊奇,因为哈里曼用留声机记录了他们的谈话和歌声。更让他们惊讶的是,哈里曼紧接着给他们回放了他们自己的声音。布雷迪总督自告奋勇,做了大概是阿拉斯加史上第一个政客演说的声音录制。

第二天"长老号"准备离开时,哈里曼正在向布雷迪官邸门前的一群人炫耀他的机器。与此同时,一支当地的铜管乐队正在夹道欢送。汽船在锡特卡的雨声和《星条旗永不落》的乐声中离开了码头。

第二十章

遇熊要领

锡特卡

哈维建议,与其去赶国家公园管理局图书馆闭馆前的最后几分钟,不如去锡特卡的公共图书馆。他觉得那里应该有一些关于哈里曼访问的旧闻剪报,结果却是没有。但那里确实有同样好的东西:1901年出版的"哈里曼阿拉斯加丛书"的前两卷,还是原版精装本。哈里曼花钱把爱德华·柯蒂斯的明胶银印版翻制成照相凹版,赋予它们丰富的、触感上佳的质感。其中最吸引人的是锡特卡印第安河边的人行道。我从圣米迦勒大教堂步行了大约1英里,一直走到海滨大道的尽头,到了锡特卡国家历史公园。这里有很多图腾柱,有一个不错的游客中心可以领取地图,还可以躲雨。正巧这会儿雨又开始下了。我在服务台问了第二天去印第安河小径的信息。

"哦，天哪，那是我最喜欢的小径，太漂亮了。"看上去15岁左右的当班护林员说。这条蜿蜒的小道穿过云杉林和铁杉林，通往一个瀑布。"有一件事要注意，昨天那里发现了一只熊，所以您真的需要带防熊喷雾。"她举起一个看起来像微型灭火器的小罐子，里面装着防身用的辣椒萃取物，"一罐是50美元，但很抱歉您不能把它带上飞机。"

碰巧我计划乘飞机离开锡特卡，因为渡轮一周后才能把我送到下一个目的地，所以我没买防熊喷雾。我平常有不少要花50美元的时候，通常是在喝了烈酒之后。这些钱花得对我的长期健康也没什么好处，还不如花在防熊喷雾上。只需在春、夏季观看和阅读几周阿拉斯加的新闻，就会明白人类与熊之间不友好的互动如此普遍，以至于有了专属的新闻类别：体育、天气、娱乐、伤害。在阿拉斯加与熊打交道，需要在惹上麻烦之前就通过耳濡目染学几招，就像学纽约市的地铁礼仪一样。

根据我从国家公园管理局收集的各种信息来看，最好的策略是完全避开熊，不管是黑熊还是棕熊。熊不喜欢被惊吓，所以建议徒步旅行者拍手或在衣服上系铃铛（那种让人联想到雪橇和宫廷小丑的铃铛）来制造动静。带着幼崽的熊妈妈对不速之客特别反感。国家公园管理局的一本小册子上写道："防御性攻击通常发生得很突然，而且是近距离的。"换句话说就是："哎呀，糟了！啊……"熊有着强烈的好奇心，可能会看看你。如果你遇到一只静止的熊，要慢慢地后退。不过，另一本小册子警告说，如果熊跟着你，要"站着别动"。永远不要在熊面前逃跑，因为它能以每小时35英里的速度移动，并且会像追其他猎物一样高兴地追赶你。有人建议我记

第二十章 | 遇熊要领

住："熊经常虚张声势，有时会跑到距离对方不到 10 英尺的地方，但并不动手。继续挥舞你的手臂，和熊交谈。"这个时候就是该拿出防熊喷雾的时候。

万一熊要是没被你挥舞的手臂、你的口才和你的塔巴斯科辣椒酱喷雾拦住，决定攻击你呢？棕熊一旦感觉没有威胁了，通常就会停止攻击。我们说过这是棕熊，对吧？假如面对的是黑熊，其中一本更夸张的小册子建议说："不要装死，大多数黑熊袭击都是掠食性的。"（有趣的事实：黑熊的皮毛通常有金色、棕色和肉桂色。区分黑熊和棕熊最简单的方法是后者有一个独特的肩峰。我猜受到攻击时，应该冷静地伸手抱住熊脖子，摸一摸肩峰。）对棕熊你也可以反击（"大力反击！"）。"但是如果攻击时间变长，棕熊就会开始以你为食。"我恐怕需要一份清单，用来确定熊何时停止防御性攻击，何时开始撕我的肉来吞吃。这份清单最好封个塑。

第二天早上，我在锡特卡小旅馆吃早饭时提到了手册上建议的一些遇见熊的防身要领。每个人都反应强烈。一对安克雷奇来的夫妇说，他们没有意识到"熊险"的厉害，就从南方搬来了，但很快就搞明白了。

"我上班的第一天，遇到了一位只有一只胳膊的同事。"妻子说，"你总不能自我介绍完就问：'很高兴认识你，你这只胳膊怎么丢的？'所以我问了别人，那人告诉我：'哦，那个吗？熊干的。'就像她出了车祸一样。"

"我就不给你看了，我朋友发给我的他同事的照片，那人的脸被撕下来了。"丈夫一边说，一边把果酱抹在一片吐司上，"他们给他缝回去了，但只有一只眼睛能用。你可能也看到了，他们刚刚在安克雷奇发现一个快死的人，他们以为他是被刺伤的。但那里的医院有一位医生，应该是世界领先的熊伤专家，他看了一眼急诊室里的这位说：'这不是刺伤，是熊伤。'"

小旅馆的店家叫安，她像祖母一般慈祥，从厨房端着一壶新鲜咖啡走了出来。"有一次我外出打猎，我看到一只灰熊撞倒了一棵树，然后在树上又蹦又踩，直到树四分五裂为止。"安说道，"我想，好吧，我今天只能去别的地方打猎了。"在有熊的乡村有过一些讨论，带口径 0.38 的保护枪好还是 0.44 的好，而 0.44 是大多数人的选择。

"防熊喷雾怎么样？"我问，"或者戴铃铛提示熊有人出没？"

"哈！"安笑了，"喷雾和熊一样有可能打中你的脸。他们说，这些铃声的主要作用是召唤熊来开吃。"有人讲过一个笑话，我在阿拉斯加听过好几次。在偏远乡村，可以通过观察熊粪来判断附近是否有动物，以及这些动物是否活跃，但前提是要能区分黑熊粪和棕熊粪。黑熊粪含有树枝、浆果种子和鱼骨，闻起来像森林的味道。棕熊粪含有树枝、浆果种子、鱼骨，还有铃铛，闻起来像辣椒喷雾。

"带上狗也没用，因为如果狗看到熊，它会转身逃跑，把熊带到你跟前。"安说，"我还是喜欢那句老话：'带上枪，再带一个比你慢的人。'"

留在锡特卡剩下的时间里，雨下得很大。我带着省下的 50 美元到了略显破旧的先锋酒吧。不久前的一个星期天下午，这个酒吧的男厕所里，一名顾客在争吵后用枪指着另一名顾客。这里几乎每个台面上都有烟灰缸，尽管在阿拉斯加酒吧吸烟是违法的，但我不觉得先锋酒吧里有人介意。这里的人很随意，不像是会在卫生间里拔枪的样子。透过淡淡的万宝路烟雾,我注意到墙上都是照片,照片上看起来像是拿着盾牌站立着的罗马百夫长。近看才发现,照片上是渔民,他的身旁是跟冲浪板一般大的百磅重的巨型比目鱼。

"熊吃大比目鱼吗?"我问我右边的一个人。

"棕熊?不,不吃,"他说,"但是北极熊,是的,当然吃。"

第二十一章

冰 山

冰川湾

梅特拉卡特拉、兰格尔、朱诺、史凯威……对于一群追着哈里曼脚步度过夏天的户外活动人士来说,"长老号"早期停留的这些地方几乎没什么机会可以探索阿拉斯加的荒野,而冰川湾则标志着冒险旅程的开始。愿意在这里花上 5 天时间本身就证明了这片地区拥有壮丽的美景和科学探索的潜力,更重要的是,这也是对约翰·缪尔发现冰川湾的致敬,是他让这一旷世奇观闻名天下。缪尔在 1879 年第一次划船进入冰川湾,那时候的阿拉斯加对绝大多数美国人来说仍是一个冰冻的谜。到了 1899 年夏天,穿过亚历山大群岛的航线已经受到很多游客和科学家的欢迎,他们常常同船而行。他们中的许多人都是来看缪尔冰川的,因为是缪尔发现了这一壮观的冰川，所以冰川就以发现者的名字命名。缪尔冰川显然是"长老号"的第一站，它的人气日益增长。弗雷德里克·德伦鲍在他的日记中写道："一个奇怪的地方是，冰川顶部铺设了几段木板路。"冰川前缘的岩石和沉积凸起被推土机推过，"很可能是某个轮船公司为了吸引游客干的"。

约翰·缪尔在1879年秋天第一次前往冰川湾的航程有许多奇怪的地方，其中之一就是时机。10月份并不是进行阿拉斯加东南部超级旅行的好月份，更不用说乘独木舟在恶劣的天气里划行800英里了。冰川学家马丁·特鲁弗说："我做梦也不敢想在10月份的阿拉斯加沿海进行实地考察。"当然，这位学者做过不少事，譬如他曾在南极露营过。10月份是这个潮湿地区最潮湿的月份——在这31天里，凯奇坎的平均降雨量超过了20英寸，而内湾航道北端的温度经常降到冰点以下。童年时期在砂岩上凿洞的经历留下的一个好处是，缪尔对各种艰苦的情况都有了冒险家特有的免疫力。哈特·梅里厄姆回忆说，他和缪尔在雪季一起深入内华达山脉进行徒步旅行，缪尔既没带毯子，也没带床垫。缪尔的斯巴达教育有一个不幸的副作用，就是他有一种近乎自闭的倾向，会忽视他旅行伙伴的痛苦。当他从冒险进入奇尔卡特乡村的矿工那里听到消息，说在内湾航道的最北端可以找到举世无双的冰川时，缪尔觉得阿拉斯加的雨季只不过会让行程有些不方便而已。缪尔写道："虽然这片荒野对我来说是陌生的，但我对暴风雨很熟悉，而且很享受。因此我决定向北走得越远越好，尽我所能去了解和学习。"

冰川湾其实是后备计划。缪尔原本打算和他那几个兰格尔的特林吉特成员一起探索林恩运河的最北端（从朱诺到海恩斯和史凯威）。当他听到奇尔卡特可怕的酗酒械斗传闻（卡达昌的父亲在混战中被枪杀）时，他把注意力转向了那个"装满冰的大海湾"，就是西特卡·查利回忆他小时候猎海豹时看到过的那个海湾。船上的其他人都没见过查利说的那种没有树木的辽原，但缪尔的坚持最终把他的队员们带到了冰川湾的入口。他写道："在这暴风雨夹雪的夜晚，我们在一片冰雪覆盖的荒凉海滩上搭了一个寒冷的帐营。"到了早上，他们就去"寻找西特卡·查利一直说的那座奇妙的冰山"。

缪尔所记述的查利的回忆清楚地呼应了乔治·温哥华所描述的"坚固的冰之山"。缪尔使用的正是温哥华1794年的航海图。在一个雾蒙蒙的什么也看不清的早晨，缪尔写道："温哥华的地图此前一直是个忠实的向导，而到了这里就不管用了。"他们已经踏入了未知之地。在英国人严谨的地图上，他们扎营的海湾并不存在。

水面上升起了一丝烟雾，6个人来到了特林吉特胡纳人猎海豹的营地。胡纳人对白人比较戒备，他们在秋末来到这个与世隔绝的地方，但声称并不是在寻找黄金。猎人们好似开玩笑地问，杨的传教工作是不是也包括"向海豹和海鸥……还有冰山传道"。不过他们很快就证实了查利的描述不假，并且还进行了补充。缪尔做了记录，他们称这个地方为"Sit-a-da-kay"，即"冰湾"（对这个特林吉特语生词更准确的翻译应该是"冰川所在的海湾"）。当听到"他们知道的最棒的冰川在海湾顶端"这个消息时，缪尔的兴趣被拉到最高点。西特卡·查利恳求不要让他领航，因为他发现他小时候看到的风景已经发生了巨大的变化。缪尔同意了，并雇了一名猎人当向导。

冰川湾的形状大致像一棵没有叶子的榆树,树干很宽,向北支出几个峡湾和小海湾。在大多数树枝的顶端,也就是海水的尽头开始有冰川。更确切地说,因为冰川是动态的,所以这里是一条缓慢移动的冰之河与海洋相汇的地方。缪尔和他的队员向西北划桨前行,在一场倾盆大雨中进入了一片贫瘠的荒野,此时他们看到了第一座巨大的冰川。缪尔对冰崩解的力量感到敬畏,也被这股惊心动魄的力量所迷惑。"座座巨岩都是刚冰封而成的,在海平面以下的也是。"他写道,"海浪尚未染指冰面的光洁,更不用说深痕、巨壑或纵横山廓了。"

缪尔急着要看那座静卧在海湾顶端的巨型冰山,他坚持让船员继续前进。胡纳向导驳回了他的要求,说距离太远,"哪怕白天到那儿也很危险"。第二天是个礼拜天,杨希望守安息日,其他人则希望行进,免得之后遇上另一场暴风雨。缪尔不耐烦地独自爬上营地上方的山,冒着疾雨和泥泞,"在及肩的雪中跌滚"。在杨看来,缪尔是一位登山天才,他能在山面上"滑上滑下",似乎"背上绑着一个反方向的万有引力机"。缪尔爬上1500英尺高的山脊,等待视野变得清晰。

终于,云雾渐开,乌云灰边之下,我得见海湾之阔,冰峰叠叠,拔水而起。其间五峰伟列,缘如灵擘,近者犹在脚下。生平初见冰川湾之貌,冰雪隐隐,磐石安安,一如新生,幽然神秘。

缪尔回到帐营时又湿又冷,但欣喜若狂。而等他的同伴们也是浑身湿冷,心情焦躁不安。当时是10月下旬,海湾的一些地方已

第二十一章 | 冰山

经开始结冰。托亚特担心缪尔会把他们带进"冰间",也就是坐冰牢。胡纳向导还未习惯缪尔古怪的个性,觉得他一个人在暴风雨中攀登冰山是愚蠢的。5个特林吉特人围坐在一个小火堆旁,"讲着悲伤的老故事:被压碎的独木舟、溺水的印第安人,还有暴风雪中被冻僵的猎人"。缪尔发现,自己终于到了"如此宏伟的冰川之林",不想让近距离观察冰川的机会溜走。那天晚上,小火堆旁缪尔鼓舞士气的即兴演说无疑是一段杰作。

缪尔告诉他们:"10年来,我独自游历群山,历经暴风雨,每每都能逢凶化吉。因此,和我在一起,什么都不要怕。"缪尔让他们相信上帝,相信他,一切都会顺利。托亚特在缪尔演讲完后告诉他:"即使独木舟坏了,他也不会太在意,因为在去黄泉的路上,他会有很好的同伴。"

第二天,他们继续向北前行,而暴风雨雪仍在下。在到达另一个扎帐营地之前不久,他们在如今被称为休·米勒冰川的地方停了下来,去研究缪尔所说的隐藏在巍峨外表后的"由尖顶、尖塔或平顶、平垛似的冰块参差错落而组成的雄伟大军"。它们的颜色从淡靛蓝开始,在缝隙中增强到"最惊心动魄的、近乎硫酸的蓝"。冰像阶梯一样从水中升起,接着展成一片白原,缓缓向上绵延,直到无边无际。

风急浪高,把独木舟推进了海湾的更深处。"我们在峡湾被海浪狂暴地冲卷着,"缪尔写道,"好像暴风雨在说:'如果你愿意,那就到我的冰室里去吧,但你要待在里面,直到我肯放你出来。'"透过雨夹雪的帘幕可以看到漂浮的冰山挤在刚刚释放它们的巨大的冰墙周围,这是个信号,说明冰川就在附近了。缪尔他们随着风浪,落在冰墙附近一块狭长的岩地上。

就在准备扎营过夜的时候,缪尔再次顶着暴风雨攀爬,想更好地看看周围的环境。他越爬越高,天气也渐渐平静下来,云层"慢慢掀起白裙",现出"白山之中最高、生平所见最大的冰川"。这个触角众多的冰兽,其身体是"一片缓缓起伏的平原",峡湾15到20英里相对平坦的地方都被它占据。这个庞然大物由冰冻的溪流组成,这些溪流从周围高山的顶峰环绕而下,"高山半身皆白,雪峰冰白晶透"。缪尔之前在内华达山脉看到的冰川都已完成使命,几乎融化殆尽。而这块巨大的冰毯"覆盖着整个山丘和峡谷,还没准备好接受日晒的洗礼"。

缪尔花了一天的时间兴高采烈地进行探索。第二天清晨,天气晴朗而寒冷,队员们准备回家的时候,发现太阳正好被峡湾的冰崖挡住了。当太阳在东边山顶出现时,缪尔写道:"费尔韦瑟山脉极峰之上突现一道红光,我们目瞪口呆。此光奇特绚烂,超凡脱俗。它并非突然闪现后瞬间即逝,而是不断晕染,直至漫山遍野,天火通明。"红光愈发浓烈,直到崇山峻岭如铁水闪亮。灼光缓缓洒下,照亮了每一座山峰和冰川,"直到群山都变了模样,安静体贴,仿佛在等待上帝降临"。

这一时刻显然让缪尔难以忘怀。30多年后,缪尔在他最后一本书中用数百字描述了这个瞬间。根据霍尔·杨的回忆,缪尔当时的第一反应更加言简意赅:"我们与上帝相见了!"

第二十二章

与哈里曼狩猎

嚎啸谷

爱德华·哈里曼没有忘记他的熊。"长老号"进入冰川湾时，在距离缪尔冰川山面仅两英里的地方，彼得·多兰船长好不容易在80英寻①的水中找到了下锚点。在哈特·梅里厄姆拍的一张照片上可以看到密密麻麻的冰山在水中晃动，其稠度与没调好的代基里酒相当。缪尔对这一带非常熟悉。在1890年的一次长期逗留中，他在冰川脚下造了一座小木屋。随着猎熊再次被提上日程，缪尔正好想起来曾经到过一个峡口，他给取了个名字叫嚎啸谷，因为在那里可以听到数百只狼的嚎叫声。只要步行18英里就能到那儿。"它的

---

① 英寻（fathom），长度单位，1英寻=1.8288米。——编者注

美就在于它很容易到达。"缪尔说道。缪尔列举了他在那里看到的各种大型猎物的踪迹，包括熊、狼、驯鹿和雪羊。"你们到了那里，要做的就是打猎。"夏至快到了，因此晚饭后还有几个小时的日光。哈里曼立马派7名猎手带着野营装备出发，紧随其后的是另外5名猎手，包括格林内尔和梅里厄姆，所有人都带着温彻斯特步枪。

看着潮汐冰川崩解，期待着暴力之美，这是一种令人难以抗拒的感觉。凝视着缪尔冰川，弗雷德里克·德伦鲍被"庞然大物在空中犹豫片刻的样子"迷住了。这些庞然大物接着便"跳"入水中。冰川湾的奇观似乎让向来笔翰如流的巴勒斯也短暂地才尽词穷，他回忆道："我们身临之境如此奇特，难以形容。"整个晚上，"长老号"的乘客不时地被惊醒，不仅有冰山崩解时的断裂声和震响声，还有冰块入海时巨浪摇船的颠簸。

缪尔在和哈里曼一起待了两周后，仍没能软化对哈里曼的态度。他对哈里曼的腰缠万贯持有戒心，同时又对他迫切要猎熊的想法嗤之以鼻。缪尔探险时从没带过枪，虽然他也吃肉，但他强烈反对为了狩猎运动而杀戮。1879年那次探险接近尾声时，大家都饿了，霍尔·杨问托亚特，为什么他和他的部下不射杀任何鸭子。"因为鸭子的朋友不让我们这么干，"酋长回答道，"我们举枪的时候，缪尔先生总会摇晃独木舟。"20年后，他对这片土地上生灵的情感更加深厚。锡特卡一名当地人猎鹿的事在缪尔的描述中是一起双重凶杀案：这名男子"谋杀了一头母鹿，把她扔到自己棚屋的脊梁上，然后又捉了她可怜的鹿宝宝，把她绑在她死去的母亲的身下"。

事实证明，与缪尔所鄙视的那些喜欢狩猎的猎人相比，哈里曼显然更难被归类。"长老号"离开朱诺时，哈里曼发现一只瘦小的流浪狗上了船。当哈里曼得知这只狗是跟着一名船员上的船后，他找到了这名水手，并坚定地告诉他，他有责任把他的朋友喂饱，直到他们返回南方时把它带回朱诺。"只要这只狗在船上，它就是我们的客人。"哈里曼说。

因为自己在加州有两个可爱的女儿，缪尔很钦佩哈里曼事事亲为的育儿方式。在"长老号"上可以看到这样的场景：哈里曼在甲板上和孩子们赛跑，高兴地追着3岁大的小罗兰，小家伙正用绳子拉着玩具独木舟跑。哈里曼的女儿们好奇心旺盛，毫不犹豫地踏入泥土（她们提起自己长裙时可见），并协助专家们的科学工作。她们的父亲挺进山林寻找熊时，缪尔带着玛丽和科妮莉亚·哈里曼、她们的亲戚伊丽莎白·阿弗莱尔，还有朋友多萝西娅·德雷珀（缪尔称她们为"四巨头"）徒步攀行3英里，登上以他名字命名的冰川。

缪尔似乎在描述嚎啸谷适合大型狩猎时遗漏了几个重要的细节，比如他在那里的徒步旅行如何因雪盲而结束：他当时跌跌撞撞地一头栽进一池融水中，在睡袋里赤身裸体地颤抖了一整夜。哈里曼的猎熊队沿着冰冻光滑的冰川上下来回，直到晚上11点才躺下，第二天凌晨4点又开始行动。梅里厄姆在他的日记中写道："我们在倾盆大雨中在冰上蹒跚。"但这还仅仅是个前奏，还有一场齐膝深的大雪长征等着他们。经验丰富的黄石·凯利[①]前一年夏天还在阿拉斯加，他评估了一下情况，然后撤退了。在哈里曼的敦促下，

[①] 黄石·凯利（或路德·凯利）作为一名猎人、捕手、探险家和侦察兵在整个旧西部地区都很出名。他参加过南北战争，在苏族战士的箭下幸存，并与西奥多·罗斯福成为朋友。1899年年底，他重返军队，去菲律宾平息一场叛乱。1959年，他的故事被写成剧本，并制作成电影《黄石·凯利》。

队员们用绳子把彼此绑在一起，奋力经过数个厚雪封住的山缝。梅里厄姆写道："当他们最终看见下面的嚎啸谷时，不仅没有看到活物，连一条死迹都没有，狩猎也就这么终止了。"

在猎熊队返回帐营的 24 英里的艰难行程接近尾声时，出现了一个戏剧性的场面。快到达时，缪尔冰川表面的一连串冰开始崩裂，炸裂不断升级，直到大部分冰墙都坠入大海。梅里厄姆震惊地看着巨大的水花掀起了 100 英尺高的海浪，感叹道："这是我平生所见最惊心动魄的一幕。"当看到摄影师柯蒂斯和因瓦瑞特正划着一叶小独木舟朝着巨浪方向去时，他的兴奋很快变成了恐惧。这两位倒是游刃有余，无惧波涛汹涌的海面，他们疯狂地划向迎面而来的惊涛骇浪。他们的探险同伴都屏住了呼吸，而这两位逆流而上最终到了安全的地方。

所有去了嚎啸谷的猎手回来时都状态不佳，而梅里厄姆似乎遭罪最深，膝盖发炎和脚瘀伤将他撂倒，第二天在床上躺了一天。缪尔跟几个人一起去帮了梅里厄姆一把，带他返回营地，缪尔的出手相助有几分也是出于内疚。巴勒斯后来评论说："嚎啸谷可能根本就没有熊，八成是缪尔的想象发出的嚎叫。"

对于那些以前从未亲眼见过冰川威力的人来说，冰川湾周围的整片土地似乎都在转型。"我们看到塑造世界的力量在起作用。"巴勒斯在谈到冰川遗留的沉积物时写道。冰川消融时留下的光滑圆润的岩石"显然曾经穿过巨兽的肚皮"，为未来的森林留下了矿物原料。习惯了由千年冰川构成的东部景观，巴勒斯对自己能横穿"昨日冰川塑造的平原"感到惊叹不已。一队鸟类专家花了 3 天时间在古斯塔夫斯半岛收集标本。该半岛是一片由冰川沉积物形成的狭长平坦的土地，看起来存在"不超过一个世纪"。（威廉·道尔于1878年以瑞典国王的名字命名了这个新的半岛。）这个地方现在树木葱茏，40多种鸟以此为家。

最惊人的还是冰川本身的消退。从缪尔第一次发现缪尔冰川起，过去的20年里它已经失去了4英里厚的冰。在海湾的顶部，盛太冰川已经退缩得很深直至陆地，它的冰体已经融化成3个单独的冰川。

第二十三章

转 型

古斯塔夫斯

古斯塔夫斯的官方网站建议游客可以租一辆车或叫一辆出租车来满足交通需求,但"大多数游客更喜欢借自行车在镇上四处转转……或者伸出你的拇指(搭顺风车)"。在内湾航道的北半部分,居民稍微随意一些,包括对待渡轮时间表的态度。锡特卡到古斯塔夫斯每周只有一班渡轮,需要坐两艘船共27个小时,但同一条路线假如采用飞机出行,那么哪天都可以。从锡特卡到朱诺的飞行需要25分钟,而从朱诺到古斯塔夫斯的这段只要12分钟。

小机场的停车场兼作非正式行李认领处。阿拉斯加航空公司的一个员工只身搬运了每个人的行李,其中大部分是渔具。聚集在一起的几十人更像是参加一个街区派对,而不像是航班抵达后的情形。邻居们站在那里三五成群地聊天,交换有趣的故事和零星的八卦,彼此询问各种家长里短。我很乐意搭他们的便车进城,不过古斯塔夫斯真的没有像朱诺或史凯威那样的镇中心。重要的是,金·希科克斯来接我了。

希科克斯很容易辨认,他身材瘦小,戴着眼镜,留着齐领的头发。我们几个月前在安克雷奇见过面,他曾经在那儿居住过,但他说现在那里拥挤的交通和人口有时会让他不知所措。他是阿拉斯加最著名的作家之一,是一位广受好评的摄影师兼研究约翰·缪尔的专家。他曾经当过护林员,同时也是一名正经的国家公园爱好者。(我第一次听到他温柔的声音是在肯·伯恩斯的一部纪录片中,他诗意地描述了户外活动的美妙。)他的热情体现在他的几本书中,其中一本书令人信服地宣称,缪尔对冰川湾的六次访问是美国环保运动的基石。

由于靠近冰川湾,古斯塔夫斯发展得很快。当然,并不全是朝着商会推广的方向发展。话说回来,这里的人口在 2000 年至 2015 年确实有所增长,从 429 人涨到 434 人。更确切地说,是古斯塔夫斯所在的陆地面积在增长。就像气候变化给阿拉斯加东南部带来了更多的降雨一样(因为变暖,海洋通过蒸发向大气输送了更多的水分),随着冰川湾数 10 亿吨冰的不断融化(重压减轻),藏在巨大冰盖下面受压的陆地每年上升 2 英寸,这个过程叫作地壳均衡回弹。古斯塔夫斯的一位海滨业主意外地发现自己获得了如此多的额外土地面积,于是他建了一个简陋的九洞高尔夫球场,而哈里曼他们当年在这里考察时,这片区域全在海里。

第二十三章 | 转型

希科克斯开车把我送到镇上渡口附近的潮滩,指着一块几英亩的新地,这块土地自他 1979 年第一次参观冰川湾时才开始出现。"看看那儿,"他说,"这是一片正在创造中的土地。土地的诞生!伙计,我还是缓不过神来。"

希科克斯属于那代愿意在西部兜一圈之后再到阿拉斯加的年轻人。一位地质学教授的讲座在希科克斯心中播下了种子,他通过朱诺附近一个海湾的冰融过程,揭示了大自然如何将岩石化为土壤,将草原变为森林的秘密。在四角地区的沙漠里,希科克斯试图寻找他的英雄爱德华·艾比。这位激进的环保主义者写过一本小说《猴子扳手帮》(*The Monkey Wrench Gang*),讲述了那些规则破坏者挺身而出,不惜违反法律来保护处于危机中的荒野。希科克斯没有找到艾比,而是找到了一个九个指头的蓝调吉他手。吉他手告诉他:"阿拉斯加无与伦比,它让这里所有的公园看起来都像是荒野中的小精品店。"

希科克斯在冰川湾国家公园遇到了他的妻子梅勒妮,当时他们都作为季节性护林员穿着"老旧的灰绿色"制服。冰川湾 90% 的游客都是坐游轮前往的,这些游轮从来不会在古斯塔夫斯停留,即使它们想也不能停靠,因为码头容纳不了它们。取而代之的是,国家公园管理局派遣护林员登上各种某某公主号和某某海洋号给游客讲课。

在开往他家的土路上,希科克斯告诉我,他和梅勒妮在设计住所时考虑到了弗兰克·劳埃德·赖特的有机建筑哲学——为了避免砍伐大树,设计一个蜿蜒的车道就花了他一年的时间来绘制图纸。他们的家将两座相连的建筑与周围的树林天衣无缝地融合在一起，确实让我想起了赖特的塔里辛①。不过我不记得在赖特家的前廊上故意放着几罐防熊喷雾（希科克斯夫妇从一个摄影师朋友手里买下了这块地来建房子，而这位摄影师被一只棕熊杀死了）。我们到达时，梅勒妮正戴着花色的头巾，在她的蜂鸟花园里给花浇水，这一场景刚好增强了那种魔法森林的效果。

梅勒妮即将结束她今年的短期培训，培训实习护林讲解员如何向游客讲解冰川湾。像许多才华横溢的教师一样，她的课既有感染力也有组织纪律。希科克斯的家里有各种待办事项清单，各种写着鼓励话语的便利贴，还有一沓沓整齐的阅读材料供人阅览。她准备去游轮上一天，为她这一期的最后一名实习生提供支持。这位实习生将对游客进行她的第一次个人讲解。"等我走下船，把我填好的工资单文件交上去，在我电脑上保存的一连串的感谢电子邮件上按下'发送'键，这一年的工作就完事了！"梅勒妮说。她浇完花后，花了5分钟时间教我如何搭帐篷，30多年来我一直都没能掌握这项技术。

如果约翰·缪尔或冰川湾的主题作为问答环节出现在《谁会成为百万富翁》（Who Wants to Be a Millionaire）真人秀上，拨打希科克斯家的电话对参赛者来说是个很好的选择。我请他们夫妇推荐缪尔到过的地方，梅勒妮选择了罗素岛，缪尔就是在那里爬上一座小山后，第一次看到浩瀚的盛太冰川的。"他们是在1879年10月27日搭的帐篷，这是我前几天刚查到的。"她说，

---

① 又称塔里埃森，靠近威斯康星州的春绿村，是美国建筑师弗兰克·劳埃德·赖特的夏日居所和建筑师事务所。——译者注

第二十三章 | 转型

"你将会在约翰·缪尔露营过的地方露营！当然，当时的岛有一半是在冰盖的封冻下。"

1879年和1899年，这两个年份经常出现在冰川湾的地图上，标志着缪尔前后"间隔20"的初次和末次（"长老号"一行）走访冰川湾时见证的冰川位置。这些冰川大多数正处于梅勒妮所说的"灾难性的消退"中。与两万年前覆盖美国中西部大部分地区并创造了白令陆桥的冰川不同，冰川湾的冰是一个比较新的现象，它们是小冰河期的产物。这段异常凉爽的时期大约从1300年持续到1850年，主要以其对欧洲的影响而被周知。泰晤士河经常结厚冰，因此伦敦的冬季嘉年华可以在冰面上举行。1644年，法国阿尔卑斯山区的莱布瓦村庄寻求日内瓦主教的帮助，因为有一条冰冻河"每天以一发火枪射程"的速度扩张。

阿拉斯加正在经历类似的影响。梅勒妮在她厨房的桌子上给我看了国家公园管理局的冰川湾详图，这张图展示了令人难以置信的变化。1680年时冰川湾还并未存在，如今冰川湾的有些地方宽达十多英里，深过一千英尺。冰川上面约三分之二都被冰覆盖，下面约三分之一是绿色的山谷，被一条小溪一分为二。到了1750年，小冰河期对冰川湾的影响达到顶峰，冰层一直覆盖到今天的冰川湾的入海口，甚至一直延伸到冰峡地带。希科克斯告诉我，根据特林吉特人的口述史，冰层向前推进的速度是"一条跛行狗能跑得最快的速度"。类似的、更具科学性的观测记录出现在1950年，德纳里的马尔德罗冰川在一天内飙升了1000多英尺。

1794年，温哥华到达时，冰层已经退回到冰川湾的入海口内几英里远的地方了。到了1879年，缪尔发现温哥华的海图不再准确,因为冰川又向后退了约 40 英里,露出了山谷挪开后数千英尺深的海湾。今天的冰层比 250 年前又退了约 65 英里。假如一位游客现在到缪尔冰川脚下的一堆岩石前稍做停留(这堆岩石是当年缪尔小屋留下的),接着必须沿着小海湾航行 30 英里,才能看到当年冰川的残余,就是那座曾经释放巨型冰块入海,掀起的海浪差点儿把哈里曼团员的独木舟吞没的冰川。

梅勒妮将冰川的维护比作支票簿的平衡。如果冬天降雪和成冰量大于夏天崩解或融化的量,一切就都还好。没有赤字,有时还有盈余。不过,冰川是挑剔的野兽,当降雪量下降或气温上升过高,无法维持这种平衡时,它们就会消退。通常如此,但也有例外。在冰川湾,约翰·霍普金斯冰川在 20 世纪的前 30 年里灾难性地后退,然后改弦易辙开始生长,现在它比 1929 年延伸得更远。

梅勒妮说,10 年前,冰川湾的护林员经常会被否认气候变化的人怼得无话可说,但现在的游客不确定会怎么想。气候变化的影响变得越来越难以被忽视,但这个国家一半的政客(以及阿拉斯加的大多数人)都坚称气候变化并不存在。不过,并不是每个人都这么矛盾。我陪希科克斯一起去巴特利特湾的船坞,看他给参观冰川湾的高端生态旅游船的乘客做有关冰川湾的介绍。一位激动的客人对探险队领队尖叫着说:"气候变化是一个自由派的阴谋,科学家们是被雇用的。"长篇大论结束后,我问领队他是如何回应的,他说:"我告诉他,如果我脖子上有一个肿块儿,去看 100 名医生,其中 95 名医生告诉我要切除它,5 名医生告诉我用草药土方治疗,我会把它切除。"

第二天早上,希科克斯做了水果冰沙加上香草冰激凌的甜品,

第二十三章 | 转型

我们边吃边讨论哈里曼探险队留下的影响。他认为,这次考察的真正价值不在于其所进行的研究,而在于"思想的交叉传授"。"这些人在一起待了两个月,"希科克斯说,"乔治·伯德·格林内尔和约翰·缪尔之间日益增长的友谊在日后发挥的作用是无法衡量的。"

缪尔在"长老号"航海日志中称自己为"冰川的书写者和学习者",这可能是苏格兰人的谦虚,也可能是他认识到从第一次访问阿拉斯加以来自己的身份、地位发生了变化。虽然很少有人能与他在冰川学方面的专业知识相提并论,但使他一举成名的是他为保护荒野所写的文章。在荒野保护这项事业上,没有比罗伯特·安德伍德·约翰逊发挥作用更大的人,他是享有盛誉的《世纪杂志》①(Century Magazine)的副主编。虽然没有史料可以证明缪尔和格林内尔在哈里曼远征之前有过沟通,但他们肯定与作为中间人的约翰逊分享了想法。

约翰逊于1889年从纽约市前往加利福尼亚州取材,他想从缪尔那里获得故事。缪尔在19世纪80年代的大部分时间里都在经营果园,这个果园是他在1880年跟路易·斯特伦策结婚时接管的。"我正在堕落成一台赚钱的机器!"他在霍尔·杨执事来访期间向他感叹道。约翰逊来的时机非常好,当时缪尔急于重新开始写作,心里有一个大致的主题——优胜美地山谷的可怕状况。在这个美国

---

① 此处的《世纪杂志》是指一本插图月刊,它于1881年由纽约的世纪公司(The Century Company)在美国创刊,同年被罗斯威尔·史密斯收购。——编者注

最具标志性的风景胜地，几乎不受监管的企业家们在那里饲养家畜（缪尔将吃野花的绵羊称作"有蹄子的蝗虫"），经营锯木厂，并用脏兮兮的旅馆来招徕游客。缪尔写道："也许我们还会听说有一笔拨款，用来粉刷酋长岩或校正花岗岩圆顶的曲线。"和缪尔一起去山谷露营时，约翰逊为它的美丽所动容，同时也被它所遭受的滥用所震惊。约翰逊告诉缪尔："很明显，现在要做的就是按照黄石国家公园的操作方案，把优胜美地国家公园建在山谷周围。"

约翰逊想到的是由格林内尔首创的保护战略。黄石国家公园在1872年被命名为美国第一个国家公园，但更多的是作为一个供游客参观的野生奇观橱柜，而不是一个自然保护区。几乎没有任何联邦资金被用来保护它。偷猎者猎杀黄石国家公园的野生动物（包括一些仅存的水牛）而没有受到任何惩罚；游客们把自己的名字刻在岩石上；公园界外的城镇居民将公园森林视为现成的柴火来源。这些都还是其次，黄石国家公园面临的最大威胁是铁路和开发商，他们想要最大限度地发挥公园的商业潜力。格林内尔是第一个以保护公共荒野的名义将宣传与政治结合起来的重要人物，他利用《森林与溪流》的讲坛以及他在华盛顿的人脉让国会议员相信黄石国家公园属于所有美国人民。历史学家迈克尔·庞克写道："与西奥多·罗斯福共同成立布恩和克罗基特俱乐部是合乎逻辑的下一步，这是第一个'以影响国家环境立法为明确目标'的组织。"

在大量的恳求和"哄骗"下，缪尔答应约翰逊写了两篇可供《世纪杂志》发表的文章，这两篇文章于1890年8月和9月发表。缪尔传达的信息很明确，即优胜美地是美国这尊皇冠上的天然明珠,理应受到保护。与此同时,约翰逊在华盛顿游说立法者。1890年10月1日,国会将优胜美地列为美国最新的国家公园。有些尴尬的是,加利福尼亚州保留了优胜美地山谷的所有权,因为优胜美地山谷和马里波萨林地在1864年被亚伯拉罕·林肯总统授予该州管理。

不久之后,约翰逊问格林内尔,布恩和克罗基特俱乐部是否有兴趣建立一个"优胜美地和黄石国家公园防御协会"。格林内尔和缪尔都认为这是一个好主意,但格林内尔的同僚——布恩和克罗基特俱乐部的成员们不同意。[①]缪尔转而与湾区的一群教授联手,跟他们一起讨论了一个类似的计划来保护加州的土地。1892年6月4日,27名好事者在旧金山集结,成立了塞拉俱乐部(Sierra Club)。缪尔被选为主席,他一直担任这一职务直到去世。

当他们踏上"长老号"时,缪尔和格林内尔这两个征途领导人还没找到方向。在哈里曼远征之后的几年里,美国环保的两个分支——亨利·梭罗的精神后代与布恩和克罗基特俱乐部的实操干将,并肩点燃了现代环保运动。1938年格林内尔去世时,《纽约时报》(New York Times)的讣告称他为"美国环保之父"。然而,环境历史学在很大程度上忽略了格林内尔的实际贡献,而神秘的缪尔是出现在邮票和硬币上的有名无实的领袖。

"他出现得正是时候,"希科克斯在谈到缪尔的声望时说,"他有一个朗朗上口的名字和一个很棒的形象——瘦长的身材、长胡

---

① 自然历史学家保罗·布鲁克斯指出,布恩和克罗基特俱乐部成员的不情愿实际上是避免落入一个潜在的两难境地:缪尔会去猎杀三种大型动物来满足俱乐部对会员们的要求吗?

子、帽子加拐杖。他对《圣经》烂熟于心，可以用灵性语言吸引很多人。他能想出这些朗朗上口的小词句，一两句话就能栩栩如生地概括出自然的本真。比如，'登群山沐其神采，泰然之气宁人犹如晴光暖林'。还有，'时见一物，乃知宇宙万物息息相关'。这些看法实际上是早于生态科学诞生的生态学。"

到了1899年，对那些开采自然资源而发家致富的商人来说，缪尔无疑成了眼中钉、肉中刺。在收到哈里曼的邀请前不久，缪尔写道："反对森林保留地的呼声大多来自那些有钱的小偷，他们窃取木材来批发销售。"缪尔将理想与行动结合起来的能力让我想到了希科克斯。希科克斯喜欢在树林里漫步，光着上身在屋里走来走去，用吉他弹奏披头士的曲子，但作为冰川湾之友的代表，他成功地争取到逐步禁止园区的商业捕鱼，这让一些邻居和有权势的政敌非常恼火，比如参议员弗兰克·穆尔科夫斯基。（穆尔科夫斯基后来成为州长，并让他的女儿丽莎接手空出的参议员席位，这一不受欢迎的操作倒是为后来一位名不见经传的候选人莎拉·佩林接任他的新职位提供了机会。）由于阿拉斯加的生态发生了不可预测的突变，油价暴跌也直接影响了其经济，该州的两名参议员和唯一的国会议员唐·杨承诺为未来开辟一条明确的道路——在诸如北极国家野生动物保护区这样的地方推动新的石油钻探项目。

"在气候变化方面，阿拉斯加并不是最后的边疆，"希科克斯说，"它是第一个边疆。"刚刚度过了有史以来最热的春天，该州也即将迎来有史以来最热的一年。"像唐·杨这样的人想要在北极国家野生动物保护区钻探石油，这是大错特错的做法，它在道德上就已经错了。这好比在1859年说'带更多的奴隶过来'。"

第二十三章 | 转型

我骑着希科克斯的一辆生锈的旧山地自行车,沿着两车道的公路大概走了一英里,来到萨尔蒙河边,穿过紫色的羽扇豆田。在那里,一只驼鹿笨拙地走着,就像小宝宝穿着母亲的高跟鞋一样。我突然想到,古斯塔夫斯最好的一面就是,虽然感觉上它离美国其他地方有百万英里远,但它是一个不容易迷路的地方。一局蛇梯棋游戏的路线也比古斯塔夫斯的更曲折。假如我偏离了希科克斯的车道,哪怕是最疯狂的转错弯,顶多也就是把我带到渡轮码头、机场或国家公园总部。这里最像商业区的地方是一个十字路口,那儿有咖啡馆,还有一个由20世纪30年代加油站翻新而成的猫角铺咖啡店。有几次,我骑车直奔山的方向,去独房图书馆,在那里我可以查看电子邮件。古斯塔夫斯从20世纪80年代开始才供电。我有一种感觉,假如停电几周,人们也会不受影响照样过日子,有些人甚至不会注意到停电了。在这边小小的邮局里,人们通过贴在墙上的信笺进行书信往来。对于一个局外人来说,墙上贴满的是一个个小故事,提出的问题比回答的问题要多。

有人知道爱丽丝现在过得怎么样吗?自从她搬走后我就没见过她。
我最近在佛罗里达见过她,我觉得她看起来好多了。

我甚至不需要戴自行车头盔,因为唯一的安全风险是跟每隔几分钟经过的司机挥手时失去平衡。希科克斯和梅勒妮坚持认为是没完没了的10月大雨让街上的人看上去变少了,但我觉得,坏天气带来的室内时间有可能会提高人口出生率。我在镇上遇到的五个人中有三个写过小说，其中包括一个在家接受教育的12岁的孩子，他可以给黑尾鹿装扮上野地服，他在可食用云杉方面的专业知识让他在当地广受咨询。

我第一次联系他时，希科克斯坚持说，要想了解缪尔在冰川湾之旅中所经历的兴奋，我就得从皮划艇开始体验。他说："你可以试试独自出海，这真的可以改变人生的经历。"因为我从来没划过皮划艇，甚至没划过独木舟，这似乎更可能是一次了结生命的经历。希科克斯说他可以介绍一位让我免于溺水的人。

我进城的第二天，大卫·阙那漠从他公司借了一辆面包车来接我，他在皮划艇租赁公司工作。大卫27岁，在安克雷奇郊外长大，曾经是一名预科篮球明星。他身高6英尺4英寸，金发碧眼，胡须蓬乱。走路时，他有着高个子人的习惯，总是微微弯身，仿佛他的头撞了太多的门框。他是一个相信顿悟的人，他第一次见到他妻子布列特尼时就知道自己会娶她。（他回忆道："她却过了更久才知道。"）高中毕业的那年夏天，他和父亲一起划皮划艇旅行，当他发现一头虎鲸时，他立刻意识到他的篮球生涯注定要结束了。

"你知道人们会说：'我当时没有意识到，但那一刻改变了我的人生。'那不是我。我在那一刻就知道我会和虎鲸合作。有些化学反应在发生。"现在他和布列特尼在不列颠哥伦比亚省海岸的一家偏远的海洋生物研究所担任鲸的看护人，已经度过了一整个冬天。在那里他们日夜观察鲸，完成了大量阅读，两人每周的小幸福就是用木柴煮水洗个热水澡。

如果有人开着引擎在车里等着，而你跑进商店去买牛奶，这

第二十三章 | 转型

在古斯塔夫斯是行不通的。我们总共停了三站,每一站的店主都会问问皮划艇生意在夏天进展如何,大卫和布列特尼在镇上找房子的事怎么样了,布列特尼的副业(制作并销售植物乳液和喷雾)情况如何。其中两站,我们一直聊到布列特尼她自己都出现了。托什科(Toshco)这会儿的货品有点儿少 [这是一个专门销售店主在朱诺开市客(Costco)代购物品的市场],因为渡轮比原定计划晚了一天。我们在天然食品市场(大卫有时在那里兼职)和派仔打包店的运气更好,这家店出售大包装的熏制野生鲑鱼,每磅价格比托什科的一些午餐肉还低,却比我记忆中吃过的任何鱼都好吃。

在冒险进入冰川湾之前,我参加了巴特利特湾护林员站的强制性迎新活动。也许是因为这个季节相对较早,我是唯一的参与者,在一个堆满折叠椅的黑暗房间里接受了相当于私人辅导的一课。我看了几分钟的视频,视频展现了冰川湾的特别之处:鲸、海狮、海雀、冰山、高山和孤独。

视频的第二部分是关于熊的,主题是"什么不能做",内容被分成几个容易消化的小板块。我了解了应该注意的熊活动的迹象:新鲜的脚印、大直径的粪便以及树上的爪印。我学到了"遇见熊"的 3 种主要类型:

1. 路过的熊:不要挡它的路,它很可能会错过或不理你。
2. 防御性的熊:冷静地与它交谈,能走开的时候就走开。
3. 好奇的熊:聚在一起大声叫喊,恐吓它,防止它靠得太近。

视频告诉我,最重要的是,不要让熊接近任何食物,因为一旦它尝到了人类食物的味道,它就永远不会消失。即使你惊恐地尖叫着逃离你的三明治或一袋洋葱玉米脆,熊也很可能会在尖叫的人类和轻松的营养来源之间建立巴甫洛夫式的联系。一旦熊达到了认知上的飞跃,它就会一直纠缠它能接触到的人类,即使那会儿你已经回到文明社会很久了——必要的时候,它就会攻击。因此,任何食物都需要放在防熊的螺旋罐里。

视频结束了,护林员给了我一枚官方徽章,表示我已经准备好,可以去冰川湾了。她问我有没有什么问题。

"如果我在帐篷里睡觉,熊会打扰我吗?"

"只要你没有任何食物,熊就会让你一个人待着。"她笑着说。

第二十四章

完整的缪尔之行

冰川湾

大卫和我出发去冰川湾的那天早上,我5点左右就起床了,踮着脚尖走向希科克斯的厨房。梅勒妮已经去支持她那最后一位护林员学生的初次登场了。离开之前,她准备好了丰盛的早餐,还留了一张正式的便条,感谢我的到来。餐盘旁边有一袋布朗尼蛋糕,上面写着"饿了请吃"。6点15分,大卫和布列特尼搭乘福特牌货车来了,我们一起驱车到巴特利特湾码头。我们从车上卸下皮划艇、包裹和防熊的食品罐头,搭上了在冰川湾来回穿梭130英里的日游船。

考虑到它的费用跟怀特关和育空线铁路旅行的费用差不多,冰川湾日游船(每个人都这么叫它)可以提供整个阿拉斯加东南部最划算的旅行。你可以在世界上最美丽的地方观光一整天，午餐是一杯汽水加三明治，咖啡免费，还有梅勒妮手下训练有素的公园护林员为你解说。我们的解说员名字叫凯琳。日游船驶入海湾时，凯琳、大卫和我坐在同一个隔间里，她跟我们分享了自己即将在夏末搬到南达科他州上护理学校的计划。接着她打了个招呼，走到隔间前面，拿起了麦克风。

大卫和我到船尾去看一些可爱的野生动物，大多是仰泳的海獭和飞翔的鸟。当凯琳用扩音器宣布"2点钟方向有海雀出没"时，一名女子拿着榴弹炮大小的相机从观景台对面冲过来，又挤又推地穿过我们走向栏杆。通常，每个人都想看鲸。

"去年有一周，海里几乎全是鲸，"大卫说，"你几乎不敢在附近划船。因为鲸下沉后，你根本不知道它会从哪里浮出水面。离四分之一英里远可能都会受到影响。"

接近南大理石岛时，我们放慢了速度。南大理石岛是这片富饶水域中一方凸起的石灰岩，吸引了成千上万的鸟在岛上的斜土和石缝中筑巢。一阵打嗝声开始在空气中弥漫，紧随其后的是一股强烈的恶臭。大卫说："没闻到海狮的味道，就不能算是完整的海狮体验。"海狮聚集在岛上较低的岩石上，就像蚂蚁挤在棒棒糖上一样，笨拙地摇摇晃晃，互相推挤入水。它们一入水，就开始像海豚一样优雅地畅游。当其他乘客抓拍一只鸬鹚吞吃一条鱼时，大卫拍了拍我的肩膀，说："看你后面。"在南边，六头鲸正在喷水，喷出的水花像是静止在深水中的瀑流。

"在您的右边可以看到缪尔角，"凯琳拿着扩音器说，"那里有一堆石头，曾是约翰·缪尔建造的小屋。"她介绍了缪尔冰川湾

第二十四章　｜　完整的缪尔之行

之行的一些要点：对缪尔优胜美地冰川理论的质疑，兰格尔，霍尔·杨，四位特林吉特导游，温哥华的地图。"一位乘客问我们为什么不能参观缪尔冰川，"凯琳解释说，"冰川已经向后退了太远，已经不接水面了。"从巴特利特湾到现在，我们走了大约20英里，但这还不到1794年—1879年冰川消退路程的一半。

我们沿着缪尔走过的路行得越远，周围的风景就越新。每走1英里，树木的尺寸就会不断缩小，直到完全消失。野山羊在伤痕累累的岩石表面闲逛，岩石之间时有丛绿。我们最终到达了海湾顶端。自1899年以来，冰川向北退了10多英里。我们在相邻的两座冰川前闲逛了半个小时。左边的是玛杰里冰川，它接替缪尔冰川，成为海湾的主角，让来客惊喜兴奋。大约每隔10分钟，就会有爆裂之声响起，像极了猎枪开火，而后大型冰块就会从它冰蓝的面孔上崩解而落，咆哮入水。

相比之下，玛杰里冰川右边的盛太冰川看起来很悲伤。这是激发缪尔想象力的那座冰山的残留，它的主体曾经如此浩瀚，填满并塑造了冰川湾。从日游船的观景台上看，它很可怜，就像商场停车场角落里留下的一堆待融的脏雪。

我玩得尽兴，几乎忘了我们的终极计划，直到大卫离开了几分钟后又穿着防水裤和齐膝高的胶靴回来才想起。"差不多是时候了。"大卫说道。我紧接着就去换了衣服。日游船驶进了一个海湾，船长慢慢向岩石岸边靠近，近到只要稍微一跳，就能上岸（假如有人愿意的话）。一名水手从船头投下一架铝梯子，大卫和我爬了下来，在船员的帮助下，我们卸下了我们战斗旅风格的装备：背包、帐篷、防熊罐，还有皮划艇。整个过程只用了不到5分钟。和我们聊了一整天的其他乘客挤到了顶层甲板的边缘，目送我们。船开始后退，一个小女孩跟我们挥了挥手。然后，只剩我们独自在荒野里了。

我不太确定我们所在的准确地理位置，但快速浏览一下地图就知道了我们所在的方位。我们在以早期冰川湾旅行爱好者埃莉莎·希西德莫尔的名字命名的希西德莫尔关口。希西德莫尔关口将大陆与吉尔伯特半岛连了起来。吉尔伯特半岛以哈里曼探险队的另一位冰川学家格罗夫·卡尔·吉尔伯特的名字命名，水的对面矗立着梅里厄姆山。

大卫教了我一些基本的划桨技巧，展示了如何上皮划艇而不把艇掀翻，并教我怎么穿上一种叫作"喷雾裙"的防水围裙。"我带团的时候，假如用'喷雾裙'这个词，几乎可以料定那一天会很难熬，因为男人们都会抱怨。"他说，"有时我会用'喷雾苏格兰裙'来代替，减少麻烦。"

在这里有种奇怪的感觉，像是自己被遗弃在装满冰镇汤的巨大石盆子里，被这种感觉侵吞之前，我们已经下水划船了。此处的浩瀚让人感觉仿佛进入了另一个时空，就像进了"大人国"的格列佛。一排又一排高耸的山戴着雪顶向八方绵延。峭峰下的低缓山坡披着天鹅绒般的绿。海水碧蓝清澈，除了被冰川研磨的地方，岩石灰尘形成了看起来像巧克力牛奶的池子。因为不清楚这里的规模，所以我也不知道我们移动的速度有多快。（我后来才知道，答案是"不是很快"。）划桨的动作有节有律，令人满意。我累了就让桨浮着，而大卫继续划桨，皮划艇会慢一点儿。而大卫偶尔休息一下时，我们的艇就会慢到几乎停下来。有时我们聊天，

第二十四章 | 完整的缪尔之行

有时我们放下桨吃一口小吃，但大多数时候我们都很安静。当我们接近最后一个转弯时，太阳的倒影像成千上万的萤火虫在透明的水面上盈盈闪闪。

我们在相对较强的风中划了 4 个小时，终于进入里德湾的入海口。里德湾是一个两英里长的海湾，一端锚定着一条霓虹蓝色的冰川。我们到达将要露营的那块地方时，空气变冷，渐渐起了风。"每座冰川都有自己的天气。"大卫说。这是一个如诗如画的地方：一个弯曲的、与世隔绝的海滩，背景是潺潺的瀑布，绵绵曲水映衬着巨大的冰川——在因成长而产生的痛苦中断裂作响。

大卫拿出放在口袋里的潮汐图，每隔一段时间就查看一次。冰川湾的潮汐涨落可达 25 英尺，每天涨落两次。我们清空了皮划艇，把它抬上来，跨过了海藻干掉的边缘。海藻可以表明水位较高。往前走，海滩的沙子没有了，高大的植被突然冒了出来。"熊喜欢沿着林线散步。"大卫一边说，一边在林线上踱步，"如果你只看线路内外，它往往看起来就像一条被踩整齐了的小路。"他发现了一些旧脚印和一些看起来比较久的粪便，这意味着我们在很大程度上是安全的。我们在被靴子踩得嘎吱嘎吱作响的小黄花坡上搭起了帐篷。

从地质上看，这个地方是全新的。1899 年，哈里曼探险队驶过这里时，里德湾是被冰填满的。发生在我们周围的演变过程被称为初级演替，在这个过程中自然界把石头变成森林。这些花草是仙女木属植物，能使新土富含氮肥。紧随其后的是低矮而茂密的柳树、赤杨和白杨。一旦腐烂的生物质经过几十年的积累，巨大的云杉和铁杉就会在这片土地上定居。

当你坐在冰川前的新土上时,就会觉得冰川湾介绍视频所描述的也有道理——说冰川湾国家公园是"一个不被人类改变的世界"。每年有 50 万游客乘坐游轮来此,说不定还会有更多。国家公园管理局限制每天只能有两艘大船进入,另外还有一些较小的旅游船。只有一小部分人会在此过夜——2015 年有 568 名野外露营者,在面积相当于康涅狄格州的沃野上露营(优胜美地的面积不到冰川湾的四分之一,却在同一时期接待了 20 多万名野外露营者)。国家公园管理局的主要目标是为子孙后代守护一个不变的环境。

大卫是一名坚定的环保主义者,但他认为从原始荒野的角度来看,国家公园管理局可能做得过火了。他说:"'荒野'的定义并不是描述这个地方在第一个白人来到之前的样子,这里有人生活了几千年。"而且假装这里不是每天都有巨型游轮经过也有点儿傻。不过,这些游轮并没有像我想象的那样困扰大卫。"我认为,任何想要参观这个地方的人,不管老的、少的或坐轮椅的,都应该让他们来。"他说,"如果人们从来没有看过公园,他们就不会关心它。"

大卫在野营炉上炖了一锅扁豆,聊着我们游行中看到的一些动物的聪明的饮食习惯。海獭会找一块它们喜欢的锋利岩石,在潜水寻找贝类时,用石头边缘抵住脚。"人们认为海星很可爱,但它们是残忍的杀手。"他一边说着,一边拿起一个贝壳。贝壳上有个洞。海星强行穿透双壳动物的外壳,把自己的胃插入壳内。在来阿拉斯加之前,我从来没怎么关注过乌鸦,而在这里,乌鸦在土著文化里举足轻重。所有的特林吉特人传统上都属于两个部族(或称氏族)中的一个——鹰族或渡鸦族。两个部族的人要通婚。大卫说,渡鸦

第二十四章 | 完整的缪尔之行

获得尊重是受之无愧的。"我见过古斯塔夫斯的渡鸦把蛤蜊和贻贝扔在路上,等着有人开车经过从而压碎贝壳,然后俯冲下来吃掉它们。"他说道,"渡鸦不仅会记住某人对他们的好坏,还会告诉他们的朋友。"

对于阿拉斯加动物界最有名的杂食家——熊,大卫不同意带枪最保险的看法。"从统计上来看,用防熊喷雾比用枪更好,因为枪往往会让人变成肮脏的哈利①。"他说道,"熊有点儿像猫,它们很好奇。它们要么看你一眼就决定和你出去玩,要么就偷偷溜走。我从来没有和熊有过不愉快的经历。我只拿出来过一次防熊喷雾,但从来没喷过。"

大卫是古斯塔夫斯的市民,他在业余时间写了一本小说。(就像大多数第一次写小说的作家一样,他在很大程度上借鉴了自己的经历。但与大多数第一次写小说的男性作家不同,他塑造的主人公是一个女性。)他问了几个关于以写作为生的问题,问我喜欢这份工作吗,问我早上是不是急于从床上跳起来去干活儿。

"做导游的时候,我遇到了很多看起来并不开心的人。"他说,"我想我不能理解那些工作只是为了赚钱的人。"高山导游听起来就是那种在意识到自己不适合做税务律师后最梦寐以求的职业。他问过一位做高山导游的朋友,问她有多喜欢当导游。"她说:'当你登顶的时候,特别是当你从山顶下山的时候,那种享受无与伦比。'我喜欢皮划艇的一切:开始、中间和结束。我不会以此发财,但我

---

① 唐·希格尔 1971 年的电影,《肮脏的哈利》(Dirty Harry)。警探哈利为了破案使用一些非法手段,因此被人称为"肮脏的哈利"。——译者注

喜欢皮划艇,而且每天划都不觉得乏味。"大卫大学毕业时父母要送他一件特别的礼物,于是他们给他买了一艘手工皮划艇。

大卫说他最近被堵在西雅图拥挤的车流中时,想着浪费了大量的时间就感到很恼火。他说:"我想到可能有人开个单程就要一个小时。"我告诉他,我认识几个在纽约每天要花两倍时间在路上开车的人。他稍微一怔,但想想这是必要的,因为纽约市的生活成本很高。"恐怕每月要付2000美元才能住一套像电视上那样的公寓,对吗?"我告诉他这笔钱在曼哈顿只能租个不错的停车位,他倒也没觉得这是什么宽慰。

大卫洗干净盘子,没收了我的牙膏,把这些东西都装进防熊罐里,然后我们就去睡觉了。我躺在帐篷里,听着里德冰川不断蹦出的裂响,好似在说晚安。整个晚上,它把身体上的大块冰块卸下,抛入水中。在这处自然栖息地,我好像碰巧订到了制冰机旁边的一间房。

到了早上,风已经停了,成群的蚊子和褐蝇聚在帐篷上。我拉出我的防虫网,用我的球帽固定在上面。但是我很快就发现,这完全是一个错招,因为帽子把网压在我的额头上,让虫子在随意咬我脸时有一个方便的地方歇脚。在接下来的3个星期里,我的额头上都立着一排红点,就像洋娃娃的发际线一样,整齐绯红,向阿拉斯加的老手宣扬我的无知。

今天,国家公园管理局会向冰川湾的游客推广"不留痕迹"的理念,但曾经有一段时间,在这里安家都不要紧。早餐后,大卫和我划船穿过海湾,来到一座夏季小屋的遗迹,这是穆兹和乔·伊巴赫为了获得皮毛和黄金在1939年左右建造的。1979年,金·希科

第二十四章 | 完整的缪尔之行

克斯划船经过这里时,伊巴赫的小屋里有很多20世纪考古遗址的元素,可以用来做《推销员之死》(*Death of a Salesman*)的拍摄场景:盘子、餐具、书籍、扑克牌、桌子、椅子,还有一本老旧的《生活》(*Life*)杂志。今天,这里所剩的只有一堆木板,穆兹种下的3棵云杉树,还有阿拉斯加漫长而孤独的岁月留下的一些遗迹:一个55加仑的桶、一罐红色的取暖油(标签上写着"2美分折扣"的广告),还有一只皮鞋。一只熊弄了一堆苔藓作床铺,留下了大量证据表明它一直以软体动物为食。"穿过去一定很疼。"大卫一边说着,一边试着用橡胶靴子踩踩锋利的贝壳。

我们走过一片高高的黑麦草丛,看起来有点儿像是小麦。大卫说,一些早期的阿拉斯加定居者也发现了这种相似性,所以用它来制作面粉。直到后来他们才了解到,这种谷物感染了一种名为麦角的真菌,食用后可能会产生难受的、强烈的迷幻效果。"想象一下,(吃下这种面粉)那是一个多么漫长而奇怪的冬天。"他说。瑞士化学家阿尔伯特·霍夫曼在20世纪30年代末研究麦角产生的生物碱时,合成了麦角酸二基乙酰胺,俗称致幻剂。

我们悠闲地划着皮划艇穿过海湾,驶向罗素岛。我们中间有一位游泳技术不太好的人,这个人尽量不去盯着只有零上几度、几乎有四分之一英里深的水。一对栖息在罗素岛南端水边的秃鹰正盯着我们看,这是一场对它们有利的2比2的对看比赛。缪尔是在1879年来到这里的。当时,这座1000英尺高的岛屿已经半埋在冰中,标志着"海湾的顶端"。这座岛也是在温哥华时代冰川绵延最远的地方,从这里一直连至古斯塔夫斯。缪尔在提到这个岩岛时写道:"此岩先前仍在冰面以下2000英尺的地方,而在当今气候下,此岩不久便能破冰川而出,立于峡湾中央而为岛。"事实确实如此。

从我们皮划艇的座位上看,哪怕没有冰,罗素岛也不是特别容易攀爬的,但缪尔以他惯常的方式爬上了山顶,以便更好地观察他所见过的最伟岸的盛太冰川。从他的位置向北观望,感觉像是坐在冰上大教堂一样。

我们花了大半天绕着岛划了一圈,在北端的岩滩上岸了。这里有巧克力豆大小的石头,也有锋利的数吨重的花岗岩,这些都提醒着这里曾存在着冰解石穿的巨大张力。

我们再次举起皮划艇,抬着它越过海藻线去扎营。大自然体贴地留下了一块平坦的石头可以用来架炉子,旁边的另一块则是一张理想的餐桌。天气太完美了。因为没有风,成群结队的蚊子都来了,我们只好都戴上了防蚊网。我们躺在石滩上欣赏风景。"哇。"大卫感叹道。

我们的帐篷扎在两排雪峰之间,就像木匠水平仪上的气泡一样。冰川湾两侧的山脉汇聚到地平线上,绘成了盛太冰川的轮廓。看着又脏又矮的盛太残冰在午后的阳光下闪动着耀眼的白光,冰川蜿蜒盘旋,一路深入加拿大,我终于明白它的冰体是如何填满整个海湾的了。

我在4点左右醒来时,突然听到一群嗜血虫扑向帐篷的衬里。6月中旬的阿拉斯加,日出是在凌晨3点51分,所以尽管阳光还需要一段时间才能染上东边的山峰,但当我穿上齐膝长靴和精密织造防虫网走到海滩上时,天已经破晓了,看起来就像是一个养猪户变成了银行抢劫犯,活脱的《神探酷杰克》(*Kojak*)里遗落的情

第二十四章 | 完整的缪尔之行

节。我坐在一块被冰川推移至此的岩石上,凝视着峡湾的尽头。贪婪的蠓虫和成群的阿拉斯加出了名的蚊子一起在我的脑袋边飞来飞去,就像一个语法学家在吃了致幻黑麦草后做的那种噩梦,糟糕的标点符号缠绕不绝,追着我的脑袋走。

这里的空气很冷,部分是因为上午的气温,部分是因为从冰川吹来的风。冰块随着水缓缓滑淌,高高的云层遮住了最高峰的顶端。第一道强烈的阳光像玫瑰色的闪电一样穿透峡湾的阴影,我想起了缪尔站在附近时对相同现象的反应:"我们安静伫立,满心敬畏,凝望神圣之景,仿佛顷刻天门洞开,上帝显化,动魄惊心莫过于此。"

我坐下来,双臂环抱自己,试着摄取大自然的壮丽。水就像油漆喷洒而出,一对海豹从水中探出球一般的圆脸,接着腾起入水,在空中划出同心圆环。整个海滩上,海藻覆盖的岩石在朝阳的照耀下闪耀着棕色和金色的光芒。

忽然间,在我双眼的余光中,有一块石头开始移动。

我突然站起来,将一块松动的石头踢到海滩上。噪声引起了移动物的注意,我进一步观察,是一只离我150码远的棕熊。我试着估量它的大小,但我什么也不知道,因为这是我在动物园以外看到的第一只熊。两天前我在护林员站观看的有关防熊的视频,在这个时刻却难以回想起细节。熊和我互相凝视了一会儿,然后它向海滩后面厚厚的树丛跑去,接着,又在几英尺外停了下来。

第二只熊在灌木丛中出现。这对熊很可能还是幼崽,这意味着它们的母亲很快就会来找它们。遇见熊的第一条规则终于出现在我的脑海里:绝对绝对不要插足熊妈妈和它的幼崽之间的事。在熊袭击造成可怕死亡的经典案例中,涉及愤怒熊妈妈的事故报告最常将"肌腱"等名词与"撕裂""咀嚼"等动词连用。

我穿着借来的靴子,在光滑的岩石上以尽可能快的速度和尽量随意的姿势向后退,在熊的注视下向我们的帐篷撤退。

我知道大卫至少还会再睡几个小时,所以我想靠在他的帐篷上透过尼龙布说话可能更有礼貌一些。"嗯,大卫,我真的不想打扰你,但我瞧着这里的海滩上可能有两只熊。"

"这情况我铁定得起来。"大卫睡眼惺忪地说。

大卫是一个在喝完晨起咖啡后才能状态良好的人。他走出帐篷,顶着一头刚睡醒的头发,穿着宽松的、带有小狼图案的睡衣,看起来就像一个在睡眠派对上醒来的二年级大宝宝,困惑地发现自己不在家里。我们随后向海滩走去,他手里拿着一罐防熊喷雾。

"这两只看起来大概4岁。"当我们走近这两只熊时大卫说道。两只熊在水岸附近的岩石周围嗅来嗅去。"它们可能最近才和妈妈分居。这个岛上没有鲑鱼,没有蓝莓,所以没有其他的大棕熊能威胁它们。"我们看了它们几分钟。"这两只熊瘦骨嶙峋的,"大卫一边说,一边用穿凉鞋的两只脚交替着去挠小腿后面,以此赶走饥饿的蚊子,"看来今天罗素岛的活口包括两个人、两只熊和20亿只虫子。"

我想知道他们是怎么来这里的,什么时候来的。"熊是游泳高手吗?"我问大卫。

"哦,当然。熊会游泳,驼鹿会游泳,鹿会游泳,狼会游泳。如果它们认定在另一个岛上有更好的东西,它们就会去。"

大卫跳到一块岩石上,拍手喊道:"嘿,熊们!"有几次,他

第二十四章 | 完整的缪尔之行

的语气听起来像是在鼓励它们。那两只熊走回树林里。大卫挠了挠头,转过身从峡湾往下看。"哇,你看这景色,山上的绿光怎么把水映成了翡翠绿,这是我一天中最喜欢的时刻。"他掀开防虫网片刻,领略影片般的全景色彩。"说真的,这可能是我在公园里醒来睁眼瞧见的最喜欢的地方。还瞧见了两只熊!不错吧?"

大卫开始在野营炉旁做早餐,他拧开密封罐,取出咖啡和麦片。之前我以为假如看到一只熊,自己会像羚羊在稀树草原上发现狮子一样被吓得失魂落魄,然后没命地跑,但实际上,我当时更多的是好奇,而不是害怕。大卫说这很正常:"这里的公园生物学家称这种现象叫作熊缺氧症。在此之前,你都在担心巨大的兽齿和爪子。当你真的看到了一只熊后,你就会喊声'哦!',然后拍拍你的手,接着它就站起来,看着你就跑开了。"

熊又一次走出了树林,这一次稍微近了一点儿。大卫站起来,拍拍手,喊了几声,声音比之前大了些。"马克,过来站在我旁边,这样就显得我们更大了。"他说,"我们要让自己看起来像个超级生物。看,它们走了。"两只熊再一次停下来,转向树林。

"我想我们今天就煮咖啡,跳过燕麦片吧。"大卫一边说,一边把热水倒进一个有咖啡渣的罐子里,而两只熊则偷偷跑进了杉木林。其中一只停下来回头看了看我们,似乎不太想回到树林中,然后才飞奔而去。

大卫说:"面对熊就像面对醉汉一样,你只需要虚张声势,表现得你比他更强就行了。"

我坐在海滩上等着咖啡泡好,大卫去拿他的胶靴。这时熊又出现了,但这次它们在我们后面,离我们的帐篷只有30英尺。"马

173

克，我想我们应该把咖啡打包带走喝，"大卫在海滩上喊道，"请把防熊喷雾拿来好吗？"

我站在大卫旁边，挥手、拍手、叫唤，这一次声音有些尖利："嘿，熊们！"熊占据了制高点。两只中胆子较大的那只突然对我的帐篷产生了兴趣。昨天的一个记忆闪过我的脑海——我是不是在背包底部落下了一张巧克力棒包装纸？而当熊离开帐篷，朝着皮划艇的方向漫步时，我才松了一口气。

大卫有着服务行业工作人员的冷静和文明的用语，但此刻他一点儿也不喜欢熊的行动。他开始愤怒地尖叫，脖子上的青筋都冒出来了。"他妈的离我的皮划艇远点儿，你他妈的熊！"熊退了回去，好像受到了冒犯，然后又回到帐篷外嗅了嗅。"我们有两天的备用食物和饮用水，"大卫解释说，"但只有一条皮划艇。"如果一只好奇的熊踩到薄薄的玻璃纤维外壳上，皮划艇立马就会有个洞。我一点儿也不想带着一罐喷雾和两只熊一起被困在这片狭长的海滩上。我清楚地记得这一幕，是因为我当时在笔记本上画了线，当后来我拿出笔记本时，发现书页之间有几十只被压死的蚊子。

"你在做笔记吗？"大卫问道，他的双臂像旗帜一样在头顶高高挥舞。

"这是我的工作，伙计，"我说着，一边涂写一边挥手，"得趁天气还暖的时候把这些东西记下来。"

我们肩并肩喊叫挥手，希望熊们能领会我们撑客的意思。大卫打开了喷雾上的安全扣。胆子大的那只熊在30英尺外，另一只则往后退了。两只熊暂时消失在杉木林里，但没一会儿，又回来了。

"我猜它们这是瞧出了我们在虚张声势。"大卫说道，"马克，

第二十四章 | 完整的缪尔之行

把你所有的东西扔到帐篷里,一起拖到海滩上去。我们得快点儿收拾东西上船,然后离开这里。"

我们收拾好罐头和炉子,把背包和靴子扔进帐篷,像英国敦刻尔克大撤退一样行动迅速,一路躲闪着蠓虫和蚊子的俯冲袭击。我的帐篷被一块岩石卡住了,大卫折断一根杆子把帐篷扯了出来。就在我们带着最后几件装备到达水边时,一艘巨大的白色游轮驶过,船身绘着日出图。游轮上的贵客们八成能透过双筒望远镜看到眼前这奇怪的画风,怎么有两个家伙一边疯狂地把东西扔进皮划艇,一边扑打面前的空气。

几天后,我碰巧遇到了那艘游轮的领航员,他回忆起在船上看到我们的情景。"我在想,天哪,瞧那装备!"他说,"那俩家伙一定玩得很尽兴。"

我们速速离去,划离岸边后,停下回头看。熊们来到水边寻找软体动物。大卫把浓浓的热咖啡倒进杯子里,和我一起观赏棕毛兄弟们的动静。"隔这么远看,它们倒是讨喜得很。"大卫说着,"我猜它们刚刚一直都想去海滩,今天这趟倒是阿拉斯加对我们的提醒。美的东西让人敬畏,但必须记住,事情从赞叹的'哇哦'到遭殃的'哎呀'只在一瞬之间。"

老天爷连着 3 天让我们遇上好天气,因此我们穿 T 恤就够了。北面一排高耸入云的山峰映入眼帘,山顶白雪皑皑。大卫说:"你看那儿,活像是八九座马特洪峰撞到了一块儿。"

最后一晚,我们在一片蓬茸的草莓苗地上露营,苗地就在一片沙滩的后头。唯一的威胁是来自一种叫长腿蛎鹬的野生动物。这只蛎鹬认定了大卫想要捣它的巢,于是发出汽车鸣笛般的尖叫声,以

175

示抗议。第二天早上，我们慢慢划回希西德莫尔关口。日游船在站点停靠，我们扛着装备和皮划艇爬上了铝制梯子，离开了岸边。解说员广播了我们的到来，船上的人都转过身来看我们。而此刻我们又脏又臭，其中一个人的额面上还红着一圈，那是蚊虫的战果。但看到其他乘客对我们的热情欢迎，就有一种我们刚刚从海洋阿波罗登月号中被打捞出来的恍惚。

冰川湾日游船还有一个好处就是有啤酒出售。而且，如果有人真的乐意听你讲述差点儿被两只恶棕熊害死的故事，他们甚至会请你喝一杯。

第二十五章

震荡和躁动

费尔班克斯

1899年，一如现在，冰川湾和锡特卡标志着阿拉斯加游客观光的终点。而哈里曼探险队当年只走了此路线的一半。走完了"阿拉斯加寻常旅程"的内湾航线后，约翰·巴勒斯写道："我们初见开阔的海洋，下一站是亚库塔特湾。"

如果天气足够给力，能从古斯塔夫斯一直行至亚库塔特（当然这个如果有点儿牵强），圣埃利亚斯山脉锋利的皓齿就会映入眼帘。圣埃利亚斯山脉是北美的喜马拉雅，其中有13座峰皆高达15000英尺，从海平面迅速升起，地貌之奇特以至于在国家公园管理局聘请西雅图公司制作该地区的三维地图时，其软件刚开始无法呈现如此急遽的地形变化。

因为岩石像吸湿墙拢住了积雪，而后凝结成冰川，因此哪怕是在罕见的 70 华氏度阳光明媚的日子里，亚库塔特湾也宛如一个冬日仙境。18000 英尺高的圣埃利亚斯山像一座糖山耸立在海湾。雄伟的马拉斯皮纳冰川拔地而起，状如一枚巨蛤。不奇怪威廉·道尔为这座冰山取了这一名字，他以 18 世纪西班牙探险家亚历杭德罗·马拉斯皮纳的名字命名，后者在寻找西北航道时经过此地。

在地图上，亚库塔特湾的凹口就在 141 度子午线以东，是阿拉斯加狭地与其主要陆地相连的地方。1899 年，这里也标志着特林吉特领土的终结。当一群原住民划过冰莹满布的海湾接近"长老号"，并拿出皮毛兜售的时候，哈里曼邀请他们上了船。哈里曼非常喜欢他们中的一个人，一个健谈的、戴着海盗帽子和眼罩的人，他后来被称为印第安吉姆。哈里曼雇他当向导，领他们去往海湾最深处，去以前轮船从来没有到过的地方。巴勒斯被冰川冲刷的巨岩吓坏了，他觉得自己仿佛进入了"早期冰神的特殊游乐场"。

哈里曼一行人在亚库塔特湾的角落里度过了平静的 5 天，没有人比哈里曼本人更享受这段时日了。当哈里曼不为调度划艇，接待科学家考察，用留声机娱乐特林吉特客人，或为当地勘探者开矿提供建议而忙碌时，他就在花钱。他买了三艘独木舟和一张几近灭绝的海獭的皮毛，后者花了他好几百美元，因为跟特林吉特猎人讨价还价比跟铁路业最厉害的人谈判还难。当侦查员黄石·凯利报告说他离一只熊近到能闻见兽味时，哈里曼拿着步枪就冲了出去。结果是又一次败兴而归——他筋疲力尽且两手空空

第二十五章 | 震荡和躁动

地回到"长老号"。而此刻的缪尔对主导当地经济的特林吉特血腥的海豹狩猎深恶痛绝,因此他暗自为哈里曼的失败而庆幸。

哈里曼团队在亚库塔特湾享受着他们的田园生活时,《大西洋月刊》(*The Atlantic Monthly*)正准备在 1899 年 8 月的期刊上发表缪尔的最新文章。缪尔在《优胜美地国家公园》一文的结语中写道:"大自然在不停的建造与推翻、创立与摧毁、运转和变动中循环往复,染苍染黄,更替万象,生生不息。"该文将国家公园比作神庙和讲堂并热情地捍卫其地位。一天凌晨两点,缪尔在优胜美地山谷被地震的"狂野震动和轰响"吵醒后,他"兴奋又胆战地跑出他的小屋并大喊:'伟大的地震!我确信自己定将获得新知。'"。

缪尔的文章让我深感共鸣,因为我和大卫·阙那漠一起在罗素岛跟棕熊玩捉迷藏之后不久就读到了它。当时正好有难得一见的消息从冰川湾日期栏上传来。一位飞行员在公园上空注意到兰普卢冰川上方的一个岩面坍塌了,大卫和我都能从我们岛上的营地看到。阿拉斯加狭地北部的山脉仍在增长,这是构造板块慢慢相互碰撞的结果。当冰川消退时,这些年轻的山脉(几百万年的山龄,但从地质计时来看还很年轻)容易受到山体滑坡的影响。科林·斯塔克是哥伦比亚大学拉蒙特-多尔蒂地球观测站的海洋地质学和地球物理学教授,他告诉 KHNS 电台,兰普卢事件期间 1.5 亿吨残冰被释放,产生了相当于 7 千万辆丰田高地车从斜坡上冲下来的动力。"真正让我担心的是,"他说,"假如坍塌发生在冰川前缘更远一点儿的位置,后果将不堪设想。"斯塔克指出,从谷歌地球上可以看到,冰川前面有一个很小的椭圆形物体,这是冰川湾日经的游轮之一。如果兰普卢前方发生山体滑坡,任何经过的游轮以及大卫和我,还有咱们的熊朋友,都会被大海啸吞没。随着冰川的进一步融化,原本被冰固定住的岩石将会不断掉落,此类坍塌事件的频率必然有增无减。

考虑到1899年夏天阿拉斯加旅游业的上行趋势,哈里曼探险队大张旗鼓的回归无疑会将冰川湾列入世纪之交时的"明年必游"计划。该地区直到1925年才受到联邦政府的保护,而缪尔冰川前铺设的木板路预示着这里将成为阿拉斯加最具吸引力的景点。不过,大自然有其他的计划。1899年9月10日,一场8级的地震袭击了狭地北部,震中位于亚库塔特湾。

加州的地震,比如1906年毁灭性的旧金山7.8级地震,都是小学历史课上的必学知识。阿拉斯加的自然灾害,比如兰普卢山体滑坡,通常是没什么人注意的,直到后来才发现是因为没有人目睹它们。1899年的亚库塔特地震是个例外。一个由8名探矿者组成的团队正在亚库塔特湾附近淘金,他们描述了上午9点左右发生的一次强烈地震,紧接着是52次余震,每隔几分钟就有一次。他们是如何得出如此精确的数字的呢?这是由于他们把两把猎刀串在一起,做成了一台简易的地震仪。然后,在下午1点30分左右,最后一次震动持续了两到三分钟。

据一位地质学家说,地震的威力足以将醒幻湾的部分海岸线抬高47英尺,这是"历史最高纪录"。6年后,一位地质学家来到这里考察,发现自己正抬头看着几年前还生活在海底的藤壶。

缪尔冰川当时风头正劲,作为旅游景点能与尼亚加拉大瀑布相提并论,但被地震给毁了。9月10日地震后不久,造访冰川湾

第二十五章 | 震荡和躁动

的两名科学家估计，缪尔冰川的冰层后退了 2.5 到 3 英里。残冰堵塞了缪尔湾，旅游船无法再靠近，直到 1907 年此地的旅游才开始恢复。一位加拿大地理学家感叹道："以前，缪尔冰川有着至少 200 英尺高的垂直前沿，巨大的冰山不时从中分解而出，有幸目睹的人绝对此生难忘。"地震后，冰川曾经雄奇的面孔变得淡然，就像拳击手被打扁的鼻子一样，它的冰体已一分为二。

亚库塔特探矿者脚下的地面晃动开裂，泥石和湖水从断裂的湖中喷出，有如暴雨打头。其中一人回忆说："我们听到从海湾方向传来可怕的咆哮声，朝那个方向看去，一股似乎有 20 英尺高的潮汐向我们袭来。"他们的好几只船被砸成了牙签，只有一只小船被一棵赤杨木的树枝拦住，停了下来。在水上，他们清楚地看到 60 英尺高的海浪汹涌奔腾，撞向岸边。在接下来 4 天的时间里，探矿者就靠漂在水面上的死鱼为生，这些鱼在地震中丧生。当他们到达亚库塔特时，他们发现村庄完好无损，村民们还活着，但受到了震动的影响。接着，他们在后来被称为战栗山的高地上露营。

我们这些住在外面的人通常不会认为阿拉斯加是海啸地区，但沿海城镇张贴的蓝色疏散路线标志清楚地表明，阿拉斯加人从来没有远离过这种危险。亚库塔特南边的安静的利图亚湾就是个证据，那里有着明显的岩石崩裂的痕迹。几十年前，几个不幸的船民目睹了有记录以来最高海浪的袭击。

利图亚湾是一个大约 7 英里长、2 英里宽的峡湾，两岸陡峭的崖壁高达 6000 多英尺。哈里曼探险队的地质学家吉尔伯特在"长老号"经过这里时写道："利图亚湾的形状像字母 T。""T"是指峡湾尽头的两臂分支（利图亚湾独特的"T"形北臂后来被命名为吉尔伯特海湾，以纪念这位地质学家）。这是冰川湾和亚库塔特之间为数不多的能提供住所的天然港口之一，然而经验丰富的水手都知道它温和的外表是有欺骗性的：一个只有几百码宽的狭窄入口，只有在每隔 6 个小时短暂的潮水平息间歇才能安全进入。法国探险家拉彼鲁兹伯爵在 1786 年到达这里，在勘测海湾入口时，两艘船上的 21 人丧生。为了纪念死者，拉彼鲁兹在海湾中心的一个岛上竖起了一座纪念碑，并将这个岛命名为纪念碑岛。

1958 年 7 月 9 日晚，三艘渔船在利图亚湾宿夜。其中一艘是 38 英尺长的"埃德里号"，由霍华德·乌尔里希驾驶，他带着他的儿子小霍华德。夜里风平浪静，水面平稳，殊不知，暴风骤雨很快将席卷而来。一队加拿大登山者正在庆祝他们首次攀越约 15300 英尺高的费尔韦瑟山，却惊讶地发现他们的水上飞机提前一天到达，在天气转变之前来接他们。于是他们匆忙离开营地，飞机在上午 9 点前升空。两个小时后，他们的营地从地球上消失了。

利图亚湾的一个特色是隐匿。费尔韦瑟山的断崖所在的地方，是两个构造板块的交错处，它穿过海湾顶部的"T"形横梁，这样的地层构造被称为走滑断层。这种缓慢摩擦所积累的能量偶尔会突然释放出来，从而引发地震。正如 2016 年在兰普卢冰川上发生的那样，地震活动可能会释放出大量的碎片。由于利图亚湾又长又窄，这里的山体滑坡可能会产生巨量碎石倒入浴缸的效果。

7 月 9 日那晚，乌尔里希刚入睡不久，就被"埃德里号"猛烈的摇晃惊醒了。他的手表显示晚上 10 点 17 分。他跑到甲板上，抬头惊见几乎垂直着拔水而起的雪峰，山峰似乎在痛苦中扭动。"你

第二十五章 | 震荡和躁动

有没有见过15000英尺高的山峰扭动摇摆?"乌尔里希事后回忆道,"我之前也没看过,我也不确定是不是还想再看一次。"

因为恐惧,乌尔里希的脚粘在甲板上了。他看着群山摆动了大约两分钟,然后转身向纪念碑岛望去,这时大约有3千万立方米的碎石从吉尔伯特海湾上方的崖壁上滚落,砸入水中。突如其来的位移造出了巨大的浪,一堵1700多英尺高的水墙冲向了海湾入口的另一边。

由于雪崩而流离失所的水从峡湾东侧反弹,聚集成一个巨大的海浪,向利图亚湾的入口席卷而来,滚滚冲向"埃德里号"。乌尔里希给小霍华德扔了一件救生衣,并启动了引擎,试图把锚拉上来。但是,锚一动也不动。当海浪就要袭向他们的时候,他把锚链抛到了240英尺的高度。就像爱德华·柯蒂斯在冰川湾划独木舟一样,乌尔里希知道他最好的机会就是驶进迎面而来的水中。他回忆说:"我想我们也许可以在锚拉住我们不被卷走的当口,乘着浪头向上从而翻越海浪。"但是紧接着,他的锚链断了。

当时还有另外两艘渔船也停在利图亚湾。"阳多号"上的夫妻立即起锚,加速驶向海湾入口,希望能脱险。但在入口处,他们撞上了海浪,船和船上的乘客怕是都被撞成了碎片,仅剩一汪浮油,那是他们在遇难地点的唯一痕迹。另一艘船,"狼獾号",由威廉和薇薇安·斯旺森掌舵,海浪袭来时,他们还在下锚点。他们的拖网渔船被海浪卷到了海湾入口的低洼陆地。根据美国地质调查局的后续报告:"船尾骑着波峰,就像冲浪板一样。降落在陆地时,斯旺森俯视下方的树木,他觉得自己正从树顶上方两条船的高处(80多英尺)下落。""狼獾号"的船尾最先坠落。

90分钟后，一艘渔船发现了他们，他们被冻僵了也被吓坏了，但还活着。

乌尔里希确信他和他的儿子快要死了，他抓起收音机大喊："求救！求救！这是利图亚湾的'埃德里号'！鬼门关在这儿敞开了，我们的时候到了。永别了！"接着，父子俩骑着几乎垂直的浪面，完好无损地落到了远处。然而，他们的磨难还没有结束。峡湾内的水现在像一锅滚开的树块和冰石炖盅，大块小块相互撞击，搅动不息，漩涡和水流盘旋不散。乌尔里希竭尽全力地拉住小船，不知不觉中竟侥幸滑入了海湾的入口。

第二天早上，美国地质调查局的地质学家唐·米勒飞过利图亚湾，对昨夜的惨况做了记录：海湾的"T"形臂和几乎一半的主航道都被冰堵塞了，其余的水道大部分塞满了木块和植被，蔓延了几英里直至太平洋。在崖壁三分之一高的地方，吉尔伯特海湾前壁的新伤口还在滴着水，那里是海啸狂浪的中心点。除了那个中心点下方的岩石之外，一切都被抹去了。

如果拿一张太平洋地图，从新西兰开始，沿着一条粗略的马蹄形线，向左经过印度尼西亚，然后沿着亚洲海岸向上穿过菲律宾和日本，再到白令海峡，接着沿着阿拉斯加海岸向下，最后经由智利连接北美和南美海岸，就能勾勒出一个火环的轮廓。这个火环轮廓所代表的地震活动带囊括了全世界90%的地震，同时也是世界上大多数火山的发源地。这些异象在不同文化里能用丰富多彩的神话来解释。在日本，传说有一种巨大的鲶鱼，它的拍打能震动山河。有关阿拉斯加东部地震的发源，特林吉特人也有几个传说。朱莉·克鲁克申克在其引人入胜的著作《冰川倾听吗？》(*Do Glaciers Listen?*) 中写道："特林吉特有关东海岸的叙述表明了人们对地震、巨浪、洪水和异常潮汐很熟悉。他们将这些异象归因于渡鸦神的行为，渡鸦神创造了天地。"陪同梅里厄姆和格林内尔参观锡特卡特林吉特村的美国民族学家乔治·埃蒙斯记录了利图亚湾入口附近的海穴中的"深海怪物"——卡·利图亚的传说。卡·利图亚不会饶恕任何入侵他领地的人，他和他的奴隶们会"攫取地表水，像甩动床单一样，晃动摇撼"，进而吞没入侵者。

地震学家在解释地震和海啸的原因方面已经从深海怪兽前进了很长一段路，但要预测这类事件将于何时发生，他们还是有些无计可施。阿拉斯加大学费尔班克斯分校的地震中心是在1964年耶稣受难日地震袭击该州之后成立的，那是美国历史上有记录以来最大的地震。地震中心的主要任务是监测地震活动，减少"阿拉斯加地区的地震、海啸和火山喷发所带来的影响"。

1964年3月27日，停靠在瓦尔迪兹的"切那号"货轮上的两名船员拍摄了一部黑白胶片电影。在滨水区，码头工人双手插在口袋里等待着卸货，孩子们带着他们的狗蹦蹦跳跳，并向扔过来橙子和糖果的水手们挥挥手。紧接着，地面开始破裂，海中出现了一道裂口。不知何故，即使海水倒向了港口，露出了海床，摄影师也一直在拍摄。接着，一个50英尺高的巨浪从海湾滚滚而来，扑向岸边，将"切那号"抛向镇中心，并将瓦尔迪兹大部分地面卷走。码头坍塌了，把孩子、狗和码头工人都卷进了大海，他们无一幸存。现在到瓦尔迪兹的游客看到的实际上是一座不同的城市，它是在距离旧城4英里远的地方重建起来的。

3000 英里阿拉斯加荒野之旅

迈克尔·韦斯特是阿拉斯加州的州地震学家，他在阿拉斯加大学费尔班克斯分校的地球物理研究所工作。研究所在一个时髦的建筑群里，屋顶上有一个巨大的抛物面碟子。我们在街对面的北方博物馆见面，韦斯特准确地将其描述为"费尔班克斯的最美建筑"。（与费尔班克斯相比，朱诺就是佛罗伦萨。）博物馆很不错，有一种法兰克·欧恩·盖瑞遇见南努克①的氛围，但对于像我这样的人来说（我的母校在中西部，平坦的校园中央有块玉米试验田），阿拉斯加山脉以南的风景才是真正的绝色。

我们从 2 楼的窗户向外凝望时，韦斯特说："眼前的整段山脉都是地震创造出来的。"就像阿拉斯加太平洋沿岸的山脉仍在增长一样，内陆的山脉也在增长，包括德纳里。正是这种动态的地质使阿拉斯加的景色独一无二。"风景是阿拉斯加的特色，对吧？山脉、冰川、原始河流，要说所有这些都来源于活跃的地质活动也不为过。如果没有地震，就不会有德纳里。"

按照常人的标准，韦斯特风趣又迷人，与我见过的大多数地球科学家相比，他值得拥有自己的深夜脱口秀。他刚刚乘坐红眼航班从华盛顿特区回来，那里的国会工作人员被《纽约客》（*New Yorker*）最近的一篇文章弄得焦头烂额。这篇文章警告称，未来可能会发生地震和海啸，规模之大可以摧毁太平洋西北部地区。除了阿拉斯加的代表，似乎没有人太担心阿拉斯加更有可能发生大地

---

① 法兰克·欧恩·盖瑞，美国后现代主义及解构主义建筑师，曾获得普利兹克奖；《北方的南奴克》（*Nanook of the North*）是 1922 年罗伯·佛莱厄提执导的无声纪录片，记载了北极圈的原住民因纽特人的日常。——译者注

震。(自1964年以来，安克雷奇市中心的面积扩大了两倍，其震后照片与1906年旧金山的照片非常相似。)在过去，对自然灾害的记忆往往是以民间故事口头流传下来的。乔治·埃蒙斯在锡特卡听过一个故事，他发现这是对100年前拉彼鲁兹伯爵在利图亚湾失去两艘船的准确描述。韦斯特作为州地震学家的职责之一是提醒阿拉斯加人灾难即将到来，并教他们做好准备。"我们面临的其中一项挑战是历史，"韦斯特说，"1964年时根本没有今天阿拉斯加这么多人口。"

美国五分之四的地震都发生在阿拉斯加。我问韦斯特，为什么阿拉斯加的地震活动比全国其他地方活跃得多。"我的同事们不喜欢我这样解释，但基本上，阿拉斯加的所有地震都可以追溯到3个活动过程。"他说，"第一是板块相遇。太平洋北部是一个大的构造板块。阿拉斯加是北美洲板块的一部分。而北美洲是一块坚硬牢固的大陆，对吧？太平洋板块正在撞击阿拉斯加。"当太平洋板块与北美洲大陆板块相遇时，它会在其下方弯曲，这一过程被称为俯冲。这就是为什么最深的海沟经常靠近陆地而不是在海洋中央的原因。

"这些板块正以每年两三英寸的惊人速度逼近，"韦斯特说，"一年两三英寸能有多少呢？但10年后，就有几英尺远了。100年后，就是几百英尺了。如果在几秒钟内将地面移动几百英尺，那就是个非常非常了不得的事件。"

"第二是你要推动整个构造板块，然后强迫它越过另一个板块，"他慢慢地用一只手掌摩擦另一只手掌，"一旦进入最大的大地震，即8级及以上，几乎没有例外地就是这种平移运动。"在阿拉斯加东南部，太平洋板块正向北擦过北美洲板块。"这基本上是圣安德烈亚斯断层的北方表亲。"韦斯特说。

"第三个过程是阿拉斯加南北缓慢压缩。当两个巨大的大陆相撞时，你会看到弯曲和折曲，山脉会凸起。1000年后，这些山脉看起来会和今天的差不太多。南北压缩的大陆板块不会移动太多，但它们移动的那几英尺会在地震中显现出来。"

地震和火山是阿拉斯加"活跃地质"最明显的证据。海啸是最致命的。在耶稣受难日地震中，139名遇难者中有119人死于海啸。冰川活动产生的沉积物所形成的地面不稳定，在地震中会像果冻一样液化，而海岸附近的海底山体滑坡又会导致大量的海水移位。在夏威夷，预警系统通常会在海啸抵达岸边之前四小时给居民预报。1964年，像苏厄德和惠提尔这样的阿拉斯加小镇在震动结束之前就被巨浪淹没了。

"如果幸运的话，这里的人们会有几分钟的时间。"韦斯特说，"因此，我们教育阿拉斯加沿海城镇的人们，如果地面震动超过20秒就离开，这么做就对了。"

我不禁地问："有没有办法预见灾难的到来？"韦斯特说："这是所有地震学家的痛处。我们甚至不打算用'地震预测'这个词，因为那只会带来问题。"他借了我的笔记本电脑，打开一张阿拉斯加地图，地图上标着数百个大小不一、颜色各异的圆点，上面标明了地震的时间和强度。"所有这些小地震都非常重要，实际上，2级地震不会产生破坏，因为没有建筑物倒塌，没有人死亡，但这些小地震是我们在某些地方进行预测的线索。每当阿留申群岛开始发生几周的4级、5级地震时，我们总是非常仔细地观察并开始思考，这些地震会不会是即将到来的 8 级地震的前震？"

"这是不是每 500 年才会一遇的事情？"我问。

"哦，不，不，不，不。"韦斯特说。在 1964 年的地震之前，1946 年的地震引发了海啸，导致希洛 159 人死亡，之前在 1938 年发生了一场严重但不那么致命的地震。"自从阿拉斯加发生致命的海啸以来，已经过去了 50 年。根据历史记录，50 年的周期已经非常长了。"

第二十六章

寻路之尽

亚库塔特

据了解，1899年亚库塔特湾地震没有人员伤亡，这是由于人口密度极低的一次侥幸。一个多世纪过去了，亚库塔特仍然被看作阿拉斯加最偏远城镇中的一个。它偏居在凯奇坎和安克雷奇海岸之间人烟稀少的一隅，背靠一个方圆百来英里的荒野。如果有人真的下定决心（不介意涉水、跋山和躲狼獾），他或她可以从亚库塔特步行到900英里外的诺姆，只需穿过两条路。手机服务直到2012年才到达该镇，而且信号仍然时好时坏。渡轮每两周在亚库塔特停靠一次，哪怕在仲夏也是如此。

梅勒妮·希科克斯曾建议我去拜访亚库塔特的护林员吉姆·卡普拉。亚库塔特位于冰川湾国家公园和兰格尔-圣埃利亚斯国家公园保护区之间。在兰格尔-圣埃利亚斯观光可以花上一生的时间，因为这是世界第二大的国家公园，它的面积是黄石国家公园的6倍，与瑞士国土面积大致相当，尽管瑞士的山脉更令人难忘。世界上最大的国家公园位于格陵兰岛东北部，如果你碰巧在附近的话可以去看看。亚库塔特镇的人口比古斯塔夫斯稍多一些（截至上次人口普查有662人），但分布得更稀。从我的手机上看，从我的旅馆到公园管理局办事处只需走一小段路就到了，结果却有几英里远。于是我伸出大拇指，想拦一辆车搭。然而15分钟过去了，没有一辆车经过。于是我只能回到旅馆，借了院子里的一辆自行车，结果发现每隔四分之一英里左右，车子的链条就会摇摇晃晃地掉下来。

国家公园管理局办事处在一个旧飞机机库里，门上只有一个箭头标记。我迟到了半个小时而没有告知对方，因为手机没有信号，但阿拉斯加乡村的人们对约定相当宽松。他们觉得你总会出现的，如果等了太久你没出现，那就是时候该呼叫搜救了。我敲了敲门，等了几分钟，又敲了几分钟，然后走到国家气象局办公室，确定我敲门的位置是对的。等我回来时，吉姆·卡普拉穿着制服，微笑着等候，办公室的门打开了。

亚库塔特附近最著名的景点可能是哈伯德冰川，它之所以闻名有两个原因。第一，它巨大无比。哈伯德冰川正面高300英尺，宽6英里，是北美最大的潮汐冰川。第二，与阿拉斯加的大多数冰川不同的是，它还在增长。这使得它在那些认为气候变化是一

第二十六章 | 寻路之尽

场骗局的人当中很受欢迎。①

"哈伯德的一边是圣埃利亚斯山,另一边是洛根山。"卡普拉解释说,"这两座是北美第四和第二高峰。"我们正坐在办公室的小厨房里,卡普拉站起来,手指画在墙上的一幅林业局地图上。"一种理论认为,由于积累区较高,到目前为止受气候变化影响较小。"阿拉斯加大学费尔班克斯分校地球物理研究所的内德·罗泽尔写道:"也可能因为哈伯德位于地球上最潮湿的地方。"这个说法无法确定,因为从来没有人能够在城外的偏远山区安装雨量计。1986年以及后来的2002年,哈伯德冰川把罗素峡湾的入口堵住了,那里是约翰·巴勒斯笔下的"早期冰神的特殊游乐场",这就导致了冰坝后面的水位陡然上升,最终破出一个缺口。一位冰川学家估计,到2025年,这个缺口将再次被封堵。

为了逃离文明来到阿拉斯加的人被称为"寻路之尽者"。在1879年与霍尔·杨的旅行中,缪尔听说了一位哈佛毕业生的故事,他"有一个光荣的新英格兰名字",在一个偏远的特林吉特部落避难。当他们最终找到这位可能是阿拉斯加有记录以来第一位"寻路之尽者"时,他只披了一条廉价的毯子,喃喃地回答了他们的问题。

由于完全与世隔绝,亚库塔特吸引了众多最极端的辍学生前来,这些人在其他的可居地都已经无路可走。卡普拉说:"我们走过了路的尽头,所以我们也是他们当中的一员。"我问在广袤的荒

---

① 参见萨拉·佩林对巴拉克·奥巴马总统访问的回应。总统访问期间强调了气候变化对阿拉斯加的影响。"奥巴马当时正在这里看着冰川,并指出一座正在消退的冰川。不过,这里还有其他正在生长的冰川。"

野里有没有隐士。"他们通常不会特别吓人。你偶尔会看到他们的踪迹，或者听到有人住在森林里的描述。"他说道，"他们都是生存主义者，有个哥们儿有 5 万发子弹。"有一次，一位妇女曾经在园区外的小屋开了一次会，会上出现了很多人。这些人不仅对会议主人来说是陌生人，而且之前任何人都不知道他们的存在，包括他们彼此。

卡普拉略微谈到了他自己到这样一个与世隔绝之地的经过，他在费城独立厅做了两年的护林员。"我和很多妓女和吸毒成瘾的人打过交道，不过听说那个社区已经变好了。"接着，他在阿肯色州待过一段时间。他在洛杉矶长大，有家人在演艺界工作，但他还是想离开南加州，最终来到了这里。他说："来亚库塔特是一种不一样的与世隔绝，这里周围有数百万英亩的旷野。有些人无法忍受这种安静。"

卡普拉送我出去时，看了我自行车上那条可怜的链条一眼，进去拿了一把扳手回来了。"虽然解决不了问题，但应该能让你回到镇上。"他一边说，一边用扳手拧紧螺母。我问他是否碰巧与美国小镇价值观史诗《生活多美好》(*It's a Wonderful Life*)的导演有关系。

"弗兰克·卡普拉是我的祖父。"他说。他还记得在祖父的牧场看 35 毫米电影的美好时光。吉姆·卡普拉的父亲曾在新闻广播业工作，其他卡普拉家族的人也曾试着搭弗兰克导演的便车去闯好莱坞。"我只想离开电视和电影行业。"他说。

除了冰川，我对亚库塔特唯一了解的就是它是阿拉斯加冲浪之都，这一点出人意料。吉姆·卡普拉"在洛杉矶长大，是个朋克冲

第二十六章 | 寻路之尽

浪少年",他证实了这一点,并建议说,如果我想要尝试当地的海浪(我没有),要警惕当地的危险。"这里的海狮比加州的海狮大,而且非常好奇。"我遇到的另一名冲浪者告诉我,他乘着亚库塔特的海浪上岸,结果发现自己被困在一只棕熊和一大片蚊子之间。

我从网络文章中读到,这股冲浪狂潮的火热中心是冰浪冲浪店。我沿着机场路骑车返回时,路过一些站在齐肩高的灌木丛中采美莓①的人们,他们将采摘好的放进五加仑的水桶里。在骑车来回的那条小路上,我还记得其中一所房子的后门上贴着冲浪贴纸。其中一张贴纸上写着"冰浪冲浪店:远北之岸"。我朝那座房子走近了两步,一只非常不高兴的看门狗冲出来招呼我,却被它的链子拽住了。这只狗显然兼作门铃,因为屋里探出一个头来,让那兴奋的狗安静下来,这人邀请我绕到后面去。

杰克·恩迪科特看起来不像老一套的冲浪大亨,甚至连阿拉斯加的冲浪大王也不像。他又高又壮,留着浓密的圣诞老人白胡子,戴着棒球帽,穿着卡哈特工作服,而不是冲浪短裤。冰浪冲浪店的世界总部原来在他家后面的一个房间里,里面摆满了各种各样的装备。恩迪科特坐在收银机旁边,被各式著名冲浪者的照片围着。"你永远不知道谁会敲门。"他说。七届女子世界冲浪冠军莱恩·比切利有一次就独自现身。

恩迪科特不是那种收听《冲浪美国》(*Surfin' U.S.A.*),然后就踏上西部寻梦之旅、找寻木货车和长板的人。他说:"我到阿拉斯加来是要当一名渔夫和捕猎者的。"国家气象局后来在亚库塔特有

---

① 美莓(salmonberry),是一种原产于北美洲的红色浆果。——编者注

了一个气象学家的职位空缺。他说:"因为阿拉斯加湾风暴接踵而至,这就是造成山体破裂的原因。"如果条件合适,海浪可以高达20英尺。我注意到,恩迪科特出租潜水服的价格很合理,在一个即使在夏天水温也很少达到60华氏度的地方,潜水服是个必需品。

问题是,恩迪科特到底是如何进入冲浪业的?"我们有7个孩子,偶尔会去夏威夷。"他说道,"孩子们会说:'家里的浪和这里的一样好。'"

当地报纸有一篇报道被《朱诺日报》(*Juneau Daily*)转载,美联社的一名记者看到了这篇报道,进而发了一篇稿子引起了哥伦比亚广播新闻的注意。很快,在亚库塔特冲浪就成了一桩值得炫耀的事儿。"来这里的人说:'我可以去夏威夷或印度尼西亚,但还没人来过亚库塔特。'"

"我们在美国最与世隔绝的地方,"他说,"这既好,也不好。"

亚库塔特臭名昭著的天气一直没能染指我惊人的好运气,于是我趁着好天漫步到了加农海滩。海滩得名于一组"二战"时期的大炮,它们至今仍在,它们曾守卫着海岸,以防日本的入侵。炮桶已经被锯下来并刷上了沥青,因为当地有太多的狂欢者把火药倒进炮筒里,并向大海发射自制炮弹。"好球!保龄球射中游轮致使其沉没"这种头条新闻可没人想看到。

走在海滩上就像踏上了另一个星球。如果说在温暖、阳光明媚的6月里,出现一个风景如画的海滩是让人感到毛骨悚然的,那么加农海滩就是这种海滩。暗沉的沙滩向两个方向延伸了几英里,枯木散落其间。这个时候学校已经放假了,旅游季开始了。借助双筒望远镜,我在一小时内发现了8个人。我还观察到远处的海上有一

第二十六章 | 寻路之尽

艘游轮,一个女孩在浅水区的充气筏子上来回踢腾。杰克·恩迪科特预测海浪条件不错,但此刻看不到一个冲浪者。在北面,白雪皑皑的圣埃利亚斯山对称地从海平面上拔水而起,就像沙漠上的大金字塔。艺术家弗雷德里克·德伦鲍在日记中写道:"这是我平生所见最壮观的山,相形之下,勃朗峰和其他所有山都成了侏儒。"我不得不同意这一点。

像古斯塔夫斯一样,亚库塔特没有真正的市中心,只有松散的建筑群凑合成小镇的中心。游客可以在马洛特杂货店买食物,在玻璃门酒吧买酒,但如果哪位游客想坐下来同时享用食物和酒精饮品,那他就必须一路骑着他那辆跛脚自行车回到机场旁的钓鱼小旅馆。吉姆·卡普拉建议我不要留在玻璃门酒吧喝酒。"每次我踏进那里,都会发生这两件事中的一件,"他告诉我,"要么是有人在吧台上排上 6 杯酒,想玩'游骑兵醉飘然'的游戏;要么就是有人挑起争吵,希望能打上一架。"而我不需要知道来自纽约的游客会带来什么样的诱惑。

镇上还有仅剩的另一家店铺叫胖奶奶,这是一个紫色的店铺,自称是礼品店和小酒馆,但其实更像是一家礼品店和咖啡馆,出售用纸盘装的每日热午餐,还提供室内美黑服务。店里的三面墙都摆满了旧书,店主坎迪·希尔斯告诉我,下单咖啡后,这些书可以免费带走。我问她是否知道镇上有什么有趣的人,我可以和他们谈谈。她说她要想想。

几分钟后,我坐在那里喝咖啡,正在考虑一本略微折角的《洪堡的礼物》(*Humboldt's Gift*)是否值得我塞进背包里,这时一个衣冠不整的男人拉出我旁边的椅子坐了下来。他留着稀疏的胡须,穿着一件脏脏的、没有打褶的牛仔衬衫。"坎迪说你想和亚库塔特最有趣的人谈谈，"他用拇指指着自己的胸口说，"那就是我了。从没有电灯和暖气的时候开始，我就已经在亚库塔特待了66年了。"

他的名字叫罗伊。他父亲的父亲在别处与人发生争执后来到亚库塔特。"我是纯种特林吉特人，来自鹰部族，是海军陆战队的越战老兵。我在俄勒冈州上学，去加州旅行。亚库塔特是世界上最美的地方。在食物上，亚库塔特有它自己的丰饶。在我父亲的时代，如果有人带来一只海豹，每个人都会分食，他们也会照顾寡妇。但是绿色美元钞票的出现改变了一切。"

罗伊的一生很坎坷。"我结婚了，又离婚了。我对自己做过的一些事感到后悔。有一次一个白人和我打架，我失去了理智。他完全不知道自己出局了。1976年，他们说我在安贡（锡特卡东北部的一个小镇）向警察大吼大叫。他们在法庭上撒谎陷害我，判了我三年监禁，我后来请求了假释。"

"我父亲的特林吉特乳名翻译过来就是'风流坯子'。他在村子里有6块不同的地，他用1块地换了1件皮夹克和1夸脱①威士忌。他死在朱诺，1辆18轮的卡车从他身上碾了过去。我的哥哥在西雅图被杀，被3个人打得不省人事。我的小弟弟沃尔特把自己吊在科迪亚克岛的一根电线杆上。我的小妹妹是以行刑的方式被杀的，她的狗也被杀了。"他顿了一下，又说，"妈妈是年老去世的。"

"我无家可归。后来向军方递交了一份住房申请。我的姐妹们就要过来了，她们这时候也许在渡船上。""肯尼科特号"，是我从

---

① 夸脱（quart），容量单位，1美制湿量夸脱≈0.95升。——编者注

第二十六章 寻路之尽

贝灵汉到凯奇坎的长途老友,刚好那天晚上是每两周一次的在此停靠的时间。"可能是下一班船。我没有电话。如果你把我写进你的书里,给我寄一本好吗?"他拿起我的钢笔,在我的笔记本上写了一个邮寄地址。

当年"长老号"离开亚库塔特湾时,弗雷德里克·德伦鲍记下了他们航行途中的孤独。他写道:"辽阔的水域中,哪里都看不到帆,自从离开锡特卡,遍无船迹。"唯一的同伴是一只信天翁,它跟着"长老号"飞了几个小时,毫不费力地腾空而起,扑向海浪。哈里曼探险队中那些沮丧的猎人,因为爱好文学,所以一定能从柯勒律治关于古代水手的诗中知晓,射杀信天翁会招来霉运。当他们继续向西驶入威廉王子湾时,不难想象他们早已把工业世界的喧嚣抛诸脑后。

第二十七章

生态灾难：前情

奥卡

"科学家考察团不容易带，而且他们混在一起很容易发生'易燃''易爆'的状况。"约翰·缪尔在1909年哈里曼去世时写道。相处了一个月，在"长老号"接近阿拉斯加狭地和南海岸构成的"拱顶"的时候，根据巴勒斯的说法，哈里曼探险队的成员已经"在夏日游轮上呈现出一个幸福大家庭的特征"。探险通常就像军事战役，漫长行军的无聊只有短暂的兴奋聊以慰藉。别的探险家还在数着冻死的尸体个数或抽着签让食人族确定先吃谁的时候，"长老号"上的科学家们正在游轮的沙龙欣赏着林业教授伯恩哈德·费诺弹奏贝多芬和舒伯特的钢琴曲，在告示板上贴出一些幽默的打油诗片段，或者向哈里曼挑战他最喜欢的游戏——鳄鱼皮。大家能保持情绪愉悦多亏了哈里曼，他精力充沛，组织调度游刃有余，让气氛和乐融融。"在这条船上，想抓老鼠或收集鸟类标本的人、想勘测冰川或海湾的人，还有想猎熊的人都享有一样的待遇。"巴勒斯写道。"长老号"离开内湾航道时，比起这些活动，巴勒斯更想回到他纽约的小屋。

很多的欢愉时刻对日复一日的探险苦差事来说确实是一种跳脱。像缪尔、格林内尔和道尔这样的人习惯了吃硬食、打野味和露营，而哈里曼不仅提供热餐和温暖的床，还成立了一个演讲委员会，定期提供餐后娱乐。每天晚上8点，"长老号"的一位专家都会发表演讲。"有一天晚上，道尔谈了阿拉斯加的历史和地理，"巴勒斯写道，"然后吉尔伯特谈到了冰川塑造山谷和山脉的作用，也谈到了我们最近参观过的冰川。"丹尼尔·埃利奥特曾经激起哈里曼对熊的兴趣并发起了此次探险，他谈到了东非索马里兰的动物群。比起用他的笔杆子，缪尔更善于演说，他讲了一个他已经润色了近20年但刚刚才出版的故事，那就是小狗斯蒂基恩的故事。

在与霍尔·杨和四位特林吉特向导一起前往冰川湾之后，缪尔直到1880年1月才回到旧金山。在整个旅途中，他一直尽责地与未婚妻路易·斯特伦策通信，但不知何故忘了提到他返回加州的日期，结果未婚妻路易从航运新闻中才得知她的未婚夫已经回来了。两人于当年4月在马丁内斯的斯特伦策家族庄园完婚。接下来的3个月里，缪尔孜孜不倦地学习水果种植和销售的基础知识。接着，路易怀孕了。7月下旬，缪尔再次前往阿拉斯加，承诺会留足够的时间回来迎接他们第一个孩子的出生。

不久后的某天，霍尔·杨正在兰格尔等邮船，令他吃惊的

第二十七章 | 生态灾难：前情

是，他在甲板上发现了一个熟悉的留着胡须的身影。缪尔没有事先通知杨他会回来，他直接跳上甲板问他的老友："你什么时候能准备好？"

这一次并不是重组去年的船员那么简单。兰格尔的斯蒂金特林吉特部落和他们的对手塔库人之间的分歧因这个北方邻居大量狂饮自制的胡奇奴（胡奇奴，特林吉特语 Hoochinoo，这个词如今以缩写为 Hooch 的形式流传了下来）烈酒而被激化。后来，塔库人入侵了兰格尔的斯蒂金村。为了促成和平，托亚特和杨站在敌对的双方之间，手里只拿着酋长的礼仪长矛。当枪声响起时，酋长额头中弹，在传教士面前倒地身亡。缪尔写道："酋长就这样为他的族人牺牲了，他是所有人中最高尚的士兵。"

招募了3名特林吉特人组成新的探险队，第六名队员在最后一刻也加入了他们。杨记得，尽管缪尔和杨的妻子反对，杨的小狗斯蒂基恩还是不请自来地上了船。它"故意沿着舷梯上了独木舟，小心翼翼地走到船头，缩成一团躺在我的外套上"。不到一周，这只黑白棕色的混种小家伙就成了缪尔形影不离的伙伴，和他一起散步，睡在他的脚边。

探险队向北划到了冰川湾，对前一年所发现的地方进行了快速勘察。他们花了整整一周的时间研究缪尔冰川，绘制了它的正面图，并在冰中打桩来测量它的移动速度。在有些地方，冰河每天移动五六十英尺，当冰山随着水流到达水的边缘时，冰山的前缘会崩解下来。他们在一场猛烈的暴风雨中划行，驶进了一个小海湾。小海湾的顶端是泰勒冰川（后来改名为布雷迪冰川，以纪念在锡特卡迎接哈里曼探险队的未来州长）。令缪尔非常高兴的是，冰是在增长而不是在消退,光是它的主要分支就有3英里宽。冰川前进得如此之快,以至于胡纳人的一位酋长将他最好的两个奴隶当作祭品献了出去,用一对夫妇的命来安抚冰川。这位酋长因为冰川的扩张失去了一条取食鲑鱼的溪流。献活祭的消息让杨无比震惊。"他们是我的奴隶,"在杨惊得说不出来话时,酋长说道,"是他们自己主动提出要牺牲的。"

杨知道,恶劣的天气丝毫不会影响缪尔探索冰川生长的热情。当这位教会执事第二天一大早醒来要为他的好友准备一顿热腾腾的早餐时,缪尔已经离开了。他只带了一把冰斧、一大块面包,还有斯蒂基恩。

缪尔爬上冰原的东侧,借着边缘的一排树木遮挡暴风雨,但狂风暴雨是如此之大,缪尔迎着风呼吸都困难。被风雨吹落的树干树枝散落一地,被前进的冰碾碎成浆;冰川的一股溪流被雨水冲涨,变成如瀑布的急流。外套在这种情况下毫无帮助,缪尔干脆脱掉了衣服,让身体直接迎接雨水的冲洗。他和斯蒂基恩沿着冰川边缘爬了几英里,当他接近顶端时,他扫视着冰川的壮躯:"放眼望去,冰川的边界向灰蒙蒙的天空无限延伸,冰原漫天。"

仅靠一把斧头和一枚指南针,缪尔和小狗斯蒂基恩还算顺利地在3个小时内走过了7英里。下午5点,缪尔估计还有3个小时的日光能让他们返回营地。一人一狗开始往回走时,他们在一个由深痕裂缝纵横交错而成的"令人眼花缭乱的迷宫"中迷失了方向。有些地方可以翻跳过去,还有些地方窄到只有刀锋脊才能穿过,缪尔用他的冰斧将其凿平,然后"就像一个跨过铁丝网的男孩"一样快速越过,这样小狗斯蒂基恩也能跟上他了。天空变得越来越暗,这

第二十七章 | 生态灾难：前情

对饥肠辘辘、筋疲力尽的伙伴连走带跑，抓紧时间赶路。缪尔已经浑身湿透，他知道要在冰原上活下来，他必须跳上跳下直到天亮才能保暖。

缪尔在一个 40 英尺宽的裂缝前停了下来，这个裂缝看上去是不可能通过的。往回走也不可能，因为他刚刚好不容易才从一个更高的地方跳过 8 英尺的距离，到达他现在的位置。唯一可能通过的夹缝是一个附着在裂缝侧面的冰凌，"在冰川表面以下大约 8 到 10 英尺的深度"。缪尔后来告诉杨，冰凌边缘向下弯曲，"就像吊桥的缆索"。斯蒂基恩越过缪尔的肩膀往洞里探望了一下，呻吟了两声，表示怀疑。

缪尔小心地往下凿开了几步，来到那座狭窄的吊桥上，接着开始用膝盖夹住桥的两侧，慢慢地滑过去。他一边走，一边为斯蒂基恩刨平了一条 4 英寸宽的平路。到了远处的尽头，缪尔凿出了把手和更多的台阶，小心翼翼地从裂缝中爬了上来。这时候斯蒂基恩还在干嚎，缪尔跪在桥边，哄着狗慢慢地过桥。

杨一整天都往营地外探视，但斜雨中几乎看不见东西。日落时，他让队员们燃起篝火，作为灯塔指引归人。直到 10 点后，又湿又疲惫的冒险家才蹒跚地走出了林子。还没说一句话，杨和一名特林吉特向导就脱光了缪尔的衣服，给他换上了干爽的贴身衣服。平常会跳回营地的斯蒂基恩，这会儿又冷又湿，爬到毯子的边缘，蜷缩在火边。吃了一顿热餐之后，缪尔才能开始讲述当天的经历，他讲了"在死亡笼罩下穿过那座可怕的冰桥"的经过，杨听了感动得流下了眼泪。缪尔看了看躺在毯子上的斯蒂基恩，说："它是一只勇敢的小狗。"

缪尔发现写作的过程太痛苦，他说他在 1909 年出版的关于这次冒险的短作《斯蒂基恩》(*Stickeen*) 是他写过的最难的一本书。叙述本身是直截了当的，但要表达藏在其中的隐喻让他难以下笔。透过斯蒂基恩这个喻体，缪尔传达了一个他从小就在构建和修改的观点：动物和人类拥有上帝赋予的同等的权利。缪尔在《阿拉斯加之旅》中写道，他似乎受到了特林吉特向导的影响，后者的泛神论融合了一种信仰，即"动物皆有魂灵，亵渎任何供给人类食物的游鱼飞禽都是大不敬的"。

在与斯蒂基恩一起穿过裂缝的艰苦旅程近 20 年后，"长老号"在返程的最后一段旅程中经过了泰勒冰川。当晚的学术沙龙改成了热闹的庆祝，欢呼和歌声响彻船舱。缪尔悄悄地走出船外，独自站在船栏处，为他的狗狗朋友默默守夜。

"长老号"上的乘客在看到下一站之前就闻到了它的味道。据梅里厄姆说，当他们接近小渔镇奥卡时，威廉王子湾的海岸线上覆盖了几英里长的浮油，"鲑鱼的鱼头和尸身点缀其间"。在各个团员的日记中，除了冰川湾的美丽之外，大家最一致的话题就是奥卡恐怖的恶臭。缪尔不仅被罐头厂的气味击退，还被里面"肮脏疲累得说不出话来"的工人们击退。他在日记中写道："干这行的人自己也成了罐头。"

在短暂停留后，"长老号"花了几天时间探索威廉王子湾的冰川，接着又回到奥卡修理一支破裂的螺旋桨，100 只海豚在路上护送了他们大半程。傍晚，这艘船停靠在罐头厂附近时，它的留声机音量被开到了最大，吸引了在码头附近闲荡的金矿工人。巴勒斯写道，

第二十七章　生态灾难：前情

为了"追寻最疯狂、最夸张的金矿谣言",前一年有超过3000名来自南方的人沿着科珀河北上。"阿拉斯加遍地都是这样的来洗劫的投机分子。"前赴后继的人死于"坏血病",幸存者身无分文地陆续回到奥卡,在海边等待,希望哪位好心的船长能带他们回南方。由于极端的潮差,奥卡不需要干船坞。螺旋桨修理人员等退潮后涉水进入浅滩,在轮船折断的桨叶周围搭了一个脚手架,并在涨潮之前重新装上了一个新的桨叶。

维修的间歇给了考察团员们一个仔细观察罐头厂内部的机会。巴勒斯惊奇地看着来自旧金山的中国劳工像变戏法似的挥舞着刀片,他们切下鱼身上不想要的部分,掏出内脏,接着送去清洗、去鳞和装罐。他写道:"每一秒都有一磅重的罐头包装严实地从这项巧妙的发明中掉下来。"巴勒斯在同一地方看了这么多鲑鱼后,失去了对鲑鱼的胃口。"鱼在脚下被踢来踢去,一大摞被堆在臭气熏天的地方……空气中弥漫着一种与玫瑰花或新割干草完全不同的气味。"

对于格林内尔来说,这种大屠杀看起来太熟悉了。他被在奥卡的所见所闻深深震撼,在"哈里曼阿拉斯加丛书"的第二卷中,他用了整整一章的篇幅讲述了那里的鲑鱼产业状况。"如果有人向阿拉斯加的鲑鱼业的知情人士打听数量,他马上就会被告知那里有数百万条鲑鱼,供应量取之不尽。"格林内尔惊恐地指出,在谈到海豹毛皮、水牛和旅鸽的时候,他习惯性地听到同样的话,所有这些曾经数量丰富的物种在不到50年的时间里被捕猎,以至于数量骤减到几乎为零。然而,一旦渔民和罐头工停下他们的吹嘘,他们私下的担忧"其实非常明显地表明阿拉斯加鲑鱼的供应在不断减少,而且减少得十分迅速"。

数不清的几个世纪以来，奥卡一带的鱼一直是艾亚克和苏皮亚克原住民在捕捞。某些溪流的所有权是世袭的，不可侵犯。在这种制度下溪流得到了比较好的照看。而这些罐头厂完全忽视了这些传统，罐头厂归加州的公司所有，利润和产品也都归外地所属。罐头厂的捕鱼方式有两种：拉设横跨河口的长达一英里的渔网，设置路障阻挡游到上游产卵的鱼。这两种情况都阻止了鲑鱼的繁殖。没有哪个鲑鱼根除计划比这更有效了。

格林内尔写道："他们如此贪婪，每个人想方设法一次捕尽所有的鱼，尽可能让竞争对手捕不到。"任何不想要的副产品都会被丢弃，比如任何在加工之前变质的、多余的鲑鱼，他们觉得把鱼浪费掉好过让竞争对手获得。"所有这些人都清楚地知道，他们正在破坏渔业。不久的将来，总有一天再也没有鲑鱼可以用来制作罐头挣钱了。然而正是这种体认让他们更渴望抓到鱼，甚至把所有的鱼都抓个够。"限制捕捞的法律已经颁布，但在阿拉斯加这么大的地方实际上是无法执行的。政府部门缺乏船只，因此无法进行突击检查。格林内尔写道，在极少数情况下，当检查人员发现违规行为过于明目张胆而无法被忽视时，罐头厂的工人会承认有罪，并说："我们不想这样做，但只要其他人这么做，我们就必须继续这么做才能保护自己的利益。"只要他们的竞争对手先停下来，他们就会很乐意停下来。但结果是"什么也没改变，坏事仍在继续"。

水牛能存活下来，在很大程度上要归功于格林内尔的政治努力。旅鸽就没那么好运了。1831年，约翰·詹姆斯·奥杜邦估计有20亿只旅鸽生活在北美。格林内尔记得小时候在曼哈顿奥杜邦

第二十七章 | 生态灾难：前情

公园的早餐桌上被叫去看窗外的一棵山茱萸，那里"鸟多到树上不够站"。从"长老号"访问奥卡到格林内尔发表鲑鱼散文的几个月里，最后一只野生旅鸽在俄亥俄州被一个男孩射杀。而当它们唯一的幸存成员，一只名叫玛莎的雌性旅鸽于1914年在圈养中死亡后，这个物种就此灭绝了。

第二十八章

生态灾难：后果

科尔多瓦

科尔多瓦，这个毗邻奥卡罐头厂的小镇，已经不再欢迎从海路而来的满脑子鲑鱼生意的人，这并不是说当地没有鱼加工产业。在一天中的特定时间，镇上几乎每一个屋顶的每一寸地方都被海鸥占据，想必这就是格林内尔所说的"近在咫尺的大鸟群"的后代。这些鸟以希区柯克式的数量聚集在此，享用科尔多瓦3个海滨鱼厂"生产"的大量鲑鱼内脏。

非营利组织科珀河流域项目（CRWP）的执行董事克里斯汀·卡彭特告诉我："游客来到镇上会问我：'哪里可以买到鲑鱼？'我回答说：'哪儿也买不到。'这里每个人都自己捕鱼，所以没人需要购买。鲑鱼是这个社区的命脉。"实际上，北极圈以南的每个阿拉斯加沿海社区都严重依赖鲑鱼，但科尔多瓦可能是我参观过的城镇中以渔业为生的个中之最。科珀河流域项目创始人（也是一名女渔民）里基·奥特将科尔多瓦描述为一个"人们可以很容易地找到液压马达的'O'形圈密封件或输出驱动装置的'U'形接头这类工具，但很难找到胸罩这类用品的地方"。

在许多方面，科珀河流域项目正在做乔治·伯德·格林内尔所预见的必要工作：恢复鲑鱼的栖息地，监测水质，并想方设法平衡科尔多瓦商业渔民和以鲑鱼为食的上游社区的需求。该组织的总部位于第一街的一家店面里，内部装修是波特兰和伊萨卡等地的居民所熟悉的风格，也就是所谓的"进步事业风"：开放式空间里放着一张堆满纸张的桌子，墙上挂着热情洋溢的海报，还有成堆的资料——关于鱼类孵化场和涵洞的小册子。

鲑鱼养活了科珀河上游和下游的小城镇，也是科尔多瓦的影子货币，同时，它们也是阿拉斯加两场最大的生态灾难的幸存者。历史学家鲍勃·金写道："到20世纪30年代，鲑鱼罐头已跃升为阿拉斯加的头号产业，创造了该地区绝大多数的收入。但在1936年达到顶峰后，鲑鱼产量开始迅速下降，到了20世纪50年代，阿拉斯加鲑鱼被宣布为联邦灾难。"州政府的介入才挽救了鲑鱼产业。1959年，阿拉斯加从联邦政府手中接管了渔业，宣布捕鱼机为非法工具，扩充孵化场以增加鱼量，并首次限制了特定地区捕捞许可证（围网许可证）的发放数量。例如，自20世纪70年代以来，科尔多瓦只发放了541张围网许可证。到了20世纪80年代末，鲑鱼产业再次蓬勃发展。在短短几年内，科尔多瓦鲑鱼围网许可证的价格上涨了两倍，那些幸运地获得许可证的人支付了高达30万美元的费用。

第二十八章 | 生态灾难：后果

科尔多瓦的第一波灾难发生了几十年，还需要几十年的时间才能解决。而它的第二次灾难发生在1989年3月24日凌晨，"埃克森·瓦尔迪兹号"油轮在威廉王子湾触礁。至今，这个小镇还没有完全从破坏中恢复过来。

里基·奥特在她关于埃克森·瓦尔迪兹石油泄漏事故及其后果的书《不滴一滴》（*Not One Drop*）中，引用了科尔多瓦市执行长的话，他将1989年以前的科尔多瓦比作香格里拉。撇开当地的助推主义不谈，这位执行长的观点是有道理的。就像詹姆斯·希尔顿在小说《消失的地平线》（*Lost Horizon*）中描述的天堂一样，高山将科尔多瓦与外面的世界隔绝开，因此开车也到不了那里。对安克雷奇和朱诺的城市滑雪者来说，科尔多瓦是个能真正体验户外生活的地方：原始未修的山路岔出多条登山小径通往各方；科珀河和威廉王子湾皆是最佳的划艇和钓鱼点；科尔多瓦甚至有着自己低调的滑雪区，那儿距离市中心不远，老式单椅缆车负责把人从太阳谷直接送往滑雪点。我怀疑科尔多瓦人是不是能活到200岁，就像《消失的地平线》中的大喇嘛那样，毕竟从鱼类身上摄取的Omega-3具有延年益寿的作用。香格里拉是一个精神境界至高的地方。与此不同的是，科尔多瓦可能已经成为阿拉斯加最具环保意识的城镇。

置身科尔多瓦，除了映入眼帘的海鸥，人们会注意到的第二件事就是全新的科尔多瓦中心。如果从科珀河流域项目机构向南走（路上会看到很多信息都是关于潜在的管道泄漏的问题），经过药店和有趣而破旧的阿拉斯加旅馆酒吧，就会走到一座巨大的现代化建筑跟前。这栋建筑在朱诺或安克雷奇会给人留下深刻的印象，在维尔也不会显得格格不入。

这栋建筑的一楼是科尔多瓦历史博物馆,一场渔民针织毛衣展将于当晚开幕,吸引了远至苏格兰的纱线爱好者。"冒着听起来有点儿可笑的风险,针织界的许多重量级人物本周末都会来到这里。"卡彭特告诉我。博物馆最近才开放,其兼收并蓄的藏品仍在街对面的老场馆内组装。工作人员对镇报的旧铸造排字机赞叹不已,它看起来像一架教堂管风琴。排字机附近悬挂着一艘艾亚克人的独木舟和一只 600 磅重的棱皮龟,这只海龟在南方某处转错了弯,被科尔多瓦渔民的渔网缠住了。历史大事件年表的草稿印在墙上,文本上潦草地批注着。科尔多瓦有记载的历史与阿拉斯加其他任何地方的历史一样古老。维图斯·白令第一次踏上新大陆是在小镇以南 60 英里的凯阿克岛上。西班牙探险家于 1790 年给这块地方取了"科尔多瓦"这个伊比利亚名字。哈里曼探险队 1899 年在奥卡停留的记录上贴着便利贴,标记出一个小小的拼写错误①。

"看起来他们还在修正。"南希·伯德说。伯德看似低调的官方头衔是博物馆助理。20 世纪 80 年代,她曾担任《科尔多瓦时报》(*The Cordova Times*)的编辑。她也是漏油恢复研究所的前执行主任,该研究所由国会设立,用以监测埃克森·瓦尔迪兹石油泄漏灾难的长期影响。

1989 年石油泄漏灾难霸占了历史记事年表,一如科尔多瓦中心主宰了这个小镇。人们还记得当他们听说一艘超级油轮搁浅时他们所在的位置。到了早上,消息开始扩散,1000 万加仑的原油已经从破裂的船体倾泻到威廉王子湾。"埃克森·瓦尔迪兹号"的船

---

① 原伊比利亚名为科尔多瓦(Córdoba),而此地拼写为 Cordova。——译者注

第二十八章 | 生态灾难：后果

员报告这一事件时已为时太晚，重要的泄漏反应设备被埋在了积雪下的干船坞里，人们这才慢慢意识到形势的严重性。克里斯汀·卡彭特的丈夫丹尼当时正和其他渔民一起看着电视上报道的石油泄漏事件，其中一人嚷嚷起来，想知道下周他们是否还能回去工作。"一时间，成百上千的人突然涌入这个只有 2500 人的小镇，其中包括我的父亲，他当时是哥伦比亚广播公司晚间新闻的摄影师。他记得最清楚的是他在早上 5 点起床洗澡，因为那是旅馆热水告罄的时间点。"鸟的尸体、原油满身的海獭以及人们用纸巾擦拭岩石油污的画面遍布全国的新闻并持续了好几个月。

与世隔绝是科尔多瓦的主要魅力，但在危机期间，这种与世隔绝加深了坐困愁城的情绪。埃克森和阿莱斯卡这些石油财团所提供的零星信息并不总是与人们亲眼所见的情况相符。伯德曾做过《每日通讯》的专栏报道，她说是为了"平息谣言"。"几个月来，镇上的人们每周工作七天。"伯德告诉我，"有很多大人物来访，像丹·奎尔、参议员，还有国会议员。我们自己的参议员史蒂文斯称，不能让渔民们的锚上留有石油，因为石油不会下沉，渔民们看着他们的锚说：'啊……'"

科尔多瓦的日常业务几乎陷入停顿，办事员、调酒师和日托护理员突然辞职，因为埃克森公司提供每小时 16.69 美元（加上加班费）的薪资，这些人都被这笔费用吸引去干各种去污的杂活儿了。埃克森公司承诺会彻底清理，并竭尽全力消除漏油的明显影响。众多野生动物受害，有 2800 只海獭死于此次漏油事件。为了拯救那些幸存的动物，估计会在每只海獭身上花费 8 万美元。伯德说："早些时候，国家海洋和大气管理局（NOAA）的工作人员来到这里,说他们会用热水冲洗海滩。"威廉王子湾海岸这方阿拉斯加最美的风景,看起来就像是被 WD-40 去污剂刷过一样。"我想,那不是把海滩上的一切都毁了吗?你瞧,几年后他们承认了,是的,确实是这样。"强力清洗杀死了位于食物链底层的微生物,并且迫使石油渗入更深的裂缝,甚至在有些地方至今还是会有石油渗出。

在 1989 年忙碌的夏天过后,记者们离开了小镇,科尔多瓦的居民等着一切恢复正常,然而 1989 年的捕鱼季几乎是一次彻底的泡影。1992 年,鲱鱼的数量锐减,而鲱鱼是渔业收入的重要来源,也是其他物种(包括鲑鱼)的食物来源。这场灭顶之灾从未好转过,虎鲸的数量也陷入了不可逆转的衰减。在鲑鱼的情况最终稳定下来之前,许多渔民都破产了。卡彭特说:"前一天你的执照还值 30 万美元,第二天就一文不值了。"有的人自杀,有的人离婚,这些都是典型的创伤后应激障碍迹象。阿拉斯加的一个陪审团裁定埃克森公司赔偿 50 亿美元,针对此判决该公司一直向美国最高法院抗议上诉。到了 2008 年,这个案子的惩罚金额降至 5.07 亿美元外加利息。

南希·伯德和我走出科尔多瓦中心的后门,跳上她的橙色本田,这辆车散发着浓郁的老狗气味,就像科尔多瓦的许多汽车一样,后面保险杠上贴着"非路"的贴纸。我们正在讨论科珀河高速公路,一个经典的阿拉斯加巨型项目,旨在将科尔多瓦与州公路系统连接起来。毫不奇怪,该项目最大的推动者之一是州长沃利·希克尔,用推土机推出通往北部油田的高速路的举措让他远近闻名。克里斯汀·卡彭特告诉我,在埃克森·瓦尔迪兹漏油事件发生后的几年里,"道路问题成了政治立场的试金石",可以揭示某个人对发展与保护的立场。如果说这次灾难还有一丝可取之处的话，那就是这起事故让90年代初连任州长的希克尔在政治上无法实现他的梦想，即为了弥补普拉德霍湾石油产量的下降，而将石油钻探扩大到北极国家野生动物保护区约1900万英亩的原始土地上。

伯德驱车向北行驶，她粉蓝色的指甲为海湾的灰色天空提供了一丝雀跃的色彩差。道路很快变成了双车道的10号公路，我们沿着蜿蜒的海岸行驶，几分钟后突然到了道路尽头。我们的终点站在以前的奥卡罐头厂，哈里曼团队曾在那里目睹了鲑鱼加工的恐怖场面，这个建筑群后来被改造成了冒险运动小屋。除了一些进步元素（比如直升机、滑雪板）之外，这里看起来还是很像"哈里曼阿拉斯加丛书"中奥卡的线条画。我们在一楼走了走，到处都空荡荡的，然后回到伯德的车里，开回镇上。如果科珀河高速公路继续加长，我们就可以开车到奇特诺、格伦纳伦、托克，而且假设我们没有拐错弯，就会到达奇金（人口仅有7人），只要我们想去，还可以一直走到戴通纳海滩。这将是一生中史诗般的公路旅行，我希望永远不会有人走这条路。

第二十九章

发现航道

哈里曼峡湾

位于科尔多瓦以西的鲜为人知的威廉王子湾冰川曾被梅里厄姆用来诱惑缪尔,缪尔在他前六次的阿拉斯加之旅中从未到过这里。"长老号"甲板上的风景果然不负众望,缪尔称楚加奇山脉"其色之盛丽,其山之雄奇,生平未见。层峦迭起,绵延至深,卧入云端,千岩万壁冷凌晶耀,渐攀渐远,此起彼伏,在午后的日辉中灼闪艳光"。自从100多年前温哥华的航行以来,这里几乎没有做过任何测绘工作。冰川之众不胜枚举,其中大多籍籍无名,令人惊喜。自《创世纪》中亚当给动物命名以来,这批无名冰川给了一群学者最大的命名机会,向他们深爱的机构致敬。在后来被称为学院峡湾的一片特别肥沃的土地上,一座接一座的冰川因其名字，永久地与美国东部的几所院校联系在了一起：哥伦比亚、哈佛、耶鲁、拉德克利夫、史密斯、布林茅尔、瓦萨、卫斯理以及阿默斯特冰川。

即使在这些与世隔绝的海岸上，探险者也会遇到那些为了发财来到北方的人。一位企业家将一整个岛改造成了狐狸养殖场。当他发现他的动物逃到了附近的另一个岛上时，他说服了他的兄弟把那个岛也变成了一个狐狸养殖场。在小溪旁发现的一间木屋是一位挪威探矿者的家，他摘下帽子，向哈里曼的女儿们鞠躬。铜矿业待他不薄，他透露了自己1900年要去参观巴黎世博会的计划。

学院峡湾的冰川崩解得厉害，以至于冰山堵塞了水面。这曾经是，现在仍然是司空见惯的事。"埃克森·瓦尔迪兹号"搁浅的时候，正是在试图避让一座从哥伦比亚冰川崩解出来的冰山。雷鸣般的雪崩给了"长老号"的乘客一个下马威，仿佛是一连串驱赶好奇入侵者的炮火。巴勒斯写道："哪怕是小冰川沉积的岩砾也让我见到的其他景色相形见绌，它们是山脉破碎和大陆残断的证据。"一整池子的冰块让"长老号"在距离学院峡湾顶端20英里的地方无法继续前进。

威廉王子湾的入口让巴勒斯想起了一只巨大的蜘蛛，四对足伸向八方，深入山峦起伏的海岸。由于在学院峡湾受阻，"长老号"改变了航向，向北驶向海湾的尽头。在那里，他们遇到了巨大的巴里冰川，一座横跨海峡的巨大的白色楔形冰川。多兰船长的美国海岸勘测图显示，他们已经到达了可航行水域的尽头。哈里曼指示多兰靠近冰墙，以便能看得更清楚，这时冰川最左边的一小片开阔水域映入眼帘。当多兰船长慢慢地推动"长老号"前进时，航道通向了一个全新的峡湾,那是一个前所未知的新地方。乘客们都涌上甲板观看峡湾入口,他们进入了一个新的冰世界。

哈里曼的传记作家莫里·克莱因提到,在1899年之前,哈里曼这位铁路人在他大部分的职业生涯中一直都谨慎行事。哈里曼精明如赌徒般的名声来自他在阿拉斯加探险前的那段时间。克莱因写道:"他从谨慎的茧中挣脱出来,变成了最大胆的蝴蝶,就好像有什么在催促他,不冒风险焉能成事。"哈里曼命令多兰进入未知水域,并宣布:"我们将发现一条新的西北航道!"

与他的老板不同,多兰船长并没有那种感性觉醒。他的工作是避免这艘船损坏,避免让"长老号"在阿拉斯加南海岸最偏僻的地方搁浅。在奥卡,哈里曼邀请了一位当地的水域能手,这位能手强烈建议不要走得更远。约翰·缪尔说,他曾经在这里撞上过许多岩石,对探索"每一条没听过的、无图记载的航道和沼泽"都皱起了眉头。哈里曼亲自接过方向盘,向多兰船长保证,任何损坏都由他来承担全部责任,并"下令全速前进,不管前方有没有石头"。

金属撞击岩石的刺耳声音很快证实了船长的保留意见,"长老号"的两个螺旋桨中的一个损坏了。不过,哈里曼的直觉是对的。当船慢慢驶过缺口,一条12英里长的窄峡湾开始显露出来,这是一条从未被白人看到过的峡湾。峡湾的两岸,一条条冰带从陡峭的山崖顺延而下。一位探险者评论说,有些是潮汐冰川,一直延伸至水边,看起来就像是"北极熊拉长的皮毛"。诗人查尔斯·基勒在给妻子的一封信中写道:"在黄昏萧然的光线中,蔚为奇观。"

也许是想到了护送他们的信天翁，地理学家亨利·甘尼特受到启发，在讲述他有幸把这些壮丽冰川添加到阿拉斯加地图上时，引用了《古舟子咏》(The Rime of the Ancient Mariner)：

我们是第一批来客，闯进这一片沉寂的海。

大家一致同意把这片新海湾命名为哈里曼峡湾，其顶部的冰川命名为哈里曼冰川。这是这次探险中最重要的科学发现。

在科尔多瓦旅程结束之后，我飞回家待了一个月，跟我的家人联络感情。8月初，我回到了安克雷奇，这似乎是我旅程中一个合适的中点，从这里到我的第一站凯奇坎（东南方向约770英里）和到最后一站阿留申的荷兰港（西南方向约790英里）距离几近相等。此时，奢华的"晶静号"将在几周后进入西北航道寂静而不结冰的海域，船票已经销售一空。这艘船要停的几个站点刚好是我原来计划要跟随"长老号"足迹寻访的地方，我给他们打了几次电话，发了几封电子邮件，问他们是否有兴趣让一名记者上船。我想，也许一些聪明的营销主管会看到1899年"长老号"的旅程与"晶静号"的开拓之旅之间的相似之处，而且"晶静号"上应该不会有人在观景厅打地铺。我的第二段旅程——惠提尔、科迪亚克岛、卡特迈国家公园、诺姆，分布在几千英里长的几乎没有道路的海岸上，其中只有一部分有零星的渡轮服务，最后为期3天的航线终止于阿留申群岛。"晶静号"的航线与我的计划相同，而且乘坐一艘拥有赌场和高尔夫练习场的豪华轮船听起来比我的其他选择更诱人，比如在阿拉斯加海洋公路上最古老的船"塔斯图梅纳号"上待上3天。这艘船有50年的历史，又名"值得信赖塔斯图号"或者"锈迹斑斑塔斯图号"。

"晶静号"的一个可选停靠站是希什马廖夫，它位于诺姆附近太平洋海岸的小岛萨里谢夫上。希什马廖夫最近常出现在新闻里，作为阿拉斯加的危村之一，气候变化造成的侵蚀可能会让村庄被海吞噬。"晶静号"向乘客提供了一项听起来相当不解风情的额外活动，即价值600美元的一日游，名为"飞往希什马廖夫：全球变暖研究"。宣传材料承诺，参与者将有4个小时的时间沉浸在气候变暖的悲哀中。不幸的巧合是，就在"晶静号"出发的同一天，希什马廖夫的居民正在投票决定是留下来再建一座海堤——因为他们已经失去了两座，还是把村子搬到更内陆的新地点。

"晶静号"上的人显然对我的加入不感兴趣，所以不带我就起航了。第二天，我在安克雷奇与以扫·辛诺克一起喝咖啡，他是希什马廖夫本地人，也是阿拉斯加大学费尔班克斯分校的大二学生。随着希什马廖夫里程碑式的投票消息传遍全国乃至全球，辛诺克已经成了他们村子的代言人。他在最后一刻发短信，道歉说要推迟我们见面的时间，但他有一个很好的理由，那就是他秋季学期的行李还没有收拾好，而且BBC想采访他。投票结果随时都会出来，辛诺克对结果并不确定。"想搬走的是像我这样的年轻一代，"他说，"想留下来的是那些一辈子都待在那里的人。在希什村的大多数人都是我们的亲戚，但如果我们留下来，我们得不停地搬家。我爷爷奶奶在悬崖上有一栋蓝色的大房子，那里曾经是一片真正的海滩。"他啜了一口饮料，看了看手机说道，"希什村可能会在二三十年后沉入水下。"

当天下午晚些时候,辛诺克给我发了一条短信,告诉我公投结果。希什村以 89 票赞成、78 票反对的结果决定搬迁。

第三十章

奇怪的小镇

惠提尔

如果你有幸到世界各地旅行,你可能最终会开始注意到,有些地方感觉很像某个别的地方,即使它们相距数千英里。马德里的一些街区可以移植到布朗克斯,而丝毫不会引起轰动。博茨瓦纳中部的沼泽和秘鲁的亚马孙丛林看起来(和闻起来)都像佛罗里达大沼泽地。惠提尔经常被称为阿拉斯加最奇怪的小镇,可以说它是美属萨摩亚的帕果帕果的姊妹城市。这两个城市都位于郁郁葱葱的马蹄形港口边,周围环绕着几乎垂直于大海的陡峭绿崖。这两个地方都有大量美军遗留下来的破旧的基础设施,两个城市几乎每天都有很多雨。而且,这两个地方都是萨摩亚人的家园。

我是坐在惠提尔的一栋大型住宅楼的大厅里时闪过上面这个想法的。在一个灰沉沉的夏日，我在大厅里等着衣服被烘干，3个女人穿着萨摩亚传统的拉瓦拉瓦裹裙走过。我问她们中的最后一个人，是不是有个波利尼西亚主题的派对，抑或是有个迎接游轮的夏威夷宴会。她告诉我没有，几年前已经有几十个人从美属萨摩亚搬了过来，起初过来的是一位感到上帝召唤来阿拉斯加侍奉的牧师。这是一个向阿拉斯加移民的经典案例，尽管首批移民要离开那个南太平洋岛的天堂得先向东北跋涉5000英里才能来到阿拉斯加。我曾在那里左转右绕避开路上的椰子，那是一个因为坏天气而彰显存在价值的小镇。那个妇女说她已经习惯了，然后推荐给我一家在安克雷奇卖萨摩亚芋头的商店。

惠提尔或许是也或许不是阿拉斯加最怪的小镇，我猜那些说惠提尔怪的人肯定没去过亚库塔特，不过惠提尔肯定是不同寻常的。它的深水港在冬季不会结冰，因而它在"二战"期间曾是太平洋远北部地区的军事要塞。有两段山脉在惠提尔附近交会，笼住了一片半永久性的云层，使其海滨免遭日军的轰炸。这两段山脉将惠提尔与阿拉斯加的其他地区隔绝开来，形成一个地理安全区。为通往此地，美军不得不凿开一条2.5英里长、可以容纳单轨铁道的隧道。直到2000年以前，火车一直是惠提尔通往世界其他地方的唯一陆路方式。此后，驾驶汽车也可以前往，但由于只有一条车道，每小时每个方向只允许通车一次。

由于隧道是离开小镇的唯一一条路，所以可能会让人感到有点儿幽闭恐惧症，而隧道的时间表俨然成了惠提尔计量时间的沙漏。人们会说"我出去赶下一趟隧道"，而听的人就会理解成"我20分

第三十章 | 奇怪的小镇

钟后离开"。通道从晚上 11 点到第二天早晨 5 点 30 分关闭（冬天的关闭时间更长），对于在安克雷奇（60 英里外）停下来吃晚饭和看电影的人来说，一天中最后的通道开放时间总是有点儿赶。对有些居民来说，过隧道的感觉就像要过西柏林的查理检查站，不同的是，这堵隧道墙有 6000 英尺高。还有，不像西柏林人把微型通信机装在袜子里偷偷带过检查站，惠提尔的市民喜欢从目标百货运来一车车便宜的卫生纸。锚定旅馆一楼有间博物馆，其馆长泰德·斯宾塞告诉我："我认为这条隧道是连接两个世界的门户，当我走入这一方自然美景时，我的内心会得到宁静。"

关于风景，斯宾塞没有夸大其词。惠提尔一个真正奇怪的地方是，它有着在美国其他任何地方都能称得上是国家公园的自然美景。但与此同时，这里破裂的沥青路、废弃的渔船和丑陋的建筑（老实说，包括锚定旅馆）与自然美景并列而存。天晴的时候（一年只有 133 天晴天），你可以站在大型停车场中间（这个大型停车场构成了小镇市中心的大半）眺望冰川、瀑布、绿崖、白峰，还有通道运河（Passage Canal）的碧水。

除了通道限制，惠提尔古怪的名声还来自冷战时期遗留下来的建筑。巴克纳大楼建于 20 世纪 50 年代，是 1000 名应征军人的住所，被称为"同一屋檐下的城市"，因为它包括一个电影院、一个保龄球馆、一个射击场、一个面包店，甚至还有一座监狱。1960 年，当军队撤出惠提尔时，巴克纳大楼被遗弃在惠提尔有名的坏天气中，即使按照阿拉斯加的标准，这种天气也是可怕的：频频而至的时速逾 50 英里的风和雨，平均降雪达 16 英尺。被遗弃的巴克纳大楼现在看起来就像是后世界末日电影中的场景——

涂鸦漫壁，污水和有毒淤泥遍地。这是城市探险家的最爱，也是 GoPro 镜头记录的背景。一些滑雪者拍摄了一部受华伦·米勒启发的电影，内容是他们沿着巴克纳大楼积雪的楼梯翻旋而下，接着从破碎的窗户跳出来。我经过大楼的时候，两个兴奋的欧洲游客正在翻过脆弱铁丝网上的一个洞，并互相拍照留念。

惠提尔的另一个军事建筑遗迹是 14 层高的贝吉奇塔楼，与巴克纳大楼同时建造。贝吉奇塔楼仍然很有活力，我走访的时候，那里安装了一个新的锅炉并且粉刷一新，色彩明快。从外面看，贝吉奇塔楼像是平壤最好的某栋建筑，而内部却像是乘时光机回到了 20 世纪 50 年代。我租的小公寓里的粉色浴室与我祖母牧场风格屋里的浴室几乎一模一样，只不过一面墙上有地震的裂缝。贝吉奇塔楼还以自给自足而闻名，不仅惠提尔的大部分人都住在这里，而且它还有邮局（我在那儿问了怎么寄特快包裹和洗衣房的位置）、警察局、政府办公室、诊所、迷你超市，地下室还有一座教堂。大楼有个地下通道通往惠提尔的学校，这样孩子们可以免受雪和风的侵袭。冬天在室内待上几天也很寻常。贝吉奇塔的入住率大约是八分之一，它实际可容纳 1000 人，而惠提尔现在的人口才刚刚超过 200 人，即使在繁忙的一天，它也空空如也。我遇到的一位居民说，她经常在楼梯和走廊上跑上半个小时也看不见一个人。

我来惠提尔的主要目的是看看哈里曼峡湾。我和本·威尔金斯订了"探险者号"的船票。威尔金斯比较年轻，留着胡子，很酷，只有在夏威夷当过几年船长的人才会有这样的气质。（回答那个显而易见的问题，阿拉斯加的钱要好挣得多。）威尔金斯对哈里曼探

第三十章 | 奇怪的小镇

险队非常熟悉。他告诉我，1899 年，该地区有如此多的地貌可供命名，连不太出名的"长老号"船员也在地图上看到了自己不朽的名字。多兰角以多兰船长的名字命名，以此纪念这位可怜的船长，因为他好心警告团员们不要靠近岩石，结果这让他成了探险队中的"胆小者"。

我们进入威廉王子湾时，威尔金斯说："我一点儿也不怪多兰，因为那是未知的水域。巴里冰川——最初似乎阻塞了哈里曼峡湾通道的那座冰川，那里附近有几个地方的水面可能有 1 英里宽、6 英寸深。"威尔金斯在他的控制台上放了一台深度探测仪，并不断地检查它。生动的对比色代表着变化的测量结果，我们越接近正在消退的冰川，屏幕上的漩涡就越像彼得·马克斯的某幅油彩画。"他们还没有更新海图，"当坐标显示我们在一个海角上空飞行时，威尔金斯解释道，"GPS 导航上有几处指向内陆 2 英里。"

我们经过了一片比阿拉斯加州还年轻的石化森林。1964 年地震来袭时，地面下降了几英尺，树木因吸收盐水而钙化。一块孤零零的岩石作为海雀群栖息地似乎举办了一场激烈的彩弹大战。惠提尔地区的天气是典型的糟糕到可怕，所以我们决定跳过能见度接近于零的学院峡湾。威尔金斯说："哥伦比亚冰川崩解了许多，根本无法到达它周围 5 英里的范围内。"

我们向西北方向行进时，深度探测仪上的数字不断跳动，时而下降 20 英尺，而后激增到 200 英尺。"这里就是多兰船长被吓到的地方，"威尔金斯说，"每次经过这里，我都想知道他们是怎么让一艘巨型轮船安全驶过的。"巴里阿姆海滩曾经差点儿被同名的冰川切断，现在完全敞开无阻。一个 60 英尺高的岩石岛从巴里冰川的

229

正面浮出水面。"10年前，那都在冰底下，"威尔金斯说，"这是目前威廉王子湾消退最快的冰川。"

我们终于进入了一个被低低的云层遮蔽的长峡湾，在它的尽头是一个非常宽阔、非常平坦、非常蓝的庞然大物。"那就是哈里曼冰川。"威尔金斯说。

直到20世纪90年代，哈里曼冰川一直是小冰河时代结束一个世纪后仍在扩张的罕见冰川之一。"10年前，它似乎是稳定的。"威尔金斯说，"在过去的几年里，它每年都以200码的速度消退。"

因为哈里曼冰川相对较低，不太容易发生灾难性的崩解，所以跟之前所见到过的冰川比，我可以更靠近看它。哈里曼冰川有着一张生活在太阳带（Sunbelt）的百岁老人般开裂的脸，新的土壤从最近消退的冰川的边边角角露出来。"你看到下面的土了吗？"威尔金斯一边问，一边擦拭窗户上的雾，以便让我看得更清楚。

返航之前，哈里曼冰川是从"长老号"甲板上看到的最后一座正式的冰川，我怀疑它可能也是我在阿拉斯加看到的最后一座冰川。我打开前舱门，拿着望远镜走到船头，只见淤泥状的河水从冰川底部涌出。

"我们可能是最后几个能看到这个冰川还在潮汐状态的人了。"威尔金斯说，"也就是说冰层很快就够不到水边了。"他扑通一声坐回船长的椅子上，"真是疯了。"

第三十一章

变暖趋势

哈里曼冰川

大约在我盯着哈里曼冰川脏兮兮的脸的时候,《阿拉斯加调度新闻》发表了一篇 6 页的图片文章——《全球变暖怀疑者?看图比较》。横跨大约一个世纪的摄影图片显示,阿拉斯加一些最著名的冰川已然融化,就像慧俪轻体广告中被甩掉的多余腹部脂肪一样。其中一组照片对比了 1995 年壮硕的托伯根冰川和它的现状,这座冰川就在哈里曼冰川东北几英里处。最近的图片上显示只有一个冻结的水坑藏入了一个原本满是绿色的山谷。

布鲁斯·莫尼亚是比对这些照片的人,他称自己的图像比对方法为"重复精确摄影"。莫尼亚是弗吉尼亚州雷斯顿美国地质调查局的地质研究员，出版过一本非常厚的书——《阿拉斯加的冰川》（Glaciers of Alaska）。他是为数不多的、比我花更多时间细读"哈里曼阿拉斯加丛书"的人。冰川动向是了解气候细微变化的一个很好的指标，莫尼亚收集的数千张照片压倒性地表明，阿拉斯加的冰川在过去的一个世纪里在集体消退。不过，像冰川湾的约翰·霍普金斯冰川和亚库塔特附近的哈伯德冰川等少数冰川还在增长。冰川既有增长又有消退，这意味着什么？

对于地质学家来说这毫不奇怪，莫尼亚对他所说的"水圈冰冻部分"做了长久的观察，包括冰川、海冰和永久冻土。冰川并不是这片土地上固定不变的景观，在过去的20多亿年里，（只要地球有大气层），冰川在大陆范围内就会出现或消失数百次，每次周期持续约数千年。预计到2100年，纽约、迈阿密和诺福克等沿海城市的海平面将要上升3英尺，地势最低的地区势必会被淹没，数千亿美元的基础设施将会被破坏。莫尼亚提醒我说，12万5千年前，海平面可能比今天高出20英尺。当全球气温下降，冰盖扩张时，水位下降到比现在低400多英尺，露出了白令陆桥。莫尼亚说："我听人们说'从来没有这么热过'或者'海平面从来没有上升得这么快'。这么说吧，2.1万年前，假设当时有帝国大厦，你站在顶层往东看，是看不到大西洋的，因为海岸线远在六七十英里外。"

我听到一些猜测，说不少阿拉斯加的大山谷冰川正在缩小，缩小了一半到90%不等。莫尼亚说，正确答案是缩小了99%以上。少数还在增长的冰川——数量不到12个，依当地情况而定，并不是反驳气候变化的证据。与其他冰川一样，增长中的哈伯德冰川和约翰·霍普金斯冰川也随着时间的推移而变化。哈伯德冰川有50多英里长，

第三十一章 | 变暖趋势

它的冰来自降水量大的极高地区（那里最高海拔超过 1 万英尺）。游轮乘客现在能看到的从哈伯德正面崩解的冰可能来自哥伦布驾驶"圣玛丽亚号"横渡大洋之前降落的雪。

莫尼亚说，阿拉斯加冰川最近消退得特别厉害，因为许多冰川是在小冰河期的降温期间显著扩张的。"温室气体是导致现今地球温度和冰川范围变化的主要因素，但小冰河期至今存在不到一千年，有些地方早在 1750 年就结束了。"莫尼亚说道，"在某些情况下，1750 年至 1850 年在冰川湾等地流失的冰量远远超过同一地区在过去 100 年流失的冰量。"今天，如果没有全球变暖的影响，阿拉斯加的大部分山谷冰川仍会消退，只是速度会更慢。

近 19 世纪末，瑞典化学家斯凡特·阿伦尼乌斯试图揭示冰河时代的形成原因。他计算得出，大气中二氧化碳的含量具有恒温器的作用。如果二氧化碳含量下降，就会出现冰河时代；如果含量上升，气温也会上升。（作为瑞典居民，阿伦尼乌斯认为这种潜在的变暖是个积极的因素。）现在世界上绝大多数气候科学家一致认为，全球变暖主要是大气中气体浓度增加的结果，特别是燃烧化石燃料过程中排放的二氧化碳。从 1850 年左右的后工业革命时期开始，大气中二氧化碳的浓度迅速上升。从那时起，人类就一直在调高地球的恒温器。

一段时间以来，阿拉斯加变暖的速度是美国其他地区的两倍。这一变化的影响是如此明显，即使是该州最反环保的团体——一个不排外的俱乐部，也不得不承认产生了一些变化。尽管在如何在不惹恼石油公司和不减少永久基金红利的情况下，同届政府的立法机构无法就平衡预算达成一致，但还是在 2008 年设立了阿拉斯加气候变化影响缓解计划,以帮助该州众多社区应对侵蚀、洪水和永久冻土融化的问题。作为一种全球变暖的倍增器,永久冻土的融化会使其长期冻结的有机物分解并向大气中释放大量的二氧化碳和甲烷。甲烷对气候变暖的影响比二氧化碳更大,不过大气中二氧化碳的浓度要大得多。在过去的一个世纪里,阿拉斯加内陆的生长季延长了45%,预计还会继续延长。动植物物种进一步向北迁徙,森林火灾数量和强度都有所增加。阿拉斯加湾的一片绰号为"斑滴"的温水,对海洋食物网造成了毁灭性的影响。

面对压倒性的证据,华盛顿特区的阿拉斯加联盟采取了这样的立场:虽然确定气候变化正在发生,但也不应该采取激进的措施来对抗它,因为用一句讨喜的话来说,"科学尚未定论"。正如乔治·伯德·格林内尔在谈到过度捕捞鲑鱼时所说的,"什么也没改变,坏事仍在继续"。

大约1.1万年前,气温的上升开启了全新世地质年代,刺激了农业、城市、文明的发展,并最终推动了工业革命和燃煤火车的到来,并封闭了美国边疆。能适应上一个冰河期末期环境的游牧部落在海平面上升过高时也迁徙到了其他地方。你可以给你的凯雷德车加油来逃过洪水,但你不能搬动和带走帝国大厦、孟加拉国或希什马廖夫。

我给莫尼亚发送了一张我拍的哈里曼冰川的照片,想听听他的预测。他说,与它的邻居托伯根冰川不同,哈里曼冰川看起来相当健康。我原以为裸露的基岩原来是冰碛——冰川移动过程中挟带和搬运的碎屑堆积物,它实际上可以保护冰川免受海水的侵蚀,从而减缓它的融化。

第三十一章 | 变暖趋势

"人们总是问我：'阿拉斯加的冰川什么时候会消失？'"莫尼亚说，"简单的答案是，永远不会——至少对于那些海拔较高和较冷的地区来说。我说的'永远'是指数百万年。"然而，对于像哈里曼这样的潮汐冰川来说，它们的数量已经从小冰河期末期的大约 200 个减少到今天的不到 50 个，这样的发展趋势会产生误导。

莫尼亚说："我无法想象哈伯德冰川或约翰·霍普金斯冰川会在下个世纪消失。"然而，气候变暖会导致海洋温度上升，这会加速低海拔地区的冰层融化和流失。"如果想在冰川消失之前在甲板上欣赏它们，得趁现在赶快行动了。"

第三十二章

为熊装裹

科迪亚克

从奥卡向西南方向绕行了400英里到达科迪亚克岛，约翰·巴勒斯写道："'长老号'上的乘客蜂拥而出，就像放了学的男孩们一样，渴望奔向青草地。"与哈里曼峡湾冰冷单调的色彩相比，在绿野漫地和花坡起伏的地方下船，感觉就像是从发烧中恢复了过来。哪怕是全部旅行都围绕冰川的约翰·缪尔也不得不承认："我所见过的任何乡村的青山丘陵，就连翡翠岛上的，都比不上这里。"

岛上的主要村庄圣保罗在1899年是一个文化大熔炉。在最初的皮毛热中，俄国人征服了岛上的阿鲁提克人，并与他们通婚。阿拉斯加交接给美国以后，零星的美国人也搬来了。巴勒斯发现这个村庄几乎和周围的乡村一样迷人：小木屋配上小花园，青草小巷代替了街道（岛上既没有马，也没有任何带轮子的交通工具），还有一家商店挂着个大牌子，上面写着"芝加哥商店"，巴勒斯在那里买了点儿新鲜鸡蛋。

"长老号"提前到达了科迪亚克，因为哈里曼了解到该岛是个一等一的熊居地。在阿拉斯加待了5周后，他对未能猎到熊越来越不耐烦。哈特·梅里厄姆曾在美国生物调查局参与过一个长达数十年的项目，对棕熊的品种进行分类。他明白，一旦"长老号"离开科迪亚克，到阿留申群岛或更远的地方，猎熊的机会就微乎其微了。梅里厄姆找到了一位名叫费舍尔的老科迪亚克猎人，这位猎人曾经往华盛顿特区给他送过一些动物头骨。费舍尔告诉这位科学家，他提交的最大的样本是他妻子在离镇子不远的地方猎杀的一只熊，梅里厄姆急忙赶回来分享这个有希望的消息。当天晚上，哈里曼就开着一艘蒸汽汽艇超速驶向8英里外的一个营地。

缪尔对狩猎一如既往地焦躁不安，他在日记中抱怨道："每个人都去打猎，到处乱逛，就好像这是最适合残忍行动的日子。"但他同时也被科迪亚克苍翠的魅力所折服，加入了一行人一起去野花漫地的城外山麓漫步的队伍。诗人查尔斯·基勒和约翰·巴勒斯带着啤酒和三明治悄悄到了伍德岛一棵巨大的云杉树下野餐。基勒数了数他冬季访问伯克利时识得的知更鸟和林莺，而巴勒斯就在草地上打盹儿。应哈里曼夫人的邀请，年轻的矿物学家查尔斯·帕拉奇带着四大姑娘"初次体验户外生活，包括划船、自己做煎饼和培根"。帕拉奇在白杨树上发现了一个秃鹰的巢穴，他抬起头来，抓住了一只羽毛像海狸皮毛一样柔软的小雏鸟，给女士们留下了深刻的印象。

第三十二章 | 为熊装裹

在其他"长老号"乘客享受着科迪亚克的乡村乐趣时，梅里厄姆却一个人焦急地等着探险资助人的归来。7月3日晚上8点45分左右，哈里曼高喊着走进营地，向梅里厄姆宣告"振奋的喜悦"，他捕获了"一只纯正的科迪亚克大熊"。即使是在梅里厄姆这位科学家记录不多的笔记本上，也能感觉到他松了一口气。

乔治·伯德·格林内尔去科迪亚克岛的其他地方打猎也许是最好的选择，因为哈里曼的"壮举"并没有完全达到布恩和克罗基特俱乐部的公平狩猎标准。他说，哈里曼遇到了一只带着幼崽的棕熊妈妈，当时它正像牛一样咀嚼着青草。狩猎队把这两只熊赶到一个狭窄的峡谷里，而哈里曼带着他的温彻斯特猎枪在那里候着。一位参与者回忆说，当时的情况对哈里曼大大有利，因为他身边有一群人围着，万一他稍有松懈，其他人"有足够的火力把熊撕成碎片"。哈里曼一枪就把母熊打倒了，狩猎队向导黄石·凯利杀死幼崽完成了伏击。

这个熊标本并不像最初认为的那样出类拔萃。对于一只科迪亚克熊来说，它的个头有点儿小，从爱德华·柯蒂斯拍摄的猎杀照片来看，它相当脏。尽管如此，一名标本制作师立即被派去处理哈里曼的猎物。母熊和小熊的头骨最终被保存在史密森尼学会的档案馆中，至今可能还收藏在他们的库房深处。

第二天，也就是7月4日，黎明时分暖和而清朗。巴勒斯写道："船上的小黄铜炮开火，点燃了庆祝活动。"船员们用破布填满了大炮，并反复炸了一个小时，留声机里响起了《星条旗永不落》。植物学家威廉·布鲁尔发表了振奋人心的演讲，称赞美国加入美西战争证明了美国对自由的争取。查尔斯·基勒用一首诗反驳了这项军事干预。有人拿起小提琴，拉起了古老的赞美诗，一对中年科学家和着曲子跳起了吉格舞。巴勒斯写道："下午的庆祝在划船比赛和普遍的欢闹中结束。"派出去的队伍带着战利品熊回来时，船上响起了最后一轮欢呼。

约翰·缪尔对这种娱乐持不同意见，他在日记中将哈里曼的狩猎"壮举"描述为对"一个母亲和孩子"的杀害。然而，正是在科迪亚克的"长老号"上，缪尔对哈里曼魅力的抗拒最终瓦解了。另外一些成员聚集在前甲板上等待另一顿美餐时，有些人称赞是哈里曼这位"财富总管"成就了此次探险。吹毛求疵似的，缪尔打断了这番赞扬并说："我不觉得哈里曼先生很富有，他有的钱不如我多。我想要的东西都有，但哈里曼先生却不是。"

这番话传到了哈里曼耳朵里，他在晚饭后坐到缪尔身旁，对缪尔说："除了作为工作的动力，我从来不在乎钱。我最享受的是创造的力量，与大自然结伴而行，让人畜都受益，让每个人、每件事都能稍稍变得好一点儿，幸福一点儿。"就这样，一种最不同寻常的友谊诞生了，这份友谊后来一直持续到哈里曼生命的尽头。

自然保护者和资本家之间的友谊并没有阻止缪尔给出忠告，一如他一贯的行事风格。回到马丁内斯的农场后，他给哈里曼的孩子们写了一封很长的信，信中总结道："记住你们要忏悔的承诺，尽可能不要杀害世上的生命，去了解自然历史更远的旁支分叉，至少要远到能够看见大自然的和谐。别忘了我，愿上帝祝福你们。"

第三十三章

棕熊的生活

乌亚克湾

科迪亚克岛地域辽阔，面积是纽约长岛的两倍多，比克里特岛或科西嘉岛还要大。从地图上看，阿拉斯加半岛和阿留申群岛形成的"象牙"向亚洲突出的地方，那里以南就是科迪亚克岛。科迪亚克看起来就像一块拼图，可以捡起来放到北边库克湾的缝隙里。我从安克雷奇飞过来，花了一天时间在岛上的主要城镇闲逛。按照阿拉斯加的标准，这里相当大。这儿有一家麦当劳和一家沃尔玛，这两家店似乎都很受科迪亚克庞大的海岸警卫队的欢迎。第二天早上，我搭乘螺旋桨飞机穿过该岛，飞往拉森湾，科迪亚克西北海岸乌亚克湾入海口附近有一个小村庄。机上的另一位乘客和我似乎是飞机运输货物之外临时捎上的，因为没被人肉占据的每一寸空间都被箱子填满了。从空中俯瞰的景色印证了巴勒斯欣喜若狂的描述：科迪亚克气候湿润，山峦起伏，几乎没有树木，夏末时节，除了海拔最高的地方，几乎没有冰雪。碧波水池和岩石地穿插在高尔夫球场之间，其他的都是球道。今年是科迪亚克连续第三年被评为有史以来最热的一年。通常在7月下旬结果子的浆果在6月中旬就冒了出来，熊们狼吞虎咽地扫荡水果，其迷恋程度之深让一些科学家费解，甚至想看看一旦鲑鱼重新回来产卵，它们还会不会对鲑鱼感兴趣。

像哈里曼一样，我也是因为得知这里是接近大型棕熊的最佳地点之后才来到了科迪亚克——按照我的方式接近，并将自己托付给了一名专家。哈里·道奇三世到小机场来接我。据我所见，拉森湾小镇的主要部分就是碎石跑道、一家罐头厂、几间运动员小屋和一所不大的学校。在罐头厂库存稀少的杂货店短暂停留购物之后，我们登上哈里的小船，驶入乌亚克湾宽阔的碧海入口。

哈里是科迪亚克岛上唯一一个有资格讨论熊话题的人。多年来，他一直是一名野生生物学家和狩猎大师，并且现在和他的妻子布里吉德经营着一家公司，提供熊之旅。熊之旅服务类似于为客户"狩猎"提供向导，但不是用枪支：科迪亚克熊之旅（哈里夫妇的公司）会组织游客跟踪熊的行迹，这样他们的客户就可以用尼康和佳能的"长枪短炮""射击"。哈里是我遇到的第一个获得创意写作硕士学位的户外导游。

我们向南巡航时，哈里说："就美国东海岸而言，哈里曼探险队确实让科迪亚克和它的熊出了名。"现年60岁出头的哈里曾在柬越战争期间在越南待过一年，留着类似缪尔式的胡须。问他问题

第三十三章 | 棕熊的生活

时,他往往会心不在焉地点点头,或者根本不回答。我原以为这是阿拉斯加人惯有的沉默寡言,后来我才发现他有点儿重听(在乌亚克湾令人尴尬的寂静中,你几乎可以听到自己的心跳声)。哈里不是那种喜欢吹嘘自己的人,直到提到了哈里曼的一位狩猎向导的名字,他才承认自己写过一本书——《科迪亚克岛和它的熊:阿拉斯加科迪亚克群岛熊和人类互动的历史》(*Kodiak Island and Its Bears: A History of Bear/ Human Interaction on Alaska's Kodiak Archipelago*)。

在俄国人带着他们的火枪到来之前,杀死一只熊是一项无比艰巨的任务,不仅仅是因为在对付一只重达 1500 磅的动物时,猎人的主要武器是绑在棍子上的锋利物体。"许多早期文化认为熊是人与自然神圣力量沟通的媒介,"哈里在他的书中写道,"大多数古代狩猎社会都遵守前狩猎时期的传统,包括忌讳、隐居或禁止性关系以及汗浴[①]等仪式。"俄国人对熊除了讨厌几乎没什么兴趣,但哈里告诉我:"阿拉斯加卖过来以后,美国人猎杀了一切。"到 1899 年"长老号"到达时,海獭数量不断减少,许多猎人已经将注意力转向了熊。

在哈里曼广为宣传的访问之后的几十年里,科迪亚克成了专门猎杀棕熊的地方。哈特·梅里厄姆在 1918 年完成了熊的分类,并将科迪亚克熊归类为一个亚种,部分原因是它的体型庞大。布恩和克罗基特俱乐部在 20 世纪 90 年代做过一个统计,在有史以来最大的 20 只战利品熊之中,有 17 只是在科迪亚克岛被猎捕的。狩猎至今仍是科迪亚克的主要产业。哈里估计,每年至少有 150 只成年公

[①] 指使用热空气的沐浴,包括热水蒸气。——编者注

熊被捕杀，一个外州的猎手猎一只熊至少要花费 2 万美元，包括许可证、向导费和狩猎费用。与哈里曼时代不同，母熊和幼崽是不能碰的。"现在这里的熊比 40 年前我来的时候还多，"哈里说，"它们似乎已经让这里满负荷了。"

几十年来，科迪亚克的熊业务一直与一个意想不到的敌人发生冲突。我们走在科迪亚克国家野生动物保护区的深处，这里看起来像是原始森林。但哈里说，实际上从 20 世纪 20 年代开始，这个地区就开始有人开发了。他说："一些牧场主来到这里，看到这些草，觉得这里是个放牛的好地方。"但家畜和熊很明显不能混居在一起，于是几个牧场主极力争取彻底消灭熊。1963 年，阿拉斯加州长批准了一项秘密计划来处理这个凸显的问题。阿拉斯加渔猎部在一架派珀水陆两栖滑翔机上配置了半自动步枪，用来巡航追踪熊。当发现目标动物时，飞行员驾驶飞机在上空盘旋，直到副驾驶可以干净利落地射击。一位牧场主回忆说："如果熊躲在赤杨树林里，枪弹就会射进灌木丛，逼熊跑出来。"空中屠杀在一年后结束了，但一些牧场主仍在科迪亚克养牛，而哈里在他的书中轻描淡写地指出，在这里养牛"无疑是一项具有挑战性的事业"。

哈里和布里吉德在海湾中央的一个小岛上拥有几英亩土地，这个小岛藏在一个较大岛屿的偏远角落里，与大陆之间有一条 25 英里宽的海峡。乌亚克湾不是个周六晚上找乐子的好地方，但提到寻找熊，这里却是不二之选。这里有大约 2300 人生活在野生动物保护区。每年，越来越多想要看熊的人来到阿拉斯加，人们主要是搭飞机和乘坐公交观看。哈里和布里吉德提倡一种相较而言影响小、可持续的方法，然而这种方法更考验耐心。

第三十三章 | 棕熊的生活

我们放慢速度，驶进了一个小海湾。哈里跳进浅水里，把船系牢。他黑色的拉布拉多犬兴奋地朝哈里奔来，直到它发现了新的访客，就用扑上胸膛的热情方式接待我。一条穿过岩坡的小路从卵石滩向上延伸，通向一座红房子，房子周围有几座附属建筑供访客休息。在厨房里，我见到了布里吉德。她给我端来一杯咖啡，并把我介绍给其他的客人，他们都说法语。布里吉德会说几种语言，科迪亚克熊之旅通过欧洲旅行社招徕了不少生意。她告诉一位客人，我的房间是"温屋畔"，听起来很奢华，但实际就是一个挨着温室的小房间。这是个舒适的小房间，虽然大多数园丁会认为是个盆栽棚（这周客人很多，哈里一家子把我插了进来）。这里的布置近乎完美：折叠床很舒适，而且我的房门外长着一丛野生的熟透了的美莓。其他人已经吃了很多，所以当我狼吞虎咽地吃到手指被染红的时候，没有人反对。

晚饭后，我们挤上了两条船，向峡湾的深处驶去。我和哈里一起乘坐一艘装有舷外马达的敞口铝船。每个人都穿着足够在拖网渔船上工作的雨具。在科迪亚克机场的时候，我查看了纽约的天气预报：98华氏度，晴。然而乌亚克湾只有55华氏度，还下着毛毛雨。我问哈里，他写书的时候采访了几十名科迪亚克狩猎向导，是否收集到了什么经过检验的保持干燥的技巧。他仔细考虑了几秒钟，说："就让自己慢慢习惯，因为大多时候都是潮湿雨天。"

没过多久，天空就放晴了，露出了山谷被埋在氤氲中的苍翠。前行了10英里，我们到了哈里和布里吉德卫星营地的一片林区。我们围坐在一堆大火旁聊了一两个小时，大部分的内容我都听不懂。布里吉德试着给一个年轻的巴黎人解释习语"谁在切奶酪"。

这个表达在法语中不仅没有直接的解释，而且似乎暗示着一种在履行基本职责时的疏忽。接着，我们回帐篷睡觉了。哈里说不用担心熊，我于是很放心，睡得像石头一样。

第二天早上早餐过后，我们开始"猎"熊。我们像陆军巡逻队一样排成一列，沿着海滩出发，因为那是最清晰的路径。潮水刚退，海月水母像巨型隐形眼镜一样散落在海岸上。哈里和布里吉德走在前面，布里吉德扎得紧紧的金色马尾辫在我们一行衣着土黄色的人当中起到了指路灯的作用（熊不喜欢鲜艳的颜色）。他们穿着及臀的橡胶靴，常常背着沉重的背包在山间穿梭几个小时，练就了那种苗条而结实的体格。有一次他们从乌亚克湾他们家附近徒步走了90英里参加音乐节，后来我在他们家吃饼干时才知道这一壮举，因为我碰巧念到一本哈里写的散文集。哈里比较腼腆，有人问他问题时才会说话，而布里吉德很喜欢交际，给大家展示如何根据熊爪印来估计熊的大小，指给大家看水獭洞，还有令人毛骨悚然的古代墓地——其中一个墓址里有一组人类的牙齿，还不忘把双筒望远镜递给大家，让每个人都可以看到远岸的山羊（"瞧，山羊！"）。有时哈里会低声说一些关于熊的趣事，布里吉德就会嚷嚷起来："请再说一遍，大点儿声，亲爱的，这样每个人都能听到你说的话。"

我们在一条湍急的小溪里把水壶装满（偏远的此地水无须净化）。穿过一片泥滩，我们进入了一条通向小山的熊道。高高的草丛沿着一条大约一英尺宽的小路铺下来，其间布有粪便。熊不仅仅是在这些树丛里拉屎，它们还会用鱼骨和美莓种子铺满树丛。空气中弥漫着腐烂海鲜的味道，我觉得这是个好兆头，表明今年早熟的浆果没把科迪亚克著名的杂食动物变成吞下半吨水果的食客。布里

第三十三章 | 棕熊的生活

吉德指着一张很大、很新的熊床("这东西就像一个撞击坑"),还有一些棕色的皮毛粘在小道附近的树上。我试着记起哈里曼的法则:长途跋涉并不意味着你一定会在方便的时候遇到一只熊。我们停在一个可以俯瞰池塘的斜坡上大约15分钟,希望某只熊会出现。

"你拿的是什么枪,哈里?"两名法国男子中的伯纳德问道。哈里把一支步枪绑在他长方形的巨大背包上,从后面看,他好像拖着一台巨大的晶体管收音机。就像在某个中立地带不同语言群体混杂时那样,最初对陌生语言的尴尬很快就被人类沟通的欲望冲淡:伯纳德和其他几个人说着像样的英语,加上一些夸张的手势(在马塞尔·马索看来这些手势有些过头了),再加上我说的一些中等程度的西班牙语动词,我们就进入了一种大致有效的沟通模式。伯纳德是那种魅力难挡的法国人,他风趣英俊且对美国流行文化有涉猎。我们一边走一边唱着哈利·贝拉方提的歌曲片段。

"那是一杆0.338口径的温彻斯特步枪,"哈里说着,从侧面口袋里掏出一发子弹递给伯纳德,"很明显,它没上膛。"

伯纳德用手指搓着铜制的圆柱子弹,并用高卢式的点头表示赞同:"这种子弹的品质非常好。我打猎的时候,也喜欢金属的质感而不是塑料的。"

半小时后,我们走在河岸上,这时布里吉德突然单膝跪地,手指指在嘴唇上,示意我们全都蹲下来。我们八个人爬到灌木丛后面,偷偷瞥一眼下面的浅水池。几十条鲑鱼慢慢地绕着圈游泳,一边跳跃,一边抽动,发出轻微的水花声。"这没什么,"哈里说,"有时候就像爆米花在下面爆开一样。"

"你知道,它们是办完事儿就要死的吗?"在布里吉德递给大伙儿一袋三明治时,我轻声问她。我以为这是太平洋鲑鱼生命周期的最后一章,即洄游到自己出生、孵化、死亡的地方。

"还没有,雄鱼正在等待一只雌鱼翻过身来,这表明雌鱼正在备巢。"布里吉德说。一旦雌鱼准备好了砂砾巢,她就会和雄鱼首领游过去,一起释放它们的卵和精子,进行一场浪漫的喷射。这些受精卵中的一些会孵化,游到大海,然后(如果它们能避开捕食者和渔民)在某一天会回到这条小溪来继续这个循环。

很多鱼肯定会在前面的下游死去,因为一只科迪亚克熊妈妈和两只幼崽已经慢慢进入了视野,它们正在享受一场看起来像是昼夜不停的鲑鱼盛宴。幼崽会用嘴巴叼起一条鱼,扔掉,然后再叼起另一条。"那个池子里至少有 50 条粉色的鲑鱼,而熊幼崽都抓到了鱼。"哈里说,"这就是它们学习的方式:边玩边学。"它们的妈妈叫了两声,两个幼崽抛弃了它们的鱼,向妈妈跑去。

"熊妈妈可以发出各种命令的声音,"布里吉德说,"例如过来,待着别动,去爬那棵树吧。"

我们继续穿过齐胸深的草丛沿着"熊公路"走。布里吉德告诉我,她第一次来科迪亚克岛是在 20 世纪 80 年代的一个夏天,因为她的一位朋友曾在明尼阿波利斯一家餐厅工作,招待过的一位顾客说科迪亚克是个不错的地方。她和那个朋友一起飞往安克雷奇,搭便车向南到达基奈半岛的尽头,搭上了前往科迪亚克的渡轮,到达当天就找到了罐头厂的工作。"让哈里告诉你他是怎么进入猎熊向导行业的。"她说。

1975 年,哈里也来到科迪亚克找暑期工作。那年 9 月来了个机会,哈里加入了一个团队,要把红鲑鱼从岛上的一个地点移

第三十三章 | 棕熊的生活

到另一个地点,他们乘坐一架旧的两栖飞机格鲁曼鹅①(Grumman Goose)。这架飞机的机身很宽,像个船体。这项任务需要用一个便携式的木箱来运送成年鱼。恶劣的天气里,六名男子被困在湖边的一间小屋里三天。到了第四天,天气放晴了,哈里和飞行员哈尔·德里克可以试着起飞了。但是雨水已经抬高了湖面,淹到了机身。"当我关上机门的时候,飞机的地板上都是水。"哈里说。虽然感觉这头"鹅"的尾巴有点重,但第一批鱼运得还算成功。

第二次起飞更为缓慢,湖面水位仍然太高,无法排出飞机上的水,但哈尔机长最终还是让"鹅"升空了。"我们升到了大约500英尺的高空,水冲到了机尾。"哈里说,"飞机就那么笔直地飞着,机头直指天空。哈尔机长不知何故把飞机降到了45度左右。我们狠狠地砸向了水面。"当水涌入驾驶舱时,哈里想起了电视剧《海底追捕》(Sea Hunt)中的一集,在一场类似的灾难中,男主角劳埃德·布里奇斯把头伸进船舱顶板附近的一个气囊里,从而幸存了下来。哈里也吸了一口气,但打不开窗户,后来他才知道窗户已经被电控关上了。他跟着哈尔机长从飞行员侧的窗户逃了出来,两个人站在机翼上,思考着他们的选择。"接着,我们就开始下沉了。"

哈尔的背部被撞伤,痛到不能游泳。哈里说:"我接受过救生员训练,于是我扔掉了大靴子,把我俩都带到了岸上。"哈尔是个

---

① 最初的格鲁曼鹅是由一群商人委托定制的通勤工具,其中包括罗兰·哈里曼,也就是"长老号"上那个蹒跚学步的、和他父亲一起在甲板上走来走去、拉着绳子玩玩具的孩子。哈里曼探险队中哈里曼的另一个儿子埃弗莱尔后来担任了美国驻苏联大使和纽约州州长。

大块头，拖着他在冷水中前进耗尽了哈里的体力，但他们最终到达了可以站立的浅水区。"哈尔叫我沿着湖岸走到一条小溪边，那条小溪通向4英里外的一家老罐头厂。我真庆幸自己还活着，当时也管不了自己是不是赤着脚。"

哈里沿着熊道走着，因为秋天的寒冻他的脚麻木了。他终于发现了烟囱冒着烟的罐头厂。他敲开了门，迎接他的是科迪亚克猎熊向导中的传奇人物比尔·平内尔。平内尔让哈里坐到火边，给他倒了一杯威士忌。一支救援队出发去找哈尔，但他自己已经设法来到了罐头厂。平内尔和他的向导伙伴莫里斯·塔里夫森显然对哈里的坚韧印象深刻，因为他们那年秋天为他提供了一份猎熊包装员的工作。"我从来没想过我会在接下来的17年里为他们工作，"哈里说，"他们教会了我很多关于熊的知识。"

格鲁曼鹅从湖底被打捞上来并进行了维修。"哈尔后来开始了自己的飞行事业，"哈里说，"再后来他和4名乘客在一起坠机事故中不幸丧生。"

事实证明，这是个追踪熊的好日子。我们从一个地方徒步到另一个地方，攀爬时手和膝盖并用，直到浑身是泥，还把手伸进对方的背包里拿相机、太阳镜和双筒望远镜。坐在一条小溪上方的斜坡上，我们嚼着品客脆薯，直到一只公棕熊在大约50码外漫步而过。在它稍微放慢速度时，我们拍下了两张侧肩照。对于是它闻到了我们的气味还是看到了某人的紫红色和水绿色夹克，哈里和布里吉德各持己见，伯纳德和我推测它是听到了我们嚼脆薯的声音。另一条小溪就像死胡同一样终止于一个浅水池，在那里，熊妈妈和幼崽正

第三十三章　｜　棕熊的生活

在吃倒了霉的鲑鱼,它们好不容易从大海洄游至此,正打算光荣地用生命的最后时刻繁衍呢。太阳渐渐下山,我们坐在靠近海滩的一个山坡上,等着潮水退去。一股巨大的感激之情涌上心头,与其说是因为完美的看熊一日游(虽然确实有此原因,正如约翰·巴勒斯描写他在科迪亚克的时光是壮丽宏大又抒情柔美的),不如说是因为我意识到阿拉斯加野蛮的叮咬昆虫在这个季节已经歇业了。

忠诚,那只拉布拉多犬,接受过在熊面前保持冷静的训练。我们沿着海滩朝营地走时,一只狐狸每隔 100 码左右就会从树林里冲出来向我们尖叫,忠诚却很难保持冷静。我以前从来没有听到过狐狸的叫声,当然也就不知道原来它的叫声是自然界中最刺激人的一种。"它很可能会一直跟着我们到营地。"哈里说,"如果你在夜里听到什么声音,像是一个老太太被活活剥了皮,那就是狐狸在叫。"

我们正在用法式英语聊天,这时布里吉德发现远处有一只非常大的熊妈妈和两只幼崽,它们正沿着新月形的水流慢慢朝我们的方向走来。我们唯一的选择就是爬到海滩后面的叶丛里,等它们过去。三只熊排成一排走,距离我们窥探它们的地方大概有 15 码远。我非常清楚地看到了那个独特的肩峰,兴奋地拍了大约 30 多张模糊的照片。这些照片太糟糕了,我们后来翻看照片时,布里吉德笑到不行。幼崽们跑进水里,嬉戏着互相泼水。突然之间,我们睁大眼睛互相交换"你相信吗"的眼神,因为跟着我们的那只狐狸从森林里蹿出来,用它的叫声与熊幼崽对峙。熊妈妈咆哮起来后,狐狸就跑开了。表演结束。

我们回到营地时已经是晚上 10 点多了,伯纳德拿出一瓶从他诺曼底的农场自制的雅文邑酒和一些熏肉。布里吉德和哈里忙着吃晚饭，而我则临时扮演起美国发言人的角色，尽我所能地回答问题。为什么美国人吃这么多加工食品？为什么美国人的假期这么少？（这个小团中的每个人都或多或少地在夏天的最后一个月休假了。）他们为什么喜欢枪？旅行期间凡是出现这种问答情况时，我就把责任都归到共和党人头上，这样的回答总是能让欧洲人满意。布里吉德说，她和哈里打算在艾奥瓦州密西西比河的一个小镇过冬，在那一刻那个小镇似乎像月球一样遥远。我们熬到半夜，直到大家开始围着炉火打瞌睡时才上床睡觉。

凌晨3点45分左右，狐狸和它的一个朋友回来了。显然，它俩都有不少事情要讨论。我开始理解人们为什么要猎狐狸了。

早上很冷，哈里很早就起床了，在野营炉旁煮咖啡。"地上有落叶了，空气冷飕飕的，"他说着，在火上暖起手来，"感觉夏天就要结束了。"那是8月中旬，阿拉斯加的天气不全是一团糟。

我们享受了一顿漫长、悠闲的早餐。早餐桌上，我们喝着速溶燕麦粥，谈起了现实生活中的细节。伯纳德不只是一个喜欢哼唱《香蕉船歌》(Banana Boat Song)的小混混，他还是一个主要的汽车出口商和法国18个地区中其中一个地区的重要政治人物。他的爱人娜塔莎是一位地质学家。让-米歇尔看起来有点儿像圣诞老人会计部门的一个精灵，他以前是一名登山运动员，曾攀登过喜马拉雅山。布里吉德同时用两种语言讲述了一个故事，告诉我们在前一年，她和哈里是如何营救3只熊幼崽的，它们的熊妈妈被猎人杀死了。

1899年，当哈里曼在小镇附近跟踪他的猎物时，乔治·伯德·格林内尔正和一队猎人在乌亚克湾海岸徘徊。在4天的时间

第三十三章 | 棕熊的生活

里，他们没有发现任何熊的迹象。在乌亚克湾卫星营地的第二天，我们享受了一整天的灿烂阳光，步行了好几个小时。最精彩的可能是布里吉德骗我爬上一个可以堵住一条大河的海狸水坝，我说了一些关于钦佩海狸建造工程的话。"老实说，这些海狸都是些混蛋。"布里吉德说。每年，它们的建筑作品都会拦住一条鲑鱼溪流，而从不考虑生态系统中的邻居。科迪亚克的森林里到处都是长着龅牙的约翰·高尔特①。

我们后来就再也没看到其他的熊了。那天晚上，我们乘船回到了岛上。早晨，一架黄色的德哈维兰水上飞机在头顶嗡嗡作响，滑向海滩。我们飞过青山，到了科迪亚克市。在机场有几个小时的时间要打发，我拿出手机，趁自己还记得猎熊的细节时搜搜看看。结果看到了一则来自俄亥俄州代顿市的新闻报道，说最近有一只科迪亚克孤儿熊幼崽被收养，收养人叫哈里·道奇。

---

① 约翰·高尔特是安·兰德1957年的小说《阿特拉斯耸耸肩》(*Atlas Shrugged*)中的角色，是一名虚构的工程师和发明家。这里将海狸比喻成长龅牙的高尔特。——译者注

第三十四章

火山喷发的过去

万烟谷

"长老号"在去往科迪亚克岛的航行中在库克湾停留了两站，库克湾是直接横跨舍利科夫海峡的一个陆地景点。在哈里曼追赶他的熊的时候，一组科学家被派下船进行野生动物调查。他们上岸的地方是现在的卡特迈国家公园，这个勘察任务是哈里曼探险队中不为人知的一个部分，因为没有什么文字或照片把它好好记录下来。巴勒斯就像是一个贩售二手信息的记者，他写道："一群希望在陆地花一周时间采集和种植的人从'长老号'坐小船离岸数英里，驶入黑暗中。"这种不同寻常的出发可能暗示了爱德华·哈里曼急于赶到科迪亚克，也暗示了科学家们想去科迪亚克以外的任何地方。巴勒斯统计船上有"五六个人"，而史密森尼学会则收藏了他们至少七个人收集的鸟类和植物化石。"他们在那里很逍遥,方方面面都自在自得。"巴勒斯在"哈里曼阿拉斯加丛书"中匆忙总结道,似乎他也想快点儿结束"始新世时期的昆虫"的话题,谈谈其他更有趣的事。

然而,巴勒斯总是忍不住认真思考大自然的壮丽,写了几页编年记录之后,他悄悄回到库克湾。他对科学家小组蛊惑人心的所见所闻挥之不去:

他们的讲述让人恨不得能一起亲临现场:他们爬上营地后面的一个青翠长坡,登顶而望,忽见眼前一壁几乎垂直的山崖,崖上有一深凹的缺口,从缺口直下2千英尺,他们瞧见身下的一个山谷,其间有一座巨大的冰川,由雪峰至山脚一气呵成,席卷而下。这一奇观超乎想象,无比壮观,瞬间夺走了呼吸和心跳。

这片梦境般的青翠高山吸引我的地方在于它的大部分已经不复存在。"长老号"上的无数专家惊叹于库克湾背后惊人的风景,而13年后,他们所看到的一切都将被20世纪最大的火山爆发所抹去。

如果把阿拉斯加分成4个象限,右下角象限——包括内湾航道,并以费尔班克斯和科迪亚克岛作为其北部和西部的粗略边界,至少占该州人口的80%。严格来说,阿拉斯加任何只能乘飞机或船才能到达的领土都可以被称为"灌木林",在该州占地75%的人烟稀少的地区是灌木林最茂盛的地方。从哈里曼探险队成员日记的描述中,人们可以感觉到,从他们离开科迪亚克到他们瞧见山顶冒烟的伊利亚姆纳火山,他们越过了一条无形的分界线。前方不再有古色

第三十四章 | 火山喷发的过去

古香的城镇或令人叹为观止的冰川，海岸身后的火山高达6千英尺至1万英尺，非常壮观。但如果你刚刚从约1.8万英尺高的圣埃利亚斯山下驶过，这些火山就相形见绌了。这些是阿留申山脉的火山峰，由于太平洋板块俯冲到北美板块之下，岩浆向地球表面上升而形成。阿留申山脉的生长一直受到阻碍，因为它的山顶偶尔会消失。

那些在凌晨划船离开"长老号"的标本采集小分队队员走访了现在的卡特迈国家公园。1898年，根据卡特迈历史学家约翰·胡赛的说法，一位走访此地的地质学家"来到郁郁葱葱的乌卡克河山谷"，并记录了"地震和其他火山的活动"，其中包括温泉和微震，也记录了当地原住民的情况，说其中一座火山有时会冒烟。1912年6月6日，一股20英里高的烟柱在卡特迈山上空升起。两个小时后，一阵巨大的爆炸声传来，连远在东边750英里的朱诺都能听到。一团火山灰在天空中翻滚，被风吹走，像雪一样在数百平方英里的上空飘落。科迪亚克岛连续60个小时处在黑暗中，强劲的火山灰风暴足以掀翻屋顶，使整个岛陷入瘫痪。哈里·道奇说，他在科迪亚克花园里的泥土是"10英寸火山灰加4英寸表土"。卡特迈的火山喷爆持续了3天。肆虐结束时，喷出的火山灰和浮岩超过3立方英里[①]，是1980年圣海伦斯火山喷发释放物体积的30倍。当空气恢复清澄时，几百英尺高的卡特迈山顶峰已然消失。

1912年的火山喷发恰逢国家地质学会资助勘探活动的鼎盛时期，该学会当时资助了罗伯特·皮尔里的北极探险，也资助了海勒姆·宾厄姆在马丘比丘（Machu Picchu）的考古发掘。1916年，

[①] 立方英里（cubic mile），计量单位，1立方英里=4.1682立方千米。——编者注

地质学会派遣植物学家罗伯特·格里格斯前往火山喷发地。这位植物学家研究了该地的植被恢复，并仔细观察了卡特迈山被截断的顶峰和曾经葱茏的乌卡克河山谷。在火山顶上，他发现了一个很深的火山口，宽约 2 英里，里面满是水。格里格斯在寻找神秘蒸汽云的来源时，爬上了一座小山，看见了 4 年前还是青翠茂林的山谷。

我们翻过山丘，映入眼帘的是凡人肉眼能见的美景的极致。整个山谷放眼所及皆是成百上千，准确地说是成千上万的烟云。烟云卷绕，从开裂的地面升腾……仿佛世上所有的蒸汽机接在一起，一下子打开了安全阀，烟雾竞相起舞……我们意外地发现了世间出神入化的奇迹。

烟气逸出的喷口是烟孔，在数百英尺的火山灰中嘶嘶作响。格里格斯此后又三次回到这个地方探索，但他用第一印象给这个人间仙境起了名字：万烟谷。

在格里格斯的发现大约 100 年零两周后，凯尔·麦克道威尔到我在安克雷奇租了几个晚上的小公寓来看我。凯尔打算带我去万烟谷看看，卡特迈国家公园建立的主要原因就是保护这个万烟谷。阿拉斯加冰川融化的慢动作灾难因为太慢而难以观察，只能从照片上看出来。我太胆怯，不敢去看利图亚湾 1700 英尺高的巨型海啸现场。1964 年耶稣受难日地震的影响随着时间的推移也已慢慢消退，但是，在美国自然灾害最频发的州，这场有史以来最大规模的灾难的痕迹仍然历历在目。

到 20 世纪 30 年代，随着山谷底部的冷却，烟孔已经不再有烟

第三十四章 | 火山喷发的过去

雾,但烟雾的消失留下了火山灰和彩绘岩石构成的难忘的"月球"景观。万烟谷没有道路或护林员,也没有任何限制。如果你想徒步走上去触摸1912年喷发现场巨大的诺瓦鲁普塔火山穹顶,应该没人会阻止你。"火山灰多到好像喷发是上周才发生的,"阿拉斯加州地震学家迈克尔·韦斯特在我问到"万烟谷"时兴奋地告诉我,"到那里去要做不少准备工作。但如果能做到呢?毫无疑问,去吧!"

准备工作是凯尔的专长。他为我们订了去金萨尔蒙的航班,雇了一位丛林飞行员带我们去万烟谷。他还要到我的小公寓来跟我确认行程,反复检查我是否带足了我们4天旅行所需的所有装备。凯尔剪了个平头,教授我枪支使用安全知识,还喜欢谈论"突发事件"。我们跪在地板上翻看我的雨具、检查我的靴底时,他说:"我总是喜欢预先安排好一天的日程,然后根据实地情况,预设A、B、C三种可能的意外情况。"

第二天早上5点整,凯尔开着他的小货车来接我一起去安克雷奇机场。凯尔相对而言是一个阿拉斯加的新居民。他在密歇根州长大,曾经在亚利桑那州花了不少时间盖房子,4年前举家北迁,寻找一种他在下48州从未找到的社群归属感。他热爱阿拉斯加开拓者自力更生的精神,他的孩子们由他和妻子在家进行教育,他们的冰箱里都是凯尔猎的肉。在机场,我们又把装得满满的装备检查了一遍。"我还没给你送条夏日的大香肠呢,对吧?哦,等等,就在那儿。"凯尔又在预订处检查了一下他0.45口径的猎枪,接着我们飞往金萨尔蒙。

由于阿拉斯加的大部分地区距离道路系统都有数百英里远,该州人均飞行员数量是美国其他地区的6倍。丛林飞行员对于保持该州偏远地区的运转至关重要。就像你在大城市打车或叫优步一样，如果你需要将人员或物资运进或运出阿拉斯加偏远地区，你可以打电话给丛林飞行员先确定价格，然后搭乘。带好合适的起落装备，丛林飞行员愿意降落在任何平坦的表面——冰川、冻土、湖泊、河床、覆着火山灰的山谷。变幻的天气和非常规的着陆条件要求阿拉斯加的丛林飞行员除了使用仪器外，还必须依靠本能和经验。阿拉斯加在飞机坠毁事件和人均空难死亡人数方面也是全国领先的（而且是遥遥领先），平均每年接近100起。泰德·史蒂文斯·安克雷奇国际机场是以阿拉斯加最著名的政治家的名字命名的，他乘坐的水上飞机与山坡相撞，机毁人亡。1972年，一架载有两名美国国会议员的飞机在从安克雷奇飞往朱诺的途中失踪，至今没有找到。在阿拉斯加，关于飞行安全的古老格言也是一种事实陈述：有年迈的飞行员和大胆的飞行员，但不存在既年迈又大胆的飞行员。

我们的丛林飞行员戴夫到金萨尔蒙机场来接我们，然后开车把我们送到他公司的机库，机库里摆满了飞机零件、严重失修的家具和几张放着电脑的桌子。他的飞行制服是一件长袖迷彩T恤、胶靴和环绕式墨镜。这架飞机是一架旧的塞斯纳206，机尾地板上覆着胶合板。戴夫指出紧急出口的位置，那里堆放了在偏远地区紧急降落时足够七天使用的必需品，以及在意外降落后保护"我们走去其他地方"的莫斯伯格540型猎枪。飞机声音很大，我们通过耳机交谈。凯尔温习了一遍常见的遇见熊时该做和不该做的行为准则——一定要制造噪声，不要跑。我不得不承认我有点儿走神了，谁都会在第1000次起飞前听到安全说明时走神的。凯尔强调的遇熊安全准则让我更关心动物的安全，而不是我自己的。他说："显然，我

第三十四章　｜　火山喷发的过去

确实有枪,我会鸣枪示警,假如鸣枪还不起作用,我就要使用致命的射击了。"

金萨尔蒙的天空晴朗,我们的目的地在离飞机不到50英里的地方。根据此时上空的天气状况基本无法去推测地面上的情况,因为传说中卡特迈的天气变幻莫测。"昨天风雨交加,情况很糟。"戴夫说,"我一整天都在离甲板500英尺的地方飞行。"他说如果情况变得很坏的话,他会用卫星电话给凯尔发短信。"如果我不能回来救你们,那就太糟糕了。"

在飞行的第一段,下面的风景完全不是焦土一片。巨大的蓝色湖泊与一条蜿蜒曲折的河流相遇,河流穿过茂盛的密林,林子就像湄公河三角洲一带那样繁茂。这一带就是布鲁克斯营,这里的鲑鱼数量如此之多,棕熊们要么忙着抓鱼,要么吃得太饱而没心思去观察那些飞过来看它们的人类。凯尔指着一条路,这条路是公园旅游巴士每天一次的必经之路,接驳巴士将游客从布鲁克斯营的小屋送到一个观景点,那里能俯瞰万烟谷。我们的B计划是在没法继续飞行的情况下就回到大众路线。凯尔已经把自己储备的额外食物打包好了,也就是说预设的C计划是要一路步行回来。约翰·缪尔曾写道:"每隔两棵松树就是一扇通向新世界的门。"现在,我们在两座低山之间飞行,说不定已经滑过了一个虫洞。终于,我们进入了一片广阔的平原,一片荒芜之地,所有的生命迹象都不复存在——这就是万烟谷。

戴夫把飞机降落在茫茫荒野的中央。我们踏出飞机时,脚底下的地面感觉像是一块全麦饼干的外壳。看起来极其高大陡峭的沙丘包围着我们,这些沙丘被泡沫般的云层覆盖着,只露出山腰下的一半。四面八方都是焦土一片,40平方英里荒芜空旷的一片。

"卡特迈星球！"凯尔喊道,"没有路！我们可以去任何想去的地方。这里有些地方连美国地质调查局和公园护林员都没去过。"前一年,在万烟谷申请野外旅行许可的人不到 200 人,其中包括火山学家。戴夫飞走后,两个徒步旅行者在远处的地平线上短暂出现,然后就消失了,他们是我们 3 天内唯一见到的人。

"你没听到什么?"凯尔问道,"鸟儿！在阿拉斯加,除了这里,还有哪儿连鸟叫声都听不到呢?"他环视了一圈说,"我想我从来没有在这么平静的时候来过这里。"卡特迈因其威利瓦飓风而臭名昭著,这是一种猛烈的暴风,会突然在山脉与大海交汇的地方爆发。1898 年,地质学家约西亚·斯珀尔经过该地区时报告说:"阵风强到可以携带相当大的石头。"罗伯特·格里格斯一直怀疑有关这种飓风的报道,直到他被一股风卷起,甩到泥滩上。凯尔指着几间在山顶上的美国地质调查局的小屋说:"这里的风速可以达到每小时 100 英里,必要时我们可以去那里。"

除了风声,这里唯一的声音就是里瑟河低沉的咆哮,格里格斯用古希腊冥王神话里的"忘川"给它命名。经过许多年,源自冰川径流的水在火山灰和岩石上刻出了一条狭长的沟壑。沟壑有 60 英尺深,底部有巨石和白色激流——准确来说,是有点儿粉褐色的水。我们从侧面窥视的时候,凯尔说:"人们说:'我们可以跳过去。'我们可以,但我们不会这么做。因为一旦摔倒了,没人会跟着你下去。那里已经有 5 个人失踪了,一个也没有找到。"

我们用行走杖在不稳的火山灰上维持平衡行走,沿着里瑟河向前方山腰上一座巨大的蓝色悬空冰川走去,那里大致就是我们当天的目的地。凯尔指着一座从未有人攀登过的山,那是阿拉斯加数

第三十四章 | 火山喷发的过去

千座这样的山峰之一。他说,旁边的山谷是绿色的,自1912年火山喷发以来完全重新生长。"看起来像是夏威夷。"在万烟谷的地表上,唯一可见的植物群是小草丛,大概每隔几英亩就有一丛。曾经生长在乌卡克河沿岸的那片古老的森林就在我们下方700英尺处,被灰烬掩埋着。

有些地方,浮岩似乎已经变成石头。这些是1916年令格里格斯着迷的烟孔,当时这些烟孔温度非常高,他的团队甚至在烟孔里烤了玉米面包。现在它们成了幽灵,成了被红色、橙色和黄色的小石头包围着的深洞,就像被捣碎融化的蜡一样。

随着我们的前进,里瑟河的峡谷变得平坦,河水沿着一个方向分了叉,形成了一条湍急的蓝色小溪。我们沿着这条小溪走,凯尔有两次停下来用他的行走杖探测水的深度,然后慢慢地走向小溪的中心,探不到底部时就撤退。凯尔最终找到了一个合适的蹚过溪水的地点,我卷起裤腿跟了上去。不久前,或是几小时前,又或是几天前,这些水还是冰川冰。水的温度和冰川温度差不多。

我们停下来吃了一顿较晚的午餐,凯尔拿出了网球罐那么大的夏日香肠。云层上的裂缝生出一道光线,像聚光灯一样洒在山谷周围。最后,光束落在了卡特迈山上。格里格斯认为这座山是1912年火山喷发的源头,并将山顶消失的以立方英里为单位的岩石指作证据。"火山口的顶部有一个800英尺深的湖。"我们吃完最后几英寸的香肠时,凯尔说道。格里格斯对卡特迈山几乎完全没有岩石碎片感到困惑,他推测这些岩石碎片应该在方圆数英里的地方落有16英尺深。直到几十年后,火山学家才确定原因:这座火山并没有爆炸,而是当其核心的岩浆被排出并从6英里外的一个新喷口喷出时，它就坍塌了。这座新生的火山被命名为诺瓦鲁普塔，拉丁语意为"新喷发"。在照片中，它看起来更像高端汽车音响中的低音喇叭，而不是一个刻板的火山锥。它很低，外观呈圆形，火山口被一个 200 多英尺高、四分之一英里宽的巨大黑色熔岩形成的超级穹顶给堵住了。据推测，你仍然可以在裂缝里找到活生生的、热气腾腾的烟孔。我迫不及待地想近距离看它。

我们的营地在一个浮岩海滩上，靠近一条松石绿的融水湖边，融水湖隐藏在一堵石墙后面，由从远处冰川倾泻而下的瀑布滋养着。这可能是我见过的最隐蔽的地方，除了之前消失的徒步旅行者和一些零落的动物足迹和植物，我们到达后没有看到任何生命的迹象。凯尔刚开始安置炉子，我就注意到有东西在远方的岸边穿过，那是一只熊。我不明白，为什么其他熊在 30 英里外的布鲁克斯营狼吞虎咽地吃鲑鱼，它却在一片没有食物的荒原上徘徊。熊转过身去翻那座山，也许是想看看它能瞧见什么。凯尔拿起他的枪，把它装进枪套里。

晚餐时，我们谈到了克里斯·麦坎德利斯，这位在阿拉斯加荒野中失踪和死亡的 24 岁的年轻人是《荒野生存》(Into the Wild) 一书和电影的原型。

凯尔最近和一些朋友去希利附近打猎，希利是距离麦坎德利斯死亡地点最近的一个小镇。让该地区的护林员抱怨的是，来自世界各地的天真游客希望拍摄麦坎德利斯坐在魔术巴士外咧嘴笑的同款照片。对许多人来说，这张照片包含了逃亡到阿拉斯加的幻想。不幸的是，许多游客只顾着与他们的叛逆英雄进行无拘无束的精神交流，而不考虑丛林的危险。他们对阿拉斯加的具体情况不管不顾。每年，至少有一个人需要呼叫救援。2010 年，一名瑞士徒步旅行者溺水身亡。

第三十四章 | 火山喷发的过去

"我读到一些有关迷路者的故事——小路走到头了,他们并没准备好。"我们吃东西的时候凯尔说道。每隔几分钟,我们中的一人就会走到山脊上查看那只熊的踪迹。"他们应该掉头就行了,但他们却继续往前走。他们有时会回来,有时不会回来。我钦佩像麦坎德利斯这样的人的精神,我理解自力更生的想法——这也是为什么我们很多人来到这里的原因。但在有些情况下,你还没有准备好迎接荒野中的假设和未知。"[1]

凯尔对熊是否出现这种模棱两可的情况很难容忍,所以每隔两个小时就会起来夜巡海滩。我为自己或多或少克服了对熊的恐惧而沾沾自喜,尽管一位训练有素的神枪手在场确实有助于我保持不惊不惧。早上下着雨,天气很冷,但凯尔还是下了水,仿佛热浪即将来临。他喜欢在水充足的时候多补充饮水,我试着和他一盎司一盎司地比赛喝水。"在肚子里多放一升水总是很好的。"他说。出发前我们每人灌了3升水。"我夜里收到了飞行员戴夫发来的信息。今天的天气谁也说不准,明天也一样。星期三的天气可能有点儿糟,我已经有了几个应急计划。"

---

[1] 克里斯·麦坎德利斯的故事尤其引起我的共鸣,因为这个我差点儿被解雇。25年前,尽管我没有任何记者经验,但我还是通过夸大我的麦金塔电脑操作技能,设法让自己获得了一个在杂志社实习的机会。在我工作第一周的周五,一篇定稿的封面故事被病毒入侵了,我需要与紧急替补作者乔恩·克拉考尔沟通,并通过调制解调器取回他的手稿文件(那是1992年)。一项本应只需几分钟的任务却耗费了半天的时间,因为我试图遮掩自己对两台电脑交互操作的无知,并偷偷跟一位订阅了《苹果用户》的朋友连线。后来主编大人(我之前只是从照片上认识他)从我的办公格探出头来,询问延迟的原因。最后,麦坎德利斯的悲剧故事是如此令人信服,以至于每个人很快就忘记了我的无能。

我们再次蹚过小溪——仍然是冰啤酒般的冷水,并要决定如何爬上卡特迈山:是在易碎的泥土上还是在夏日未融的坚硬积雪上爬上山。"泥土有点儿软,"凯尔说,"雪上走得更快,但你不能摔。不能摔,真的,你不能摔倒。一旦跌倒,瞬间的动力会让你头朝下撞上那些岩石。"

我们缓慢而小心地向着愤怒的乌云之顶攀登。太阳又出来了几分钟,我回头一看,我们的海滨营地远远地扎在下面,然后消失在弥漫的雾中。最终,雪逐渐消散,露出了一个充满火山灰和巨石的峡谷。快到山顶附近的地方,一朵孤零零的紫花在风中飘扬,一股臭蛋般的硫黄气息吹过。我们站的地方足够高,所以可以看到一个在面前展开的连绵起伏的山谷,就像阿拉伯的沙丘一样。凯尔用一根手杖指向北方,指出了万烟谷火山灰覆盖的山脉。

"从左到右分别是赛伯勒斯山、卡特迈峰和特赖登特山。"他说,"特赖登特是最近喷发的一座火山,就是硫黄气味的来源。那个黑色的斑块(粘在山坡上的一个皱巴巴的木炭色瘤)就是熔岩。"

当我们继续往上走时,看见火山灰和岩石的外表脱落后露出埋在下面的大冰块。很明显,我们徒步走上了一块巨大的冰。"你知道这是什么吗?"凯尔兴奋地问道,"这是一座埋藏在地下的古老冰川。没有人走过这条路,我确定没人走过。我们可能是第一批见到这些的人。"这座冰川可能自1912年以来就没人见过了,直到刮了一个世纪的威利瓦飑风卷走了足够多的火山灰后才重新出现。凯尔思索着我们是否有了一个货真价实的发现。"现在还有多少探险家在发现新事物?"他一边问道,一边把一根手杖戳进一个冰缝里。

第三十四章 | 火山喷发的过去

"啊,哈里曼已经有他的冰川了,"我说道,"也许我们可以用你的姓氏来命名,把这座冰川叫作麦克道威尔冰川,向你致敬,一直到有人否决我们的时候。"凯尔觉得这个主意不错。

风又变大了,所以我们在麦克道威尔冰川上方一个巨石堆积的峡谷里扎营,旁边就是一条小溪。在我们踏过的几个地方,我们都陷进了齐膝深的坑里,这可能是地下冰川融化的迹象。夜里很安静,但当我早上醒来时,下面的山谷已经消失在雾里。大雨落下,空气又冷又湿。我感到一阵寒意,于是开始回忆维多利亚时代因为气候潮湿而肆虐的疾病的名字:卡他症、哮吼症、结核病,以此来打发时间。

露营两天后,我的帐篷看起来像是有人把烟灰缸倒了进来,闻起来像更衣室,人体味夹杂着婴儿湿巾和普瑞莱消毒液的气味。凯尔睡在一种类似于圆锥状的帐篷里,它的内部很完善,就像是贝都因酋长的住所。他为我煮了一杯咖啡,弄了一些出人意料好吃的冻干蛋,同时开始查看天气的动向。最近的气象站在金萨尔蒙,考虑到万烟谷的气象特性,还不如设在安克雷奇。凯尔正在使用乔治·温哥华在1794年使用的方法预测天气,他监测了气压并检视了天空,两个指标看上去都不太好。凯尔说,我们最好待在原地不动一段时间,因为如果我们在雨中把帐篷弄坏了,所有的东西都会是湿的,所以要等到预约的飞机在第二天晚上来接我们为止。

"我总爱说乐趣共有三种类型。"我们坐下来喝第二杯咖啡和第二升水时,凯尔说道,"第一类乐趣是做起来很有趣,以后谈论起来也很有趣的事情。"在晴朗的天气里徒步穿越诺瓦鲁普塔火山冒烟的裂缝就是经典的第一类乐趣。"第二类乐趣是做起来并不怎么有趣,但以后谈起来时很有趣的事情,因为你挺过来了。"穿越冰冷的河流就是第二种乐趣。"第三类乐趣是做起来不好玩,以后再谈论时也无趣的事情。"冷风逼近时,睡在潮湿的帐篷里就是典型的第三类乐趣。

上午晚些时候,风和雨稍微减弱了一些,我们决定抓住机会,在暴风雨到来之前去下面的荒地仔细看看诺瓦鲁普塔火山。当我们绕过赛伯勒斯山的山脚时,一阵巨大的强风把火山灰砸到了我们脸上。我们快速地走了一条捷径,爬上比前一天更陡的冰地——凯尔警告说我们处于"严重的,我说严重的、千万不能坠落的区域",但紧张了几分钟后,他转过身说:"对不起,我们走回头路吧,这太危险了。"这是第一次凯尔看起来很急切,他每隔几分钟就得停下来让我跟上。我们爬过像灯芯绒一样铺展在我们面前的一片深深的裂缝,如果我们不着急的话,可能会觉得很有趣。我们沿着落山(Falling Mountain)摇摇欲坠的山崖前进,这座山的名字是由罗伯特·格里格斯给它命名的,"因为这座山经常发生岩崩"。巨石像保龄球一样在山顶暂时停驻,而我们就是保龄球瓶。"如果你看到一块石头滚过来的话,大喊一声'石头啊'!"凯尔说。

我们停下来休息一会儿,喝掉我们带的最后一口水。"你有多想见诺瓦鲁普塔火山?"凯尔问道,"必要的话,你觉得你能爬上烤山(Baked Mountain)到小屋去吗?"

"我非常想去看诺瓦鲁普塔火山,但也非常不想去爬烤山。"

"为什么?"

"我想,关键就看我们多久才会陷入困境了。"

"看看你身后。"凯尔突然说道。朝向阿拉斯加湾的天空看起来像是在为战斗做准备。

第三十四章 | 火山喷发的过去

"马克，我想说情况已经非常严重了。"他说。凯尔对说出戏剧性的话并不陌生，但一场暴风雨肯定正在地平线上酝酿，而自从离开营地后，我们就没有看到任何水源。在风云的一点儿提示下，凯尔承认这场暴风雨可能暂时停止了。我们在落山附近继续前行，找到了一个小融水池，凯尔一边为我俩找栖身地，一边用石头在融水池里堆筑小坝，慢慢装满我们的瓶子。

当凯尔盯着他的水利工程时，我走到一个小山脊的顶端，看到了诺瓦鲁普塔火山的黑色凸起。它看上去近到可以用一块石头击中——说起来，既然我们已经接近1912年"爆炸"的中心，就会有数不尽的石头等着我们。凯尔估计我们步行20分钟就到了。

"你真的很想去那里，是吗？"凯尔问道，虽然他已经知道答案了。"好的，让我查一下卫星电话，看看有没有戴夫发来的信息。如果情况变得很糟，我们可以走去小屋，这恐怕需要几个小时，或者找个地方躲起来。"

卫星电话花了几分钟才找到信号，戴夫发来了消息。"低气压正在逼近阿留申群岛东侧，"他写道，"到处都有问题！"到我们预约第二天接机的时候，卡特迈、科迪亚克和阿拉斯加南海岸的其他地方都可能遭受着恶劣天气的猛击。那样的暴风雨可能会把我们困在万烟谷中4天，或者更久。

戴夫给我们的截止时间是晚上9点，在此之前我们要回到在里瑟河附近降落的地方。如果我们错过了，剩下的唯一选择就是在风雨中长时间的步行并爬上陡峭的烤山，接着在一间空荡荡的胶合板小屋里度过几个潮湿的日子。这是典型的第三类阿拉斯加乐趣，就跟《荣耀颂》里唱的一样。此外，我还要去阿留申群岛赶一班船，

"图斯图梅纳号"可不会为了等我们而停留。

"你说了算,伙计。"凯尔说,"如果你愿意的话,我仍然愿意为去诺瓦鲁普塔火山效力。"

"我们离开吧。"我说。

恋恋不舍地最后看了一眼诺瓦鲁普塔火山黑色的穹顶,我们背起背包,快步向会合点走去。我们只用了两个多小时就到了。凯尔给戴夫打了卫星电话,让他知道我们比计划提前到了。这是件好事,因为暴风雨正从东方快速逼近。一股狂风席卷山谷,我们不得不大声喊叫才能听到对方说话。"只要他15到20分钟后到,我们就能赶回去!"凯尔在7点半的时候大叫道。

8点过几分,当我正要放弃希望的时候,地平线上出现了一道闪光。5分钟后,戴夫走出机舱:"哇哦,看起来不妙。"他对着风暴的方向说道。(天几乎全黑了,但他还戴着墨镜。)我们把行李扔进"塞斯纳号"就飞快地离开了,戴夫在卡带录音机上按下了"播放"键,放起了心灵蒙蔽合唱团的歌。第一首歌刚放完,我们就钻进了阳光,下方棕色的火山灰不见了,继而出现了绿色植物。9点,我们到达了金萨尔蒙机场,天气温暖而干燥,我甚至想亲吻地面。

我们确实还有个小问题,因为正是捕鱼季的高峰期,在一个以最昂贵的鲑鱼品种命名的小镇上,我们应该预料到现在没有酒店房间可订。我们婉拒戴夫让我们睡在他公寓的地板上的提议后,他说我们可以在机场旁边的酒店后面搭帐篷。据戴夫说,这家酒店在夏初时突然关门,关得太突然以至于整个季节都有人提着行李箱来却完全不知他们的预订泡汤了。当我们涉水穿过酒店主楼到达后面未

第三十四章 | 火山喷发的过去

修剪的草地时,这个地方的种种给我一种不好的感觉。也许是野餐桌上的空酒瓶,抑或是贴满纸的房间窗户和似乎被踢开的房间门。凯尔虽然看起来并不是特别担心,但他仍拿着枪。我们背着背包穿过马路到了埃迪壁炉小馆,讨论我们的安排。

我们在吧台坐下,点了啤酒。凯尔和他旁边的人聊了起来。听说我们逃离了风暴,那人点点头:"如果不小心一点儿,阿拉斯加很快就会杀了你。"

"真的太阿拉斯加了!"凯尔一边说,一边给他买了一瓶啤酒。接着他又给酒吧尽头的那对夫妇买了啤酒,还给我买了一瓶,尽管我的第一瓶啤酒才喝了两口。我本想问问我们另一边的顾客对这个问题的看法,但座位上坐着一只正在用高脚杯喝啤酒的拉布拉多犬。抢在凯尔慷慨解囊之前,我提出再给它买一杯,但它的主人说它只能喝一杯,因为它有过度放纵的倾向。凯尔问那个叫迈克尔的酒保,是否知道有什么地方可以让我们露营过夜。

"在停车场后面的草地上搭帐篷就行。"迈克尔说着转过身看着他身后的窗外,"你看到那艘旧船了吗?走到船后面去,没人会打扰你。"

我不禁注意到,凯尔喝啤酒的习惯跟他早晨的补水习惯一样。尽管我自己也口渴,但他还是为我摆平了两品脱的啤酒。他和埃迪家的厨师交了朋友,正努力劝他烤牛排,但他的新酒友9点钟就下班了并且不想再工作。所以,我们晚餐只喝了啤酒。在喝了四五品脱之后,我有点儿摇摇晃晃地走到停车场,试着在船后面的草地上搭起帐篷。船停在岸边街区,离水有好一段距离。在我半醉不醒的状态下,我忘了一个关键的搭帐篷的步骤,因此一直在不停地组装和拆卸，折腾了 20 分钟。最后我干脆蜷缩在地上，用帐篷当毯子。这时凯尔走了出来，对我的无能难以置信地摇摇头并为我搭起了帐篷。第二天早上，我发现他躺在船底下，睡得很沉。

第三十五章

濒临灭绝

普里比洛夫群岛

从科迪亚克岛以西一直到阿留申群岛的 800 英里的路程中,"绿、白、蓝 3 色构成了主要的色调"。约翰·巴勒斯在"哈里曼阿拉斯加丛书"中写道:"海天之蓝,两岸林坡之绿,高山顶峰和火山锥之白,一路交融间错。"随着一英里又一英里的 3 色风景掠过,远处出现了海市蜃楼。岛屿似乎盘旋在空中;希腊神庙闪现在岩石高原上;岸边出现了一座古老的修道院,和钟楼一起"沐浴在午后柔和的阳光下"。

浓雾滚滚而来,"长老号"上的活动几乎停滞不前。植物学家威廉·布鲁尔试图凭记忆重现他那振奋人心的美国独立日演讲,有人做了一个关于昆虫的平淡无奇的演讲。在舒马金群岛的沙角短暂停留期间,"长老号"上的探险者们发现了一个村庄,村里只有一个孤零零的居民。回到船上,巴勒斯悄悄地走近了梅里厄姆。巴勒斯曾向船上的鸟类学家宣讲射杀鸟类的害处,此时他却向梅里厄姆提出用他在沙角抓获的一个麻雀窝和四个鸟蛋来交换他梦寐以求的鸟皮。当梅里厄姆把他的秘密泄露给其他乘客时,免不了的嘲弄随之而来,给大家提供了一些急需的娱乐。

7月8日上午,"长老号"停靠在港口城市荷兰港,他们终于进入了阿留申群岛。几千年来,这儿一直是阿留申人的地盘,直到俄国人的到来,他们把这个地区作为皮草贸易的枢纽。哈里曼探险队在古城遗址发现了一座新建的教堂,该教堂的前身最初是由韦尼亚米诺夫神父建造的。除此之外,古城没有什么太多其他的东西。阿留申群岛没有熊,岛上唯一的树林是一小片微型云杉林,几十年前由俄国人移栽至此。然而由于岛上的狂风,它们的生长一直受到阻碍。荷兰港是北方商业公司的贸易枢纽,该公司运营着一个运煤站,并将该镇作为其高利润的海豹捕捞的业务基地。

"长老号"在荷兰港停留了不到一天,对巴勒斯来说太短暂了。在他的正式记录中,他表达了想在荷兰港开满花的小山上度过一段时光的渴望——"踏着清澈的溪流,攀登巍峨的山峰,聆听铁爪鹀的歌唱"。实际上,在进行了足够多的海上旅行后,巴勒斯打算在"长老号"启程前往偏远的普里比洛夫群岛和西伯利亚时,在当地一位妇女的家中住几天。他收拾了一个小包袱,正要走下跳板时,约翰·缪尔和查尔斯·基勒散步回来发现了他。"你着急着要去哪里?"多疑的缪尔问道。巴勒斯支支吾吾了一阵,最后承认他害怕波涛汹涌的白令海。缪尔坚持说,大海"就像一个磨池",而旅途

第三十五章 | 濒临灭绝

中最美好的还在前方——当然，巴勒斯肯定不想错过普里比洛夫群岛著名的海豹皮毛生产地吧！巴勒斯在同伴的压力下屈服了，回到了船上。

如果说有什么意外的话，那就是缪尔低估了普里比洛夫的名声。埃莉莎·希西德莫尔在她1885年的《阿拉斯加指南》中说普里比洛夫"太小了，所以无法在普通地图上标出"，但"比起这片领土的其他地方，普里比洛夫获得了更多的关注"。在1867年美国购买阿拉斯加时，普里比洛夫群岛的远洋海豹可能是整个阿拉斯加最有价值的资源。北方商业公司持有捕获海豹的独家许可证。

梅里厄姆非常了解普里比洛夫群岛和岛上价值连城的海豹居民们。他曾在1891年作为一个委员会的代表访问过这些岛屿，该委员会旨在制定规则来维持海豹数量的稳定。梅里厄姆还与人合写了一份报告，提出了务实的解决方案。远洋海豹禁令（禁止在公海捕杀）可以限制每年宰杀海豹的数量，并防止长途迁徙觅食的怀孕母海豹被捕杀。普里比洛夫海豹栖息地本质上是一个后宫，在那里一小群占主导地位的公海豹让雌性受孕，因此规定只能捕猎雄海豹有利于维持必要的种群繁衍。"长老号"向北航行时，梅里厄姆在饭后做了一个讲座，主题是关于政府监管的海豹栖息地将如何发展。

缪尔向巴勒斯描述的平静的白令海，无论其用意有多好，都是完全虚假的。夜间，当船驶近普里比洛夫群岛时，风越来越大。弗雷德里克·德伦鲍报告说，当他醒来时，船"晃动得很厉害"，整个上午这种摇晃都在加剧。他混着威士忌吞下了自制的古柯叶提取物晕船药。其他乘客的情况更糟。基勒，在荷兰港帮缪尔把巴勒斯拉回"长老号"的那位，懊悔地写道："巴勒斯先生躺在他的卧铺上痛苦呻吟。"基勒坐在巴勒斯的床边,"念华兹华斯的诗给他听",以此来弥补自己的罪过。

到了下午早些时候,海面已经基本平静下来,探险队成员可以从"长老号"划船出去,与来自北方商业公司的东道主见面。这一行人漫步了一英里,穿过一片茂盛的草地,来到了一个岩石海岸,那里有动物聚集在一起。梅里厄姆对他所看到的景象无比震惊。距上次他来此地仅仅只过了 8 年,而此间,海豹数量已经至少减少了 75%,被剥了皮的海豹尸体就排列在岩石海滩上。也就是说,从 1891 年以来,梅里厄姆制定的务实规定没有人执行过。不仅仅是北方商业公司无视政府给他们的配额——多半是因为缺乏监管,而且来自俄国、日本和加拿大的远洋猎人也在射杀或刺杀数以千计的雌海豹。

乔治·伯德·格林内尔意识到,这种情况与奥卡正在消失的鲑鱼之况如出一辙。他估计,一个世纪以来一直是阿拉斯加经济支柱的物种将在 4 年内灭绝。他在一篇严厉的社论中写道:"针对这种消亡,只有一个补救办法,那就是全面禁止远洋捕猎海豹。"这篇社论在他回去后发表在《森林与溪流》上。格林内尔过去与旅鸽以及黄石国家公园的水牛接触的经历给他上了惨痛的一课。针对阿拉斯加不断蔓延的生态灾难,任何持久的解决方案都需要付诸政治行动。

第三十六章

阿留申当地

登上"图斯图梅纳号"

在去科迪亚克和卡特迈之前,我跟随哈里曼团队的行踪,走访了他们每一次的重要停留站。要想在万烟谷之后继续如此,那我自己就得有艘蒸汽船了。"长老号"在1899年走访过许多偏远的地方,无论在当时还是现在,听起来都是最无趣的。去那些地方的路越难走,时间和金钱的成本就越高。无人居住的博戈斯洛夫岛很吸引我,因为"长老号"在那里逗留的时候,岛上刚刚冒出了新的熔岩。我发现一组海洋生物学家正前往那里,他们的船听起来像雅克·库斯托的"卡吕普索号"的无烟升级版。一开始他们考虑让我加入他们,这似乎颇有希望,直到我得知博戈斯洛夫敏感的海狮栖息地禁止我踏入,就只好作罢。但是去圣劳伦斯岛略有希望,哈里曼曾误以为他在那里能抓到一只北极熊。如今，圣劳伦斯岛数量稀少的参观者大多是观鸟者和文物猎人，政府允许他们挖掘古代墓地，以此作为一种收入来源。

缪尔曾在1881年作为"科温号"巡游轮上的搜索队成员访问过圣劳伦斯。这次探险是美国政府派遣的一项救援任务，目的是寻找"珍妮特号"军舰的幸存者。这艘船早在两年前开往北极，据猜测它是被困在厚厚的冰层中了。虽然"科温号"未能找到任何幸存者（"珍妮特号"上的大多数船员都死于严寒），但在缪尔死后有人从他的著作中拼凑出了旅程的细节并出版了《科温号巡游轮》(*The Cruise of the Corwin*)。在这本游记所展示的内容里，还包括白令海附近原住民在被快速掠夺时期的文化快照。

在圣劳伦斯，缪尔目睹了岛上被破坏的情景。岛上1500名尤皮克原住民中有三分之二死于两年前的一场饥荒，幸存的尤皮克人喝了美国人贩子非法提供的酒而昏迷不醒。当地居民长期以来一直都猎杀行动缓慢的海象作为食物，而新获得的步枪让他们的杀伤力倍增，因此他们开始成批地收集有价值的海象牙。而美国捕鲸船肆虐更甚，他们收获了数万头海象的象牙。海象数量因此锐减。在圣劳伦斯岛开花的苔原上，缪尔写道："高至白雪覆盖的火山，广至亲切蓝天笼罩的一切"，"科温号"的船员们看到了成堆萎缩的尸体。一些尸体被堆在厨房垃圾上，仍然裹着腐烂的皮毛。其他的则被乌鸦啄得干干净净。缪尔认为白令海附近的原住民还会面临更多的灾难。"除非我们的政府提供一些援助，"他写道，"否则过不了几年，他们每一个人的灵魂都将从地球表面消失。"

据巴勒斯说，哈里曼探险队最初计划在参观完普里比洛夫岛上

第三十六章 | 阿留申当地

的海豹栖息地后就返航。令他失望的是,哈里曼的妻子玛丽表示有兴趣想去看看西伯利亚,于是"长老号"又出发横渡白令海。浓雾滚滚而来,在出发后一小时,船突然停了下来——撞上了礁石。巴勒斯写道:"我们中的一些人希望这一事件能让哈里曼先生回头。"但抗拒哈里曼先生的意愿是徒劳的。哈里曼晚餐的时候站了起来,跟船员确认了"长老号"的船体没有损坏,于是下令让他们稍微改变航线继续前行。据巴勒斯回忆,几分钟后,他就和孩子们嬉戏起来,"就好像什么都没发生过一样"。

"长老号"在西伯利亚楚科奇半岛的普洛夫尔湾停留的时间很短。缪尔曾在1881年坐"科温号"访问过那里,并记录过他发现的一个快乐的原住民村庄,那里热情好客的居民亲切地分享他们的生食。因为木柴极其稀缺,所以原住民们穿着一层又一层的毛皮"毫无遮盖地睡在最恶劣的天气里"。梅里厄姆是第一个登陆的哈里曼团队成员。他一看到当地因纽特人的出现就觉得反感,因为他们的头上满是脓疮,这是被俄国水手所携带的梅毒感染的迹象。探险者们拍了一些照片,做了一些交易,然后把头探进因纽特人的房子里。德伦鲍说这些房子"烟雾缭绕,肮脏难闻",到处都是鲸脂和血淋淋的鲸的器官。一场强风吹得每个人都哆嗦,除了哈里曼,他穿着在荷兰港买的驯鹿皮毛大衣,向他的西伯利亚东道主分发烟草和玻璃珠子。梅里厄姆称普洛夫尔湾是"我见过的最贫瘠、最荒凉的地方",哪怕他曾在死亡谷度过一个季度。

哈里曼探险队忍受了近两天的艰苦旅行,争取到在亚洲两个小时的航行。如今,没有美国人可以在48小时内进出西伯利亚。诺姆的一家小航空公司提供不定期的包机服务,但这意味着需要冗长的俄罗斯签证申请过程，或者需要等待飞机空位，因此从安克雷奇、法兰克福和莫斯科转机飞往西伯利亚会更容易。在这场漫长西游的尽头等待我的是风雨飘摇的城市彼得罗巴甫洛夫斯克，一家知名的旅游网站为了吸引游客将其描述为"必要的邪恶"。

相反，在"图斯图梅纳号"出发前往荷兰港的前一天，我飞到了基奈半岛南端1号公路尾端的小镇荷马。租车公司的人开着我租的车在机场前门外迎接我，那是一辆挡风玻璃裂了的2003年的斯巴鲁傲虎。"你会开手动挡的，对吧？"他一边把钥匙递给我，一边问道。

我没去西伯利亚，而是驱车向北前往尼科来夫斯克，一个名为"旧信徒"的宗教派别的所在地。这些教民来自西伯利亚，1666年与俄国东正教分裂。荷马是一个相当"进步"的小镇，这里许多村民仍然穿着传统的服装——你可以看到许多穿戴长裙和头巾的妇女，并且他们说俄语。"旧信徒"是一个封闭的群体，因此也引起了人们的许多猜测。一个阿拉斯加人告诉我尼科来夫斯克有着该州第二多的邮政编码（街区），住在附近的凯尔·麦克道尔认为这些人都开着昂贵到可疑的汽车。我很容易就找到了尼科来夫斯克的洋葱圆顶教堂，但没有看到所谓的富有的迹象。道路上空无一人，唯一能做生意的地方似乎是风格过于俗气的萨莫瓦尔咖啡馆，但也已经关门了，剥夺了我在囤积当地俄罗斯套娃的同时品尝罗宋汤的机会。

在陆地尽头旅馆，我的闹钟在第二天凌晨3点钟响起。我抓起我的背包，在寒冷的黑暗中走过一条代表美国道路系统最后几英尺狭窄的沥青路。"图斯图梅纳号"在出发前两个小时就开始鸣笛了。

第三十六章 | 阿留申当地

我在总务长的办公室停了下来,把我的名字写在客房候补名单上。看起来得到客房的希望渺茫,因为一家来自安克雷奇的旅游俱乐部预订了前往荷兰港的大部分床位。但服务人员告诉我,如果有空位,她会通过扩音器叫我的名字。"只叫一次。"她说,然后头也不抬,继续看她的剪贴板。

主层的观景厅已经摆满了睡袋和冷藏箱,于是我只好在楼上的露天日光浴处找了个地方。再一次证明,旅游指南吹捧的躺椅休息室是虚构的。我在天篷下的防滑甲板上给床垫充气,然后打开睡袋。"图斯图梅纳号"的引擎轰鸣声很大,但上面的加热灯让空气保持温暖和干燥。我对这种情况深表满意,因为凯尔打电话告诉我,我们在万烟谷险些遇上的风暴已经侵袭阿拉斯加整个南海岸好几天了。如果没逃脱,我们很可能还被困在那座山顶的小屋里,吃着冻干蛋,玩着石头剪刀布。另外两个倒霉的人也来到日光浴处加入了我:一个滑雪运动员在两个轮子的行李箱里装了大约500磅重的装备(他要搬到科迪亚克岛"找一份真正的工作"),还有一个穿着工装服的样貌邋遢的大学毕业生,他小背包里的东西少得可以塞进绑在棍子上的大手帕里。我把头靠在背包上,上网查看了一下几天来的新闻,看到有着五星级设施的"晶静号"刚刚离开诺姆前往西北航道。接着我翻了个身,在地板上睡着了。

我醒来时,头发是湿的。我们正经历一场海上毛毛雨,雨穿过有机玻璃屋顶,断断续续地滴到我的睡袋上。我把东西拖到一个比较干燥的地方,然后下了楼。除了从凯奇坎开往梅特拉卡特拉的"小利图亚号"外,"图斯图梅纳号"是我见过的最简朴的渡轮。该州多年来一直在讨论更换渡轮的方案,但由于目前的预算危机,阿留申的未来岌岌可危（哪怕得到大量补贴）。"图斯图梅纳号"上没有能免费续杯的咖啡壶，只有一台2美元一杯的克里格投币咖啡机。餐饮服务也不一样，更像是一家卡车便利餐饮站，而不是自助餐厅。饭菜供应只有一个小时的时间，一日三次。你坐在一张摆着金属餐具的桌子旁，向一位女服务员点菜，然后这位女服务员就对厨房里的快餐厨师把菜单大声重复一遍。餐厅里还张贴了告示提醒乘客，在船上给小费是州法律禁止的。

观景厅躺满了沉睡的旅客，他们集体散发出湿润的热度。我拿着咖啡回到我的鹅绒茧里，吃了一把混合坚果，偶尔站起来看看有没有陆地的踪迹。

那天下午我们中途在科迪亚克停留，我在那里买了一瓶防摔的波本威士忌和一些安眠药。随着我们进入开阔的海洋，海面在一夜之间变得更加波涛汹涌。这种摇晃——至少对睡在睡袋里的我来说，与其说是上下起伏，不如说更像是跟着洗衣机滚筒慢慢旋转。每隔几个小时，那个穿着工装服的日光浴室邻居就会溜进男洗手间几分钟。洗手间门打开时，一团大麻烟就会飘出来。每当我们中的一个与另一个的目光相遇时，我们就会互相寒暄一下——这位邻居正在用阿拉斯加大冒险来庆祝自己从教育系统中解放出来，但每一次随意的交谈很快就变成了一段有关毒品的独白。"长老号"上的众人有幸听到了美国一些最优秀人士的演讲，而此刻的我听着一个22岁年轻人的独白，他说科学和历史"完全是胡说八道，没有冒犯的意思"。

第二天中午时分，我们到达了奇格尼克。在阿拉斯加沿海待了近两个月后，我知道自己应该降低期望值，但"渔村"这个词一直

第三十六章 | 阿留申当地

萦绕在我的脑海里。于是,当我们走近坐落在陡峭的翠绿山丘之间的建筑群时,我不知怎么地在期待着美国版的葡萄牙海滨小镇:渔民们穿着厚厚的羊毛衫,戴着帽子,一边吃着盘子里的烤章鱼,一边喝着粗制的葡萄牙餐酒。一群父母和孩子兴奋地等待渡轮停靠,这个画面很有可能出现。也许这就是在阿拉斯加密林最深处才有的热烈欢迎,人人都像是大家庭的一员。

但实际上,他们是希望上船买点儿外卖汉堡和薯条,因为奇格尼克没有餐厅,每两周一次的渡轮停靠成了他们特殊的享受。我在这个小镇徘徊了一个小时。学校里空无一人,学生、老师和家长都在忙着点汉堡,唯一的商业场所是一家出售糖果和廉价小饰品的小店。

"我刚从渡轮上来这边。"我对小店柜台后面的女士说。

"我猜到了。"她说。

"在这儿有什么特别的地方可以走走看看吗?"

"没有。"

当天下午,"图斯图梅纳号"的船长约翰·梅耶尔站在观景厅前回答乘客提问,仿佛在召开新闻发布会。他解释说,我们要比计划的晚一点儿离开奇格尼克,因为船一直在移动压舱物以保持平衡。他说:"我们有一辆满载沙子的自卸卡车要去往沙角机场。"(梅耶尔船长在海事方面几乎无所不知,但他不明白为什么这个沙角小镇需要购买与它同名的沙子。)他谈到了在开阔海域的挑战,"这些挑战会吓跑一些船长,但正因为有了这些挑战,我从来不会感到无聊"。他还解释了如果 GPS 系统出故障了会发生什么事,"别担心,我们还在接受天文导航的测试"。我问现在的航行与1899年的有什么不同。"看看外面。"他说。我们的一边是大海,另一边是空旷的山丘，远处是白雪皑皑的群山。绿、白、蓝仍然是前往荷兰港的主色调。"自从库克船长来到这里，几乎没有什么变化。"

正如巴勒斯试图用他偷来的鸟巢跟梅里厄姆偷偷交易时那样，在船上很难保住什么秘密。我坐在观景厅里时，一个扎着长长的白色辫子、头戴蜡染头巾的女人突然走了过来，自我介绍说她叫朱迪，并问我是不是作家。我不太情愿地承认了。当这条信息在同行的旅游团中传播时，人们开始表现得好像他们是《坎特伯雷故事集》(*The Canterbury Tales*)的朝圣者，而我成了乔叟：

当我们在长途旅行时，善良的书写者，我会告诉你我为什么来这里，也许我会分享1个或10个有趣的故事来打发时间。嘿，你为什么不把这个写下来？

朱迪说："哦，太好了，我也是一名作家。"然后给我看了她随身携带的一本螺旋装订的笔记本。我的直觉反应是："哦，不会是猫咪诗吧。"但我还是主动提出想看一看。读了三句话，我就意识到我的直觉是错误的。朱迪确实会写作！她写了一篇描绘阿拉斯加海岸的散文，这篇散文可以毫不费力地就在旅游杂志上发表了。

"这是很棒的东西，朱迪。"我说。

"噢，我知道。"

朱迪和她的丈夫来自缅因州，他们在阿拉斯加四处流浪。快乐的流浪者可能占乘客的三分之一，另外三分之一是沿线的小镇居民，他们从安克雷奇和阿拉斯加以外的地方带着新的卡车和补给回

第三十六章 | 阿留申当地

家,为即将到来的冬天做储备。最后三分之一是旅游团队:大部分是已经到退休年龄的女性,她们报名参加了荷兰港的往返旅行。当我们经过一个岛屿时,阳光明媚,岸边的景色很美,但在海上航行了两天之后,往返阿留申的海上旅行的乐趣似乎超过了原有的乐趣。当乘务长宣布"我们要在娱乐休息室放映一部关于熏鱼的电影"时,20个人挤进了屋子。大约放到一半的时候,DVD影碟跳回到开头的地方,但是没有人抱怨,因为我们好像没什么更好的事情要做。

我们往西走得越远,这片土地就变得越平坦,森林就越稀疏。远处矗立着一排排火山,其中一座是巴甫洛夫火山,它仍像1899年那样冒着烟。乘客们走到船头拍照,朱迪把她的双筒望远镜递给我。巴甫洛夫火山和巴甫洛夫姐妹火山的尖峰看上去就像是一只吉娃娃犬的头部轮廓,我忍不住跟朱迪分享了这个惊人的发现。

"更像是猫头鹰,你不觉得吗?"朱迪说。

在海上航行的第三天,一种无处不在的疲惫笼罩着整艘船。人们会在任何停下动作的时刻打起盹儿来。我登船的时候带了两个25美分的硬币,希望像在其他渡轮上一样把我的贵重物品存在储物柜里,但"图斯图梅纳号"没有储物柜,而我很快就明白过来,这里根本不需要储物柜。当我们接近阿拉斯加半岛的尽头时,我的背包和其他人的一样,无人看管,iPad在男洗手间充电,而硬币则被投入了克里格咖啡机。我们停在了更荒凉的小镇:金科夫、冷湾和福尔斯帕斯,这些地方的当地人排着队上船吃汉堡。"图斯图梅纳号"的船员显然对他们提供的公共服务感到自豪。船员们的关系很亲密,大家都非常喜欢梅耶尔船长。有一次,我偷偷绕过船的侧甲板，窥探他们狭小的员工餐厅。餐厅里有两张圆桌，上面覆盖着白桌布，用餐者似乎非常享受彼此的陪伴。

每一站都有有限的停靠机会，但选择下船观光的乘客越来越少。直到我们在海上的最后一天，早上 6 点在阿库坦停靠的时候，已经没人下船了。我们已经进入了阿留申，进入了熊之外的土地。黎明是如此美丽，甚至连之前没见过的身穿制服的船员也从船舱内跑出来拍照。三名在阿库坦登船的非洲男子告诉我，他们以索马里难民的身份来到美国，夏天在罐头厂工作。其中有两个人要去荷兰港，因为单程航行三个半小时比休息日在阿库坦闲逛要好得多。而第三个人正要飞去看牙医，他给我看了看他疼痛的牙齿。

"你应该找个时间去摩加迪沙看看，"他告诉我，"如果你知道怎么避开暴力，那是个不错的城市。"

第三十七章

被遗忘的前线

荷兰港

在1899年"长老号"到达之前,荷兰港的庇护水域已经吸引了欧洲人一个多世纪。1778年,库克船长在进行命中注定的夏威夷之行之前,曾在这附近停靠。他的船员们发现,仅在一代人的时间里,俄国商人就征服了该地区的阿留申人。科迪亚克岛的阿鲁提克人和亚历山大群岛的特林吉特人还能维持几年的自治,但淘金热时代已经开始。

当他到达荷兰港时,库克已经开始怀疑他此次探险的主要目标——西北航道是否真的存在。他航行到阿拉斯加最北部和西伯利亚之间的楚科奇海时,遇到了一堵无法通过的冰墙,这座冰墙"看起来至少有10英尺或12英尺高"。库克沿着冰面向西一直走到西伯利亚，希望能找到一个缺口，但最终还是放弃了。华盛顿大学的数学家哈里·斯特恩最近研究了库克的失望之旅之后的行船记录，确定楚科奇海冰在北纬70度左右或多或少有规律地形成，直到20世纪90年代，它开始消退了数百英里。现在，西北航道每年都能通航一段很短的时间，但行程耗时很长。"晶静号"比我早一周在荷兰港停靠，现在到了加拿大的小镇乌鲁克哈可托克。1911年，探险家维尔贾穆尔·斯蒂芬森乘坐狗拉雪橇抵达时，白人才第一次发现了这个小镇。

当我走下"图斯图梅纳号"的舷梯时，杰夫·迪克雷尔正在码头等我。他穿着短裤，戴着墨镜，就好像我们要去海滩一样。按照荷兰港的通常气候，我们应该像他这么穿。荷兰港是乌纳拉斯卡市内的一个港口，但不住在当地的人们或多或少地把这两个地名当成一个地方换着用。乌纳拉斯卡这个名字在阿留申语中的意思是"大陆旁边的岛屿"，阿留特语叫作"乌纳拉干"。乌纳拉斯卡以其5级大风和豌豆汤般颜色的浓雾而闻名，不过当时的温度是60华氏度左右，天空是晴朗的。"别费心系安全带了，"当我落座副驾驶座位上时，迪克雷尔告诉我，"这里绝对是一个不系安全带、不怕把车钥匙留在点火开关上的小镇。"

迪克雷尔是乌纳拉斯卡市学区的历史老师，他写了大量关于该镇历史的文章。"当年哈里曼来这里的时候，可能只有几栋建筑。"他告诉我，"其中包括韦尼亚米诺夫神父在阿留申原住民的帮助下建造的东正教大教堂。"迪克雷尔说，几十年来，全能的毛皮贸易公司将荷兰港作为他们在阿拉斯加领地的大本营。随着海豹和海獭数量的减少，乌纳拉斯卡形成了一种"繁华过后尽萧条"的发展

第三十七章 | 被遗忘的前线

模式。在埃尔文·布鲁克斯·怀特乘坐的轮船于1923年停靠荷兰港时，轮船上游客奢华的派头遮不住他们对眼前残败景象的失望。"几座废弃的房子，一家印第安人，一头母猪和3只小猪——对于一心想观光的旧金山女士们来说，这里实在是下下之选。"

乌纳拉斯卡的低迷一直持续到1940年，当时美国军方担心轴心国的扩张，于是选择荷兰港作为阿留申地区的主要海军基地。"这个小镇的每一处基础设施都建于'二战'时期。"迪克雷尔说，包括所有的道路和仍在使用的发电站，渡轮码头旁边一块灰色的平板，那是用5英尺厚的钢筋混凝土建造的以抵御空中轰炸，"对于一个海军港口来说，这里实际上是一个糟糕的地方，因为没有地方让船掉头，也没有地方给飞机起降。"

今天开车在乌纳拉斯卡转悠，就像拿着放大镜去看那些回收利用的中世纪羊皮卷，小镇给人的感觉像是有某位僧侣在一篇擦得不干净的古文上写着一些教条的胡言乱语。乍一看，人们看到的是一个有着几个加工厂的工业渔镇，但这些加工厂比我在阿拉斯加见过的任何加工厂都要大。秃鹰像鸽子一样聚集在一堆巨大的捕蟹笼上。乌纳拉斯卡一直是美国最大的渔港，其船队的船只有科尔多瓦等地的2到3倍大。码头上耸立着起重机，能够吊起40英尺长的集装箱。我们从港口穿过到达主岛时，迪克雷尔说："那里的飓风刮来的速度每小时175英里。如果你碰巧在刮风的日子开车经过这座桥，你一定会感觉车子在水平移动。"

仔细观察乌纳拉斯卡就会发现，曾经召唤过约翰·巴勒斯的翠绿山丘，已经被挖出"之"字形的防御战壕，其间布有生锈的匡塞特小屋。在海岸附近，比起美国邮政信箱，"二战"时期的堡垒更容易被找到。迪克雷尔递给我一本该地区历史遗迹的旅游指南，我在车上翻着看看。来访的徒步旅行者被告诫要时刻注意 75 年前安装在高草丛中具有杀伤性的尖头金属桩。并非乌纳拉斯卡的所有人都期待这里的旅游经济会在短期内大幅增长，无论西北航道是不是会有邮轮。迪克雷尔说："这个小镇上没有人在乎旅游业。一张单程机票，不管是进是出，不管你是提前一年还是提前一小时购买，都是 500 美元。"即使确认过座位，也不能保证你一定能进来或出去。依据当地传说，大雾可能会使航班取消数天，而要知道飞机是否能飞行的唯一方法就是确认能否看见 1600 英尺高的巴利胡山顶峰。

1941 年 12 月日本袭击珍珠港后，整个阿拉斯加的动员活动速度加快。荷兰港到东京的距离和到西雅图的距离大致相等。策划偷袭夏威夷的山本五十六当时正计划在北太平洋地区发动大规模进攻。

"美国人破译了日军的情报。"车子开进我住的阿留申大酒店（Grand Aleutian Hotel）停车场的时候，迪克雷尔说道。阿留申大酒店是阿拉斯加最好的酒店，它的名字与冥河乐队（Styx）一张专辑的谐音①相同。"他们知道自己要被轰炸了，但是不知道是什么时候。"1942 年 6 月 3 日阿拉斯加日出后不久，日本轰炸机和零式战斗机发动袭击。他们的飞行员没有找到要摧毁的机场——乌纳拉斯卡缺少平坦的土地，需要在附近的岛屿上建立空军基地，所以他们转而瞄准了米尔斯堡的军营，杀死了 35 名士兵。"炸弹就落在这里，酒店所在的地方。"迪克雷尔说。第二天，日本再次发动袭击，

---

① 冥河乐队的这张专辑名为《大错觉》（Grand Illusion）。——译者注

第三十七章 | 被遗忘的前线

造成了更多的伤亡，但物资损失相对较小。

除了"二战"爱好者之外，现在几乎没有人记得荷兰港战役，因为它刚好和中途岛战役在同一时间发生，而在中途岛战役中日军的战败标志着太平洋战争的转折。随着战争的激烈进行，从荷兰港袭击中撤退的日军突袭了阿留申群岛最西端的阿图岛和基斯卡岛。从经度来看，阿图岛比新西兰的奥克兰更靠西。一名无线电操作员被杀，他的妻子和44名阿留申居民（包括儿童）被押往日本的一个战俘营，他们中超过三分之一的人死于营养不良和疾病。在基斯卡岛，10名美国人被日军逮捕。1943年5月，夺回阿图岛的战斗是最激烈、最血腥的一场战斗，日本士兵决不投降。此次战斗中，日本损失了2351名士兵，只有28人被俘。但是阿留申群岛的战斗消息再次被其他地区同时进行的军事行动所遮盖，这一回是瓜达尔卡纳尔岛战役。

对阿留申人来说，日本人的袭击仅仅是他们战争苦难的开始。"你知道日裔美国人在战争期间是如何被'拘留'的吗？"迪克雷尔一边说，一边用手势比了个双引号，"他们对这里的原住民也做了同样的事。这是美国历史上最混乱的时期之一。"日本袭击荷兰港后一个月，住在乌纳拉斯卡还有其他地方的881名阿留申人被告知他们得在24小时内撤离，虽然他们都是美国公民。他们只被允许携带1个手提箱，里面只能有衣服，不能有其他个人物品。但是乌纳拉斯卡的白人却可以留下来。阿留申人则被安置在阿拉斯加南部狭地的废弃罐头厂，他们一直住在那个肮脏的地方，直到战争结束。"3年半后，他们被带回这里，然后在船长湾下船。"迪克雷尔说道，"当然，他们不在这里的时候，有1万名美国士兵在这里肆意破坏。"曾被军队用作仓库的荷兰港大教堂在雨雪和大风的夹击中严重毁坏。当阿图岛上的幸存者返回时,他们被禁止返回自己的家乡,因为那里的政府服务费用太高以至于无法给他们提供相关的服务。

经历了战后的另一段衰退期后,荷兰港的命运在20世纪60年代再次发生逆转——一种新的速冻帝王蟹方法的出现将原本廉价的罐头食品重新定位为奢侈品。捕蟹渔民突然赚到了比他们日常开销更多的钱。迪克雷尔说:"有些人在20世纪70年代崭露头角,并在几年内赚了100万美元。"多年来,乌纳拉斯卡充斥着年轻人赚得太多太快时伴有的各种不良行为——酗酒、吸毒,偶尔还有斗殴行刺。在接下来的1983年,由于帝王蟹的数量直线下降,好日子也到头了。至今,帝王蟹的产量仍未完全回升。

于是乌纳拉斯卡人再一次用迪克雷尔所说的古老的阿拉斯加祷告文恳求神灵:"神啊,请让我们的经济再一次繁荣吧。"这个愿望在20世纪90年代实现了,当时对鳕鱼等海底物种的捕捞开始兴起。乌纳拉斯卡庞大的加工厂将大部分捕捞的鱼加工成鱼排、鱼条或一种名为鱼糜的糨糊,其中大部分被冷冻成块并运往日本,重新组合成廉价的寿司。迪克雷尔说:"这些工序完成的时候,鱼已经成了无形无味的蛋白质。"在一个世纪里,当地经济完成了从皮毛到战争,再到帝王蟹,最后到鱼类加工的转型。

第二天是一个美丽的星期天,虽然我应该去迪克雷尔推荐的徒步旅行路线看看,但我刚从"图斯图梅纳号"的旅行中恢复过来,懒洋洋地躺在一张铺着干净床单的特大号床上,看着政治脱口秀节目,

第三十七章 | 被遗忘的前线

在阿留申大酒店有名的自助餐厅大快朵颐。我原计划在下午 3 点左右飞离,因此也没想过航班可能会被取消,直到有人告诉我一位著名的宇航员在访问荷兰港时遇到的事:那位能在月球上平稳行走的男子在离开阿留申群岛的航班连续 5 天因为雾天被取消时,几乎崩溃了。

果然,就在我没注意的时候,大雾滚滚而来,我的航班也被取消了。第二天,我跑进女士旅游俱乐部时,不由得生出一阵羡慕。她们正乘坐阿留申大酒店的班车去机场赶早上飞往安克雷奇的航班,而我却没能抢到酒店班车的座位。一小时后,她们带着行李回来了。由于大雾,航班在最后一刻停飞了。

"今晚不该出门。"为我提供午餐的女服务员说。

"据推测,冷湾有雾。"当天下午晚些时候我办理登机手续时,售票处的工作人员说。

"除非你能看到巴利胡山的山顶,否则他们是不会起飞的。"机场酒吧里的每个人都这样说,那里的酒水生意好得很。

有票的乘客可以站在玻璃窗前直视巴利胡山。在长达一个小时的时间里,人们不时地盯着东方的地平线,观看世界上最不刺激的雾对山决斗。

这一回,山赢了。

第三十八章

新淘金热

诺姆

1879 年,约翰·缪尔第一次抵达亚历山大群岛时,他遇到的特林吉特人称美国人为"波士顿人"。这个名字源于那些善于利用阿拉斯加丰富水域资源获利的新英格兰的水手们。"波士顿"变成了一个通用形容词,用来形容所有非原住民的行为。缪尔谈到他和霍尔·杨参观完冰川湾后的第一站就到了一个特林吉特村庄,"在我们进了村子并进行常规的问候时,他们就开始道歉,抱歉无法为我们提供波士顿食物,并认真询问我们能不能吃印第安食物"。波士顿人最初被普里比洛夫群岛等地的皮毛生意吸引到了西部,但来自新伯福和南塔克特的水手们很快就发现了白令海的商业捕鲸潜力。

离开西伯利亚,"长老号"向东驶向克拉伦斯港,那是阿拉斯加大陆上的捕鲸站。"长老号"在岸边停泊时,有十艘船正停靠在港口。也许是觉得阿拉斯加文化的新鲜感正在褪去,哈里曼邀请了捕鲸船的船长们上"长老号"喝几杯,抽抽雪茄,但没有邀请划着乌米亚克皮筏靠近的因纽特人。

被邀请上"长老号"来交流的这些客人中,有一位是美国政府驯鹿站的负责人。(驯鹿不是阿拉斯加土生土长的,传教士谢尔登·杰克逊从西伯利亚进口了驯鹿作为食物来源。)这位负责人吐露,畜牧业对他来说不过是副业,他真正的职业是淘金。在荒凉海岸下方50英里处的诺姆,一条条满载着万丈雄心的探矿者的船只抵达海滩。

克拉伦斯港是美国没落的捕鲸业最后的堡垒之一。到19世纪末,鲸的数量急剧减少,而鲸油在美国内战之前一直是灯的主要燃料来源,现在已经被其他原料所取代,例如从石油中提取的煤油。阿拉斯加不断上演这样的循环,一次繁荣的结束为另一次繁荣敞开了大门。

1898年9月,三位斯堪的纳维亚探矿者——被永久地称为"3个幸运的瑞典人",在铁砧溪发现了金矿。消息泄露出去时,瑞典人几乎已经封锁了该地区所有的采矿权。他们还没有算上散落在诺姆海滩上的小块藏金地(因为在海滩上不能划设采矿区)。这些藏金地是早已消失的冰川在消长过程中留下的。与史凯威的探矿者不同,诺姆的探矿者不需要运送2000磅重的粮食穿过散落着马尸的陡峭山口,他们要做的就是上岸并开始筛淘。"长老号"停靠在克拉伦斯港时,成百上千蜂拥而来的人们正做着育空的发财梦,他们给自己订了去诺姆的船票。到1899年年底,诺姆的人口已经从原来的屈指可数增加到2千人,一年后估计有2万人。这些人中的大部分都住在绵延海滩数英里的帐篷里。

如果早一个月得知这一消息,"长老号"上的矿物学家肯定会要求去探索诺姆,并了解即将到来的淘金热。但克拉伦斯港是哈里曼探险队计划最北的一站,也是返程点。资助人的思绪已经回到华尔街和等待他决策的重要铁路业务上去了。离开克拉伦斯港几天后,轮船再次从费尔韦瑟山脉雄伟的15000英尺的高峰下经过,这一回是个罕见的晴朗日子。哈特·梅里厄姆去找哈里曼,哈里曼正和他的妻子坐在船的另一边。

"你错过了全程最美的风景!"梅里厄姆喊道。

"哪怕再也看不到美景,我也不在乎。"哈里曼简短地答道。

在从安克雷奇到诺姆的500英里飞行中,可以看到两个独特的地标:德纳里国家公园和育空河。在我飞行的那一天,美国最高的山峰被缓慢旋转的恶劣气流所笼罩。蜿蜒的育空河从朱诺冰原延伸2千英里远,其间点缀着云雾般的冰川淤泥。当我们接近从阿拉斯加西海岸伸入太平洋的三个凸起部分的中间一块时,育空河又急转向南奔流。这就是苏厄德半岛,两万年前这里曾是白令陆桥的一部分。现在只剩下一小块冻土,完全暴露在海洋的狂风中。

我随身带着一张附加在美国大陆上的阿拉斯加地图。地图上的凯奇坎和梅特拉卡特拉就坐落在杰克逊维尔附近;安克雷奇与堪萨斯城对齐;荷兰港漂浮在新墨西哥州西南部的某个地方;阿图岛与旧金山几乎不相上下。苏厄德半岛(大致相当于西弗吉尼亚州的大小，人口可能有1万人）横跨南达科他州和内布拉斯加州之间的州线。大约在奥马哈和丹佛中间的位置，有一个非常小的城市诺姆，紧贴着大陆的边缘。

小说家乔伊·威廉姆斯曾写道："如果你忽略诺姆明显缺乏棕榈树和所有其他树木的情况，这个地方会让人想起基韦斯特，它是诺姆在北美大陆另一端的双胞胎兄弟。这两个地方都是名声很大的小地方；都是出了名的酗酒之地；建筑都不太牢靠，都是以维多利亚晚期的木结构建筑为主，万一大海闹脾气，这些建筑就会像粉笔画一样被冲刷干净。"除了天气，诺姆与世隔绝的特点是和基韦斯特最大的区别。除非你从少数几个偏远的村庄开车进来，否则没有路能通到诺姆。

诺姆游客中心是一座八角形的建筑，紧挨着前街的一家酒类商店，距离大海约有100英尺。街对面矗立着木制拱门，艾迪塔罗德狗拉雪橇的比赛者们会在3月里从拱门凯旋穿过。我从荷兰港打电话给这边的游客中心，询问能不能与诺姆市市长会面，接电话的人建议我到镇上时顺便拜访一下。"找他不难。"那个人告诉我。

我到达市中心时，几个当地人正坐在圆桌旁喝着咖啡，谈论着寻找一名诺姆居民的事情，这个人的车被发现停在城外几英里的路边。过去在诺姆失踪的人太多了，以至于10年前联邦调查局被派来调查连环杀人案。然而事实更令人悲哀。人们来到北方的罪恶之城，遭受闪电袭击、被海浪卷走或在极寒中徘徊。1月初，诺姆的太阳升起的时间并不多，只在午餐前后的几个小时里出现，像弹球一样扫过地平线，夜间的气温可能会骤降到零下40华氏度以下。后来深夜安全巡逻的出现打消了人们这方面的疑虑，但并没有完全打消被外星人绑架的猜测。

我一直都很想见到市长理查德·贝内维尔,他同时兼任诺姆发展的头号推动者和导游。两周来,他一直出现在阿拉斯加的新闻里,侃侃而谈"晶静号"访问诺姆会对这座城市的未来带来什么影响。没人能找到市长,于是在办公室待着的一个人(我就叫他罗伯特)主动提出带我去兜风。与荷兰港不同的是,诺姆在某种程度上还在它第一次大繁荣(淘金热)的基础上滑行。

罗伯特要求我不要使用他的真名,因为他大部分的业务都是用黄金交易的,而且他认为美国国税局是非法的。他戴着一顶卡车司机帽,上面用玻璃纸贴着一条手写的信息:"信息战——醒醒吧,美国,你们的政府腐败了。"他的卡车是一辆80年代初的雪佛兰定制豪华车,正在道路的盐化和氧化作用下慢慢老化。"车的价格非常实惠,所以你必须得轻晃它才能点火。"他一边说道,一边用右手转动点火装置,用左手手动调节挡位。我们沿着前街出发时,他的一只名叫"诺姆"的大型杂交狗坐在后座上,脑袋枕在我们中间。

罗伯特有半年时间在诺姆寒冷的海水中挖金子。"大约从5月至10月都是冰冻的季节。"他说,"我们拿着一个10英寸的吸尘器,然后就开始吸。"如果他和他的搭档幸运的话,他们会在几吨的沉淀物中筛选出一点儿金子。"找矿有句老话:'水闸不会说谎。'"

虽然诺姆的3800人只是黄金热涌入人口的一小部分,但它仍然是一个黄金小镇。在我住的诺姆金块旅馆的一个街区内,我发现有两家公司提供检测和提炼黄金服务。当罗伯特从海岸开车回到山脚下时,大多是单人作业的采矿地此刻能偶尔看见几处荒凉的风景。罗伯特指着一个地方说:"这个家伙太棒了。那边的那些家伙在6周内弄到了2900盎司。"我们经过一个巨大的像是下沉足球场般的洞，小卡车在尘土飞扬的底部滚来滚去。"那是一个露天矿。我听说他们的工人每季度有15万美元的工资。"比起在其他地方，这笔钱在诺姆并不够花，光是汽油价格就是安克雷奇的两倍。"这里的午餐要20美元。"

我们沿着一条土路上山前往铁砧溪，"3个幸运的瑞典人"就是在那里发现金矿的。"这座山是淘金热中矿藏最大的一座。"罗伯特说。这些山丘上布满了干涸的水沟，到处都是淘金热采矿作业留下的成堆的碎石。"下车要小心脚下，"罗伯特说，"这里到处都是百英尺深的竖井。"一群群毛茸茸的长着巨大角的野麝牛站在路边。在铁砧山的山顶上矗立着四根巨大的白色天线，像是冷战时期遗留的指向苏联的远程预警系统。

回到镇上时，我们在路上见到一位老人，他正在把泥土铲成3个小水闸。在一个很受欢迎的真人秀节目（罗伯特出于隐私考虑拒绝在节目中露面）之后，诺姆在黄金旅游领域收获颇丰。那些梦想家们曾在1899年乘汽船而来，现在仅在暑假期间飞过来。罗伯特倒了个车，摇下车窗，询问探矿工作进行得怎么样了。

"在这里待了一个星期，目前为止什么都没有，"这名男子说，"还有一周的时间。"

罗伯特告诉他："你永远不知道什么时候就成功了。"

我们离开时，罗伯特说："那家伙今天可以淘出一个金块来。不是命中就是失手——金子可能就在3英尺外，而你却看不见。"

我们在罗伯特的小屋前停了下来，这里是诺姆的一个小区：一个由胶合板棚屋和集装箱车组成的小的集合地。每个家庭都有一艘挖泥船停在前面，真空吸尘器的手臂像章鱼博士一样悬挂在两边。小屋里摆放着一个生锈的炉子，一台燃气机启动的冰箱，还有许多食品罐头。我走到门外，一分钟后罗伯特跟了过来，手里拿了个什么东西放在我的手掌上。那是两块形状稍不规则的小金锭，有迷你好时巧克力那么大，价值约7000美元。"它们两个加起来有12盎司，"他说，"我自己做的提炼和定型。"

他的小屋并不是诺克斯堡，我问他有没有担心过偷窃，他摇摇头。

"在诺姆携带黄金的人都有武器，"他说，"而且人人都知道这一点。"

第二天早上，我到游客中心询问市长是否收到了我的留言。结果是没有，这就有些奇怪了。诺姆不是一个很大的地方，从我在网上看到的数百张照片来看，理查德·贝内维尔并不像是会躲避关注的人。《诺姆金块》（*Nome Nugget*）最新的头版显示，他正在跟一个本土舞蹈团一起为"晶静号"的来宾表演。我正要穿过前街去市政府办公室碰碰运气，这时一辆白色的大面包车停了下来。"市长来了。"有人说。

一个瘦小的男人走了出来，他剃着光头，眼睛大而深陷。他看起来有点儿像一个穿着骷髅服装的中学生。我做了自我介绍，说我希望能和他谈谈诺姆的未来。"诺姆的未来？你好，中心！①"贝内维尔喊道，"上车吧！"

---

① "你好，中心"这个说法我花了大约20分钟才搞明白，这是贝纳维尔一语多关的感叹。他曾主持过一档当地的电视节目——《你好，中心》。

在这个以不同寻常的人物为荣的州，贝内维尔无疑是个中翘楚。他能说会道，也是个从小就崇拜埃塞尔·默尔曼的小子，他在纽约市碰壁后最终来到了阿拉斯加最偏远的地方。在20世纪70年代，他曾有过成功的音乐剧生涯——"上西区、男高音、合唱团，只差那么一毫厘就能进百老汇了"，但由于他酒喝得太多，最终没人愿意再联系他。"我当时一塌糊涂。"他的哥哥在安克雷奇美林证券工作，为了拉弟弟一把，帮忙安排了一份在阿拉斯加北坡最大的石油小镇巴罗的销售工作。

"我是半夜到达的，那里零下40华氏度，到处都是雪。"我们沿着两车道的沿海高速公路疾驰时贝内维尔说道，"我穿着驼毛大衣，里面是3件套西装，打着领带，戴着印第安纳·琼斯那样的软呢帽下了飞机。我看着航站楼，善良的因纽特人正在擦掉窗户上的蒸汽。他们盯着我说：'这人怎么穿成这样？'"

不知何故，他在众人皆醉的诺姆安顿下来后，渐渐从酒里醒了过来，最终在教学领域找到了一席之地。"自从来到这里，我演出了30多场戏，"他说，"不过我的歌唱事业还是出现了空白，因为我在1982年离开纽约时，音乐剧《猫》(Cats)才刚刚在百老汇上演。"

贝内维尔的手机每隔几分钟就会响一次，那是选民们在找他帮忙解决一些小问题，包括需要搭车去医院，为知心阿姨解决私事，等等。在接电话的间隙，贝内维尔解释说，自从前一年从教学岗位退休后，竞选市长成了他自然而然的计划。"你好，中心！"他说，"草不是长在我脚下的！"他当选是偶然的，因为在经历了长达一个世纪的黄金余波之后，诺姆再次成为一个"边缘化"的小镇，并且正准备进入下一个历史阶段。

贝内维尔把面包车停在路边，指着大海，海上停着一艘大船。这艘船是一个项目的一部分，该项目计划利用不结冰的西北航道来铺设一条从英国到亚洲的海底光缆。诺姆将成为通往日本的连接点。

"这一切行动都与不断缩小的地球相关，也为了能更容易到达白令海峡。"他说，"一切都在改变，而且变化得太快了。曾经在11月结冻的冰现在到了12月下旬才结冻，原来该在6月融化的，现在在5月中旬就开始融化了。"气候变化并没有迫使诺姆去寻求下一个繁荣的机会。在诺姆，气候变化本身就是下一个繁荣。"这里将是新的北极。"他说。

我记得我是和一位真正的歌舞家出身的民选官员开车四处转悠的，但此刻我听着贝内维尔吹嘘气温上升将带给诺姆人民众多好处。50年代末计划通过引爆多枚原子弹在诺姆以北几百英里处建立一个深水港的"战车计划"已经被放弃，其中一个原因是白令海不需要港口。但由于积冰变薄，情况已经不再是这样了。贝内维尔说，中国的公司已经开始通过白令海绕过苏伊士运河向汉堡发货，一次运输可减少3000多英里的航程。在过去的10年里，诺姆港的交通运输量增长了5倍。随着无冰季节的持续变长，交通运输量肯定也会随之增长。陆军工程兵部队看中了诺姆和旧的捕鲸中心克拉伦斯港，并考虑将其作为新的深水港。这回的项目计划是疏浚而不是引爆。

"气候变化并不是眼下变化的先兆，"贝内维尔说，"它已经发生了，就在当下，这是一个机会。"

我问市长,"晶静号"的 900 名高级游客中是否有人反对乘坐诺姆区的黄色校车进行游览。"并不是所有的人都富得冒油,"贝内维尔说,"他们当中有些人是退休教师,只是希望成为历史事件的一部分。""晶静号"的拥有者并没有让冰川融化,他们只是利用冰川的消失来提供人们想要的东西。他说:"我对旅游业的信条是:如果你能到那里,人们就会去。就这样!"

我们驱车前往诺姆港,贝内维尔提到最近所做的改善,例如第三个码头,这些措施能缓解过度拥挤。深水港将允许油轮和大型军舰停泊。像"晶静号"这样的巨型邮轮也可以直接驶入港口,就和在史凯威以及凯奇坎一样。"军政也好,外交也好,每个人都把北冰洋称为一个新海洋。"贝内维尔说,"这一切都是新的,令人振奋的。"由于北极变暖的速度是世界大部分地区的两倍,一些科学家预测,在 50 年内,货船将定期穿越北极。

"你好,中心!我觉得我们生活在伟大探险家的时代——就像身处瓦斯科·达·伽马时期的葡萄牙,你知道吗?"我们下了面包车,走到码头边,凝视着无边无际的蔚蓝大海。"有人说,这仿佛又是一次在地中海上的驰骋。"

第三十九章

绿 人

华盛顿特区

哈里曼探险队于7月30日返回西雅图，这条消息牵动全国。《纽约时报》专门发表了一篇头版报道，而其他的新闻都成了配角，包括弗吉尼亚州爆发致命的黄热病、巴黎因德雷福斯事件发生暴乱，以及在一场为期一天的比赛中有两辆汽车的平均时速高达近30英里。《旧金山纪事报》称"长老号"是一家"珍品店"，"从阿拉斯加5英尺长、60英尺高的图腾柱，到最微小的昆虫，应有尽有"。

图腾柱是在最后一刻被带上船的。在科迪亚克，一位老金矿工人给了弗雷德里克·德伦鲍一张粗糙的手绘地图，地图上显示了在现在的凯奇坎附近有一个废弃的印第安村庄。当返程的"长老号"接近阿拉斯加和加拿大边境时,哈里曼将矿工的地图与多兰船长的地图做了比较,并下令在一个名为开普福克斯村的定居点停留。第二天早上,"长老号"靠岸时,探险者们遇见了一座鬼城。海滩后面列着一排传统的特林吉特房屋。房屋前面矗立着十九根图腾柱。

科学家们欣喜若狂。衣服、毯子、面具、雕刻品和其他文物是如此丰富,所以"长老号"在开普福克斯村停留了两天,让每个专家都能最大限度地挖掘自己感兴趣的部分。探险者们一边翻找,一边猜测失踪居民的命运。德伦鲍写道:"我们一直在问,为什么这个村庄被完全废弃了,而且显然是一下子被清空的。"

此行最大的战利品就是巨大的图腾柱。在异常温暖的天气里,好几个船员和科学家们都出动了,他们奋力地挖掘图腾柱,并成功将其带到船上。探险队打开庆祝的啤酒,并表演了一系列歌曲向哈里曼致敬。这位资助人将整个团队聚集到海滩上,并在剩下的图腾柱前留下了最后一张全明星团队的合影。深夜里,安静的内湾航道回荡着哈里曼阿拉斯加探险队的欢呼声:"我们是谁?我们是谁?我们是,我们是'哈——阿——探'!"

然而照片中少了两名成员:站在相机后面的爱德华·柯蒂斯和气呼呼走掉的约翰·缪尔。缪尔对图腾柱被盗感到愤怒,也对把生活在柱子上的松鼠家族做成标本保留下来感到生气。在他1879年访问阿拉斯加时,与他同行的一些长老会传教士砍下了属于特林吉特酋长卡达昌家族的一根柱子,卡达昌是当年带领他前往冰川湾的一个向导。缪尔在《阿拉斯加之旅》中写道:"我听到

第三十九章 | 绿人

村子北端响起砍伐声,接着是一声剧烈的重击,就像是一棵树倒下了。"尽管卡达昌那个时候已经皈依了基督教,大概还放弃了异教的偶像,但他仍直视长老会传教士的带头人,问道:"你愿意让一个印第安人去你家的墓地,拆毁并带走一座属于你家族的纪念碑吗?"

缪尔担心他的哈里曼探险队同伴犯相同的错误,显然他是正确的。开普福克斯村并没有被遗弃。它的居住者们搬到了几英里远的地方,可能是为了躲避天花疫情,但可以肯定他们是为了孩子能去新学校上学。

"长老号"抵达西雅图一个月后,一个由当地商界领袖组成的财团乘船前往通加斯村,砍下了又一根特林吉特图腾柱,并将其带回先锋广场竖立起来。这一次,原住民向布雷迪总督提出上诉,一个大陪审团起诉了其中的 8 名商人,他们总共被罚款 500 美元,西雅图这才保住了图腾柱。1938 年,在一名纵火犯破坏了原作之后,特林吉特的工匠们雕刻了一根复制品,就是在这根复制品柱子前,我第一次从一位戴着护林熊帽子的国家公园护林员那里了解到哈里曼探险队的情况。

在西雅图从"长老号"下船之后,哈里曼探险队的显要人物们接受了报纸的采访,他们逗留了几天,然后各自分开。哈里曼对关于他的铺天盖地的正面报道感到高兴,他即刻赶回去处理潜在的铁路危机。约翰·巴勒斯和其他人乘坐另一列专列返回东部。威廉·道尔结束了他的第十四次也是最后一次阿拉斯加之旅,启航前往夏威夷开始新的篇章。哈特·梅里厄姆在旧金山湾区待了 3 个月,追踪哺乳动物,并为即将出版的"哈里曼阿拉斯加丛书"而烦恼,这项编辑工作将耗费他10多年的时间。

乔治·伯德·格林内尔回到《森林与溪流》杂志社,发表了一系列关于此次探险的文章,强调了阿拉斯加野生动物面临的问题和政府干预的必要性。普里比洛夫群岛的海豹最终获得了保护,第一个保护野生动物的国际条约颁布,即《1911年北太平洋海豹保护公约》。第二年夏天,格林内尔邀请摄影师爱德华·柯蒂斯和他一起去蒙大拿州观看黑脚印第安人的仪式。这次旅行开启了一个项目,即柯蒂斯的20卷作品《北美印第安人》(The North American Indian),这是一项20世纪摄影和民族学的杰作。就像他在冰川湾拍摄的融化的"巨人"一样,柯蒂斯镜头下的美洲原住民和他们的仪式在某种程度上也是一段已经消失的历史的遗迹。

约翰·缪尔回到了他在马丁内斯的果园,在接下来的几个月里,他在那里接待了一大群探险队的来访者,从梅里厄姆到多兰船长。他在海上的两个月加强了自己和一些荒野捍卫者的联合,并与其他人建立了新的联盟。在回家后写给哈里曼女儿们的一封信中,他将"长老号"描述为"一所浮动的大学,让我得到了能想象得到的最棒的人的指导和陪伴,(大家在一起)就像精挑细选、搭配合宜的花束"。

新生的环保运动也在不断发展,并逐渐形成两个大的群体。功利主义者认为,应该开发美国的自然空间以获取其潜在资源,以伐木为主。而以缪尔和格林内尔等人为首的自然保护主义者则希望为了荒野本身,也为了子孙后代,维持荒野的原始状态。缪尔的抒情自然写作呈现出更鲜明的特色。1901年著名的《我们的

第三十九章 | 绿人

国家公园》(*Our National Parks*)的引言描绘了田园的美好和自然的风采,从中透出了一丝宣言的气息:"成千上万疲惫不堪、精神紧张、过度开化的人开始觉得,走入山林就像回家一样;荒野是不可或缺的;山林公园和自然保护区不仅是木材和灌溉的来源,也是生命的源泉。"

美国的环保运动,就像第一次世界大战一样,经过几十年的缓慢发展,然后突然就随着无政府主义者的子弹爆发了。1901年春,布恩和克罗基特俱乐部的联合创始人西奥多·罗斯福正在华盛顿特区担任威廉·麦金莱总统的新副手(副总统),他迫不及待地阅读他的朋友梅里厄姆寄来的哈里曼探险队报告的初稿。如果不看他的从政背景,爱旅行的罗斯福本来会是哈里曼阿拉斯加探险队的理想成员。他认识格林内尔和梅里厄姆多年,在户外活动方面的文学创作很有权威性,并且经常与他的文学英雄约翰·巴勒斯一起吃饭。他非常羡慕他们在"长老号"上的冒险经历。历史学家道格拉斯·布林克利写道:"在审阅梅里厄姆关于熊的文章后,罗斯福酝酿了一个计划,他要乘船到阿拉斯加,找一位阿留申向导带他沿着科迪亚克的鲑鱼溪流狩猎。他甚至订购了橡皮靴和防雨外套以备旅途之需。"

1901年9月13日,罗斯福从阿第伦达克山脉登山归来时,接到消息说麦金莱总统在布法罗被枪袭,已奄奄一息。第二天,麦金莱去世,罗斯福宣誓就任总统。这位42岁的新总统既是未经选举获得最高职位的人,也是美国历史上最年轻的首席执行官,而这些丝毫没有削弱他强大的自信。一夜之间,美国荒野的捍卫者们在白宫有了一个盟友。罗斯福宣誓就职仅6周后,哈特·梅里厄姆就写信给在加利福尼亚的约翰·缪尔,称新总统"想知道事实,尤其急于从像您这样与政府服务无关、同时又为人民所熟知和尊敬的人那里学习"。

罗斯福从格林内尔为保护黄石国家公园所做的游说工作中深知,让国会不顾富商的利益而支持进步的环保主义项目,并不是一件容易的事情。作为总统,他转而选择通过行政命令来最大限度地拯救荒野。1902年8月,他发布了一项公告,将亚历山大群岛划为森林保护区。同年,在格林内尔以及布恩和克罗基特俱乐部其他成员的影响下,他推动颁布了第一项保护阿拉斯加野生动物的综合法律。有了这项法律,驼鹿和棕熊就归生物调查部管辖,梅里厄姆则是该部门的负责人。1907年,罗斯福扩大了亚历山大群岛保护区,建立了1700万英亩的通加斯国家森林保护区,这也是美国历史上最大的保护区。几周后,他又划出了540万英亩的土地,其中包括学院峡湾和他在"哈里曼阿拉斯加丛书"中读到的几个其他地区,作为楚加奇国家森林。从"长老号"上看到的几乎所有的冰川现在也都受到联邦政府的保护。

到1903年,人气极高的罗斯福开始计划他的大环路历史区之旅。这是一次为期两个月的工作假期,他将穿越密西西比河以西的大部分州。他们共同的熟人问缪尔是否愿意在加州内华达山区做总统的向导。虽然两人从未谋面,但罗斯福深受缪尔所著的《我们的国家公园》的影响。1903年3月,罗斯福在给缪尔的信中写道:"除了你,我不需要任何人陪我。我想在这4天彻底抛开政治,就跟你一起在野外。"

缪尔对总统的访问有自己的计划。建立于1890年的优胜美地国家公园仍然是一个四边形的甜甜圈,加利福尼亚州保留了对公园中心壮观的优胜美地山谷的管辖权。伐木工和牧羊人仍旧利用国家松懈的监管获取利益。缪尔和塞拉俱乐部一再要求州立法机构考虑将山谷的管辖权交给美国联邦政府,但没有成功。

罗斯福的优胜美地之行比预想的要好。总统狠狠地甩开了加州政客组织的一系列正式活动,溜去与缪尔一起露营了4天。这两个人睡在红杉树下,骑马去冰川峰顶。那里的白雪飘落,落满了山谷和半圆丘。缪尔和总统在一起感到很自在,于是开始指责他对狩猎的沉迷。

"罗斯福先生,你什么时候才能摆脱那种孩子气的杀戮?"他问。

"缪尔,我想你是对的。"他回答说。①

罗斯福欣然同意,他必须要保护优胜美地山谷,但在没有萨克拉门托最强大的游说力量——南太平洋铁路公司批准的情况下,加州的立法机构不会投票将管辖权交还给联邦政府。幸运的是,精力充沛的爱德华·哈里曼从阿拉斯加回来后就收购了南太平洋铁路公司。缪尔与哈里曼不同寻常的友谊之花继续绽放,他不太情愿地请求了这位大亨的帮助。一夜之间,南太平洋铁路公司在优胜美地问题上的立场从反对转变为支持。在华盛顿特区,注重预算的众议院议长迟迟没有批准这一举措。哈里曼又找罗斯福聊了聊。罗斯福总统高高兴兴地签署了这项法案,并付之于行动。

---

① "罗斯福再也没有拿起武器指向动物",虽然这种想象很美好,但罗斯福似乎只是短暂地被缪尔迷住了。1909年,罗斯福总统任期结束几周后,他就开始了"史密森-罗斯福非洲探险"。此行为博物馆收集了11000多个动物标本。

在罗斯福的环保主义武器库中，或许最有力的武器是1906年的《古物法》[1]，该法案赋予权力来保护"历史地标、历史保护建筑和其他具有科学价值的物品"。在接下来的两年半时间里，他将魔鬼塔、石化森林、大峡谷和其他西方奇观列为国家古迹。1908年，一位富商向政府捐赠了一片近300英亩的北加州红杉林，罗斯福应捐赠者的要求，将其命名为缪尔之林。1925年，约翰·卡尔文·柯立芝总统也用《古物法》保护了冰川湾。

在1867年购买阿拉斯加之后的100年里，原住民的土地权问题在法律上一直处于悬而未决的状态。直到1968年，普拉德霍湾海底发现的巨大油田改变了这一切。阿拉斯加州很快就卖出了9亿美元的钻探开采权。各个原住民部落对大型石油公司计划铺设的800英里输油管道所经过的土地提出了主权要求。显而易见，在土地权问题得到解决之前，输油管是不可能送油的。最终提出的解决方案就是《阿拉斯加土著人土地权属解决法案》，该法案将4400万英亩土地和9.62亿美元分配给12家地区公司和200多家乡村公司。

1978年，在《阿拉斯加土著人土地权属解决法案》实施后，美国政府必须在规定限期内决定剩余的阿拉斯加土地的去向，吉米·卡特总统利用《古物法》将5600万英亩的阿拉斯加土地列为

---

[1] 《古物法》是由艾奥瓦州国会议员、布恩和克罗基特俱乐部成员约翰·雷斯推动通过的，他是保护国会山的无名英雄之一。他之前曾通过1894年的《雷斯法案》来"保护黄石国家公园的鸟类和动物"，巩固了布恩和克罗基特俱乐部作为政治力量的声誉。他的马车曾在黄石国家公园被劫持，因此他确信在黄石国家公园一带存在无法无天的势力。雷斯还撰写了1900年的《雷斯法案》，这是一项野生动物保护法案，该法案在获得通过后，成为第一部致力于保护环境的综合性联邦法律。

国家古迹。在任期的最后几周，卡特签署了1980年《阿拉斯加国家利益土地保护法》，该法案被广泛地认为是自西奥多·罗斯福政府以来通过的最重要的环境法。这一举措极大地扩大了北极国家野生动物保护区的规模，将国家公园管理局的土地面积增扩了一倍，并将好几个古迹提升为国家公园，其中包括冰川湾国家公园和卡特迈国家公园。

第四十章

陆地的尽头

希什马廖夫

刚剥下皮的海豹看起来就像一块超大的牛里脊,里脊的一端粘着一张可爱的胡须脸。我之所以知道这一点,是因为我在希什马廖夫放下包后遇到的第一个人——安妮·韦攸瓦那,刚好在剥一只斑海豹的皮,那只海豹是她当天和丈夫一起猎到的。"我要把这些喂给我的雪橇狗,"她一边说,一边用她弯弯的乌鲁刀把油腻的脂肪层割开,"这块皮可以做一顶帽子和几双手套。"

安妮是希什马廖夫的搬迁协调员。从该镇此前进行历史性投票决定搬迁到内陆至今已经过去了两周。手写的投票结果还张贴在市政厅的大门上。希什马廖夫有大约 600 名居民,是萨里切夫岛上唯一的定居点。萨里切夫岛本质上是一个很长的沙洲,像一颗 2.5 英里长的细长花生米，窄腰处还不到半英里宽。该岛位于距苏厄德半岛海岸 5 英里的地方，在诺姆以北约 120 英里处。岛的北面 30 英里处就是北极圈。随着阿拉斯加的气候变暖，原本在希什马廖夫所有人记忆中的严寒天气变得越来越不可预测。

"季节已经变了，"安妮告诉我，"我们的春天来得更早了。海洋结冰需要更长的时间，过去是 10 月份结冰，而去年直到 1 月份才结冰。"希什马廖夫是我在阿拉斯加的最后一站，可能也是我去过的村庄中最传统的一个。这里的居民是因努皮亚特人，他们曾经被认为是爱斯基摩人北方族群中的一支。（"爱斯基摩人"这个词在一些原住民眼中是贬义词，并于 2016 年被联邦政府删除。）几千年来，游牧民族基吉克塔米特——翻译过来就是"岛上的人"，一直占据着希什马廖夫周围的沿海地区。为了抵制诺姆淘金热所带来的放荡行为（即 1899 年"长老号"驶过时开始的那场淘金热），以谢尔登·杰克逊为首的传教士们支持基吉克塔米特人永久定居在一个地方，这样就可以建造学校、教堂和邮局。而萨里切夫岛一年四季皆有物产，显然是个定居的好选择。据安妮·韦攸瓦那估计，该镇 90% 的食物仍然来自自给自足的狩猎和采集：髯海豹、驯鹿、鸭子、驼鹿、鱼、海象、绿蔬和浆果。"海洋就是我们的超市，"安妮说，"我们没法去沃尔玛超市。"

不断融化的冰层有望给诺姆的经济和全球航运公司带来潜在机遇，但注定给希什马廖夫带来灾难。现在的冰层太危险以至于不能在上面打猎了。我之前在安克雷奇遇到的来自希什马廖夫的阿拉斯加大学在校生扫·辛诺克告诉我，他的一位叔叔在本应结冰的晚春冰层上跌落后溺水身亡。秋天，猛烈的暴风雨从楚科奇海席卷而

第四十章 | 陆地的尽头

来。曾在海边冻结的保护性冰带，不再像过往一样将最强的海浪保持在安全距离内。不断上升的气温融化了岛下的永久冻土。自20世纪70年代以来，秋季风暴的频率和强度都在增加，它们掀起松散的沙土，连带房屋一起卷走。

在花了一个夏天思考阿拉斯加的过去和现在后，希什马廖夫给我提供了一个机会，让我可以窥见该州可能的未来，并以此来结束我的旅行。如果这个小镇的近代史能给人启示的话，我得把握这个仅有的机会了解它。

我睡在希什马廖夫学校的教室里，墙上鼓舞人心的标语写着"努力工作和尊重他人"，还有"猎人的成功和对部落的责任"。这所学校是村里仅有的三座拥有经过处理的自来水的建筑之一，其余两座是盥洗室（洗衣及淋浴）和医务室。厚厚的软管铺在地上，把自来水连到盥洗室和医务室。早上的送车路线与我在纽约郊区的情况很像，只是停在门前的都是运动型四轮驱动车，轮胎结实，可以在松软的沙子上翻滚。

对世界上的大多数人来说，北极熊是气候变化的吉祥物。在希什马廖夫，一群在上课前聚在走廊上的好奇的二年级和三年级学生，围着我这个陌生人，告诉我所有的熊都是危险的讨厌鬼，管它毛发是什么颜色。

"我爸爸不得不用他的造雪机赶走一只北极熊。"一个男孩说。

"一只棕熊可以杀死一只白熊。"另一个孩子说，同伴们的表情似乎很怀疑。

"这里有7只棕熊，因为一头死了的虎鲸被冲上了海滩，它们闻到了味道。"第三个孩子说。前一天，一具海象的尸体被冲上了岸，这意味着将会有更多的不速之客（熊）到来。

威廉·琼斯是希什马廖夫的警察，他自 1980 年以来一直从事这个职业，显然他很享受这份工作。该镇还有一名村公共安全官，简称 VPSO，是一名全能官员，由州政府培训，其工作范围包括执法、防火和紧急医疗服务。在我到达前不久，琼斯对强加给他的新职责心里有点儿矛盾。"我上周被任命为代理市长。"在市政厅二楼的市政府办公室见面握手时，他告诉我。前任市长突然辞职了，琼斯已经被理事会选为临时接班人。

琼斯留着山羊胡子，穿了件 T 恤，搭配牛仔裤。或许他带有枪支或手铐，但我们在一起的几个小时里，我没有看到。他的眼睛因睡眠不足而浮肿，因为他凌晨 3 点就被叫醒了，有几人偷偷地把几瓶降价的 R&R 威士忌带到这个干燥的岛屿上，情况有点儿失控。琼斯说，如果有人把酒走私到希什马廖夫，他通常能在几个小时内察觉到，而这里确实有一间单人牢房可供他支配。在新年前夕这样繁忙的晚间，守规矩的酒鬼可以跟他一起坐在他的办公室里。我们拿了两个泡沫塑料杯在咖啡机上接了咖啡，接着走进隔壁的会议室。会议室墙上贴满了地图，显示哪些地方发生了侵蚀，哪些地方可能很快就会发生侵蚀。

"我们失去了相当多的陆地，"琼斯一边看着地图一边说道，"西边的海滩正在被侵蚀，这里以前有很多房子。"2013 年的一场风暴吞没了 50 英尺长的海滩，包括一大块主干道。陆军工程兵团已经建造了一系列的海堤，一个比一个更坚固，但没有哪个能完全有效地减小海浪的影响。

第四十章 | 陆地的尽头

另一张地图显示了希什马廖夫可以迁移的内陆地点。与令人窒息的国际媒体报道相反,希什马廖夫的迁移并不是那么迫在眉睫。有两个潜在的新镇选址都在内陆的丛林深处。如果把它从冻土带拔高(虽然琼斯说"他们甚至还没有建好公路"),希什马廖夫2号将成为北极的巴西利亚。搬迁的费用可能高达数千万美元,这笔款项还未能落实。阿拉斯加州有一个专门的办公室来处理搬迁问题,有十几个受气候变化威胁的社区正在考虑搬迁。8月份的投票甚至不是希什马廖夫第一次这样的公投。第一次是1975年的公投,当时的居民们已经投票决定在2002年进行搬迁。

"你对投票结果感到惊讶吗?"我问琼斯。他投了留下来一票。

"我很气愤,"琼斯说,"我们40年前就投票了,现在还在这里。不停地谈来谈去,我们还要再谈40年。这座岛就是我们的家,他们应该弄一艘驳船,搬运沙子来保护它。"

希什马廖夫看起来不像是一个正在清空出售的小镇,一个新的液体燃料储罐农场正在规划中,教师住房(几乎所有的教师都是非本地人)也在建设中。几周前,该岛的主干道刚刚进行了初次修整。琼斯带我走到最新、最壮观的海堤前,海堤上整齐地堆放着一块块宽大的巨石。

琼斯说:"过去这里的海岸边都是沙丘,人们常常坐在这里享受海水。"海浪拍打在岩石上,拍打在死去的海象身上。琼斯说,海象肉是一种美味,但必须把它埋一段时间,这样它才能正常发酵。"海象肉很油腻,但很好吃,"他说,"吃的时候会有刺激感。"他承认自己喜欢取笑那些空降到阿拉斯加的记者,那些人跑来收集新出名的气候难民的只言片语——他最近告诉一位来自洛杉矶的电台主持人，说他自己住在一个两层楼的冰屋里，对"电"这个词不熟悉，但他坚称，海象才是真正的美味。在理想情况下，吃完海象肉应该再来一碗爱斯基摩冰激凌，这是一种不含乳制品的食物，其主要成分是当地的浆果和海豹油。

在房地产方面，希什马廖夫的每个人都拥有一处地方，要么是"海滨"，要么是"去海滩的小路"。阿拉斯加的其他城镇可能有一家罐头厂和一个停满拖网渔船的码头，而萨里切夫岛面向大陆的一侧则摆满了腌制鱼和肉用的小木船和晾干架。有几次，我问在特别危险的风暴期间有什么例行措施，原本希望听到关于疏散计划和直升机的相关信息，但每个人都回答了同样的话：当情况不乐观时，他们会确保自己的小木船和晾干架的安全，然后他们会躲起来。在紧急情况下，居民们会在学校或教堂避难。

琼斯建议我们在岛上四处看看，拜访他的一些邻居。他开着他的四轮沙滩车，我坐在后排，紧紧抓住后面的行李架。那天很冷，下着毛毛雨。在岛上靠海的一侧，可以看到露出顶部几英寸的黄色推土机和其他废弃的重型设备，它们被埋在沙子里，像是抵御海浪的堡垒。接着风向开始变了，我们被一股强风打了个正着。由于希什马廖夫的家庭没有冲水马桶，居民一般将排泄物收集起来倾倒在一个污水池里。琼斯笑着坚持说，这是此次旅行的一个重点。

"那是污水池里的臭味吗？"我喊了起来。

"不，是海象。你吃的时候也有那么一点儿味道。"

如果说不打招呼夺门而入是琼斯的调查方法，那么如此频繁的执行让我怀疑希什马廖夫还有不少悬而未决的案件。登门拜访时，我遇见了以扫的外祖父谢尔登·科科克，他的屋子在沙崖边上，因

第四十章 | 陆地的尽头

为土地侵蚀这位老人已经失去了一座房屋。"我总是在天气不好的时候看着窗外,看着海滩。"他说。霍华德·韦攸瓦那——我在希什马廖夫遇到的每个人都姓韦攸瓦那,回忆起孩子们在冬天坐着海豹皮雪橇滑过早已消失的沙丘。

克利福德·韦攸瓦那给我们端上了他有名的酸面饼,讲述了他是如何自学驾驶飞机,并在无证丛林飞行员的岗位上干了 17 年。他说:"我在搜救任务中发现 7 个人还活着,2 个人已经死亡。我发现的活着的人总是说他们想要一杯咖啡或一支烟。"克利福德很喜欢咖啡和烟。和琼斯一样,他认为搬迁投票是浪费时间,但他承认,他可能活不到事情发展出结果的那一天。他说:"搬迁恐怕比耶稣基督的第二次降临还要慢。"

我们的最后一站是阿迪斯和约翰尼·韦攸瓦那的小屋。我们坐在厨房的桌子旁,阿迪斯在清理她当天早上采的苔莓。"我是 1958 年乘狗拉雪橇来到这里的。"她说,"除了我和我的兄弟姐妹们,没有人会说英语,所有人都说伊努皮亚克语。以前每周都会有因纽特人跳舞,庆祝猎人抓到北极熊。上一次有个年轻人猎到了一只北极熊,我建议我们再跳一次庆祝舞,但是时过境迁。人们现在喜欢在家玩宾果游戏。"

阿迪斯把票投给了搬迁。"离开你生活了一辈子的地方是很难的,但你必须为年轻的一代做出牺牲。"她给了我一颗苔莓,看起来像颗很小的蓝莓,但比我想象的更苦,我忍不住做了个鬼脸。"我猜这意味着你不会留下来吃爱斯基摩冰激凌了。"她说。

希什马廖夫的几个人告诉我,相传希什马廖夫是一个"漂浮的岛屿",岛下有水流淌。我问阿迪斯,这个故事意味着什么。

"很久以前，长老们常说：'希什马廖夫是从海里造出来的，终有一天它会回到海里。'"她说，"我认为这意味着我们注定要毁灭。"

琼斯和我回到他的小房子等候我要去诺姆的飞机。我在杂货店给他买了一包万宝路作为感谢礼物，他给了我一颗他在海滩上捡到的乳齿象牙齿。做酸面饼的克利福德·韦攸瓦那开着他的皮卡到机场来见我们，这是我在希什马廖夫看到的两辆大型车辆中的一辆。他拿了一盒20磅重的鱼，让我帮忙送到他在诺姆的妹妹那里。琼斯打开他的万宝路烟，递给克利福德一支。

"那一片和这一片以前到处都是沙丘，有些沙丘有两层楼那么高，"克利福德说道，"过去的海滩很大，可以降落飞机。"他深深地吸了一口烟，弹了弹烟头，"没了，全没了。"

尾 声

纽约市

约翰·缪尔为写他的自传奋斗了多年。1908年，爱德华·哈里曼邀请他去俄勒冈州火山口湖附近的避暑别墅。哈里曼当时正在跟胃癌做斗争，而与他以前的朋友西奥多·罗斯福的争执加剧了他的病情。这位进步的总统将这位铁路大亨列入不道德的商人，为了国家的利益要打破他的垄断。为保持高效率，哈里曼安排了一名秘书跟着缪尔在他的庄园里转了3个星期，用速记记录了缪尔的每一句话，直到他的口述记满了1000页。这些回忆后来构成了《我的童年和青年故事》(*The Story of My Boyhood and Youth*)的核心。一年后，哈里曼去世了。"现在我的朋友哈里曼走了，我感到非常孤独，"缪尔在给约翰·巴勒斯的信中写道，"起初我很排斥，但最后学会了爱他。"

1914年平安夜,患有肺炎的缪尔孤独地死在洛杉矶医院的病床上,享年76岁。很可能他在临终前心中挂念的是冰川。床上散落着他的最后一本书的手稿,这本书讲述了他与特林吉特向导一起在内湾航道的早期旅行,这本书是《阿拉斯加之旅》。

在"哈里曼阿拉斯加丛书"第二卷中,收录了地理学家亨利·甘尼特的一篇文章《普通地理》。这篇文章简要概述了一个多世纪后阿拉斯加依然是独一无二的所在:壮丽的山脉、极端的气候、雄伟的冰川、高耸的森林和神秘的内陆。在总结了阿拉斯加的资源之后,他最后提出了一个相当激进的建议:阿拉斯加的主要财产,"比黄金、比鱼、比木材更有价值,因为它永远不会枯竭",它就是阿拉斯加的风景——呼应了他的"长老号"老船友约翰·缪尔的观点。这位美国绘图之父指出,加州有一个优胜美地,而"阿拉斯加有数百个"。

最后,他给所有想去阿拉斯加旅行的人一句"建议和忠告":"如果你年纪大了,一定要去;如果你年轻,那就等等。阿拉斯加的风景比世界上其他任何地方都壮观得多,先看到最好的而使自己的欣赏力变得迟钝是不明智的。"

我回到纽约几个月后,新一届政府被选出入主白宫。关于环境问题,第45任总统完全不同于西奥多·罗斯福。他新提出的政策就包括了大幅削减国家公园预算、解除联邦政府禁止狩猎冬眠熊的禁令以及退出国际气候协定,而该协定是世界上减缓全球变暖影响的最大希望。2016年是阿拉斯加连续第三次出现破纪录高温的年份。美国国家环境保护局(EPA)的新任局长在过去几年里一直在控告EPA,要求其放松对石油和天然气行业的监管。他宣称,二氧化碳不是气候变化的主因。新任的内政部部长，即国家公园的领导，宣称在北极国家野生动物保护区（北方的塞伦盖蒂）钻探石油是他的首要任务之一。阿拉斯加州在国会山的代表，虽然口头上承认气候变化对他们州的影响，但实际在推动他们在北极国家野生动物保护区的石油钻探梦成真。

在我访问朱诺一年后，石油价格仅略有上涨。经济学家斯科特·戈德史密斯没有看到油价将再次接近每桶100美元的迹象。阿拉斯加州议会召开了三次特别会议，仍在努力缩小巨大的预算缺口。经过多次辩论，州所得税再次被否决，每年的永久基金红利重新提高到每人1100美元。预算中的2200万美元用于建造"图斯图梅纳号"的替代品。"图斯图梅纳号"在船体发现裂缝后，取消了今年夏天的大部分航行。由于新船的全部造价为2.44亿美元，剩下的百分之九十将由联邦政府出资。"晶静号"再次启程进行为期一个月的西北航道游览，在进入北极之前将在荷兰港和诺姆港停留。

冬天出人意料的寒冷，希什马廖夫却完好无损地活了下来。该镇选出了一位新领导，并继续讨论搬迁计划。威廉·琼斯高高兴兴地回到了全职警察的工作岗位，但由于预算削减而最终丢掉了工作。在科迪亚克岛，严寒的冬天使夏季的野生浆果收成降到了最低，但哈里和布里吉德说，大量的鲑鱼出没为饥饿的熊和喜欢看熊的人带来了有利条件。坐在我挂着巨大的阿拉斯加地图的办公桌前，我感到浓浓的对熊的羡慕。不久，有人转发了一段视频给我，视频中一只巨大的棕熊从树林里冲出来，追赶一辆汽车，就在一年前我愉快地骑自行车经过的亚库塔特两车道路上。看了视频，我克制了内心的羡慕。

古斯塔夫斯是我常常想起的阿拉斯加一隅。那里的冰层继续融化，土地继续像面团一样缓慢反弹。大卫和布列特妮·阙那漠夫妇在金和梅勒妮·希科克斯夫妇的土地旁边买了一块地，他们计划在皮划艇赛季结束后在那里建造自己的房子。希科克斯夫妇草拟了一个计划，打算将他们的家园改造成约翰·缪尔阿拉斯加领导学校（John Muir Alaska Leadership School），这所学校将培养未来几代的环保主义者。金在冬日的阴冷中草写出了另一部小说。梅勒妮培训了另一批解说员，用缪尔和他的特林吉特向导的故事来启发游轮乘客，不过她担心比往常更多雨的夏天会吓得许多人不敢回去。

亨利·甘尼特对阿拉斯加访问者忠告的一半——那里壮观的风景将毁掉后面的一切观感，这句话在很大程度上仍然适用。西奥多·罗斯福仁慈的环保主义独裁期间留出的土地已经老化得很厉害。"哈里曼阿拉斯加丛书"中的一些风景自1899年以来基本上没有变化。我看过在巴黎上空、在马丘比丘废墟上、在大象罗布的非洲大草原地平线上的日出，而它们没有一个能与冰川湾的黎明相提并论。

甘尼特忠告的另一半，即想去的游客应该等到晚年再去见证阿拉斯加的奇观，这忠告应该很快就会过时。我不担心阿拉斯加之旅会削弱我儿子在其他地方欣赏自然美景的能力，但我确实担心，如果目前的气候趋势持续下去，这方奇观将会一年不如一年。

从哈里曼探险队回来后不久，约翰·缪尔写道："所幸的是，大自然有几个人类无法破坏的地方——海洋、地球两极的冰雪和大峡谷。"缪尔的希望引起了乔治·伯德·格林内尔的共鸣，他在1902年将这句话发表在年终版《森林与溪流》的头版文章中。

像缪尔和格林内尔这样的人，他们的乐观保护了阿拉斯加，这份保护持续到后来的几代人。然而，就在我打这段字的同时，气候正在变暖，海洋正在被数百万吨的塑料填堵，冰冻的两极正以惊人的速度融化入海。美国的新总统正在审查依据《古物法》保护的古迹，并考虑解除在大峡谷周围地区开采铀的禁令。而禁令一旦解除，大峡谷水域将受到污染。

如果你年纪大了，想看看世界上最美的风景，那就没有比现在更合适的时间了。如果你还年轻，那还等什么？查一下渡轮时刻表，带上睡袋，上路吧。在阿拉斯加稍做停留——相信我，这会是一生的大事。

参考文献

Askren, Mique'l. "From Negative to Positive: B. A. Haldane, Nineteenth Century Tsimshian Photographer." M.A. thesis, University of British Columbia, 2006.

Berton, Pierre. *Klondike: The Last Great Gold Rush, 1896-1899*. Toronto: McClelland and Stewart, 1987.

Brinkley, Douglas. *The Quiet World: Saving Alaska's Wilderness Kingdom, 1879-1960*. New York: Harper, 2011.

——. *The Wilderness Warrior: Theodore Roosevelt and the Crusade for America, 1858-1919*. New York: HarperCollins, 2009.

Brooks, Paul. *Speaking for Nature: How Literary Naturalists from Henry Thoreau to Rachel Carson Have Shaped America*. Boston: Houghton Mifflin, 1980.

Cole, Dermot. *North to the Future: The Alaska Story, 1959-2009*. Kenmore,

WA: Epicenter Press, 2008.

Cruikshank, Julie. *Do Glaciers Listen? Local Knowledge, Colonial Encounters, and Social Imagination*. Vancouver: UBC Press, 2014.

Dall, William. *Alaska and Its Resources*. Boston: Lee and Shepard, 1870.

Dauenhauer, Nora Marks, and Richard Dauenhauer, eds. *Haa Kusteeyí, Our Culture: Tlingit Life Stories*. Seattle: University of Washington Press, 1994.

Dodge, Harry B. *Kodiak Island and Its Bears*. Anchorage: Great Northwest, 2004.

——. *Kodiak Tales: Stories of Adventure on Alaska's Emerald Isle*. Bloomington, IN: AuthorHouse, 2010.

Egan, Timothy. *Short Nights of the Shadow Catcher: The Epic Life and Immortal Photographs of Edward Curtis*. Boston: Mariner, 2012.

Emerson, Ralph Waldo. *The Essential Writings of Ralph Waldo Emerson*. Edited by Brooks Atkinson. New York: Modern Library, 2000.

Emmons, George Thornton. *The Tlingit Indians*. Seattle: University of Washington Press, 1991.

Fagan, Brian M. *The Little Ice Age: How Climate Made History, 1300-1850*. Boulder, CO: Basic Books, 2000.

Fortuine, Robert. *Chills and Fever: Health and Disease in the Early History of Alaska*. Fairbanks: University of Alaska Press, 1989.

Fox, Stephen. *The American Conservation Movement:John Muir and His Legacy*. Boston: Little, Brown, 1981.

Goldsmith, Scott. "The Path to a Fiscal Solution: Use Earnings from All Our Assets." Anchorage: Institute of Social and Economic Research, 2015.

Griggs, Robert F. *The Valley of Ten Thousand Smokes*. Washington, DC: National Geographic Society, 1922.

Grinnell, George Bird. "The Harriman Alaska Expedition." *Forest and*

Stream, February-June 1900.

Haycox, Stephen. *Frigid Embrace: Politics, Economics, and Environment in Alaska*. Corvallis: Oregon State University Press, 2006.

Henry, Daniel Lee. *Across the Shaman's River: John Muir, the Tlingit Stronghold, and the Opening of the North*. Fairbanks: University of Alaska Press, 2017.

Hussey, John A. *Embattled Katmai: A History of Katmai National Monument*. San Francisco: National Park Service, 1971.

King, Bob. *Sustaining Alaska's Fisheries: Fifty Years of Statehood*. Anchorage: Alaska Department of Fish and Game, 2009.

Kizzia, Tom. *The Wake of the Unseen Object: Travels Through Alaska's Native Landscapes*. Lincoln: University of Nebraska Press, 1998.

Kolbert, Elizabeth. *Field Notes from a Catastrophe: Man, Nature, and Climate Change*. New York: Bloomsbury, 2006.

Krakauer, Jon. *Into the Wild*. New York: Villard, 1996.

Lord, Nancy. "Glacial Gospel." *River Teeth 16*, no. 1 (Fall 2014): 47-53.

Marino, Elizabeth. *Fierce Climate, Sacred Ground: An Ethnography of Climate Change in Shishmaref, Alaska*. Fairbanks: University of Alaska Press, 2015.

McGinniss, Joe. *Going to Extremes*. New York: Alfred A. Knopf, 1980.

Miller, Don J. "Giant Waves in Lituya Bay, Alaska." U.S. Geological Survey Professional Paper no. 354-C, 1960.

Molnia, Bruce. "Glaciers of Alaska." U.S. Geological Survey Professional Paper no. 1386-K, 2008.

Muir, John. *Edward Henry Harriman*. New York: Doubleday, Page, 1912.

——. *The Cruise of the Corwin*. Boston and New York: Houghton Mifflin, 1917.

——. *The Mountains of California*. New York: The Century Co., 1894.

———. *My First Summer in the Sierra*. Boston and New York: Houghton Mifflin, 1911.

———. *Our National Parks*. Boston and New York: Houghton Mifflin, 1901.

———. *The Story of My Boyhood and Youth*. Boston and New York: Houghton Mifflin, 1913.

Nash, Roderick Frazier. *Wilderness and the American Mind*. 5th ed. New Haven, CT: Yale University Press, 2014.

Ott, Riki. *Not One Drop: Betrayal and Courage in the Wake of the Exxon Valdez Oil Spill*. White River Junction, VT: Chelsea Green, 2008.

Punke, Michael. *Last Stand: George Bird Grinnell, the Battle to Save the Buffalo, and the Birth of the New West*. New York: Smithsonian Books/Collins, 2007.

Raban, Jonathan. *Passage to Juneau: A Sea and Its Meanings*. New York: Pantheon, 1999.

Reiger, John. *American Sportsmen and the Origins of Conservation*. Corvallis: Oregon State University Press, 2007.

Ross, Ken. *Pioneering Conservation in Alaska*. Boulder: University Press of Colorado, 2006.

Scidmore, Eliza. *Appletons' Guide-Book to Alaska and the Northwest Coast: Including the Shores of Washington, British Columbia, Southeastern Alaska, the Aleutian and the Seal Islands, the Bering and the Arctic Coasts*. New York: D. Appleton, 1893.

Sides, Hampton. *In the Kingdom of Ice: The Grand and Terrible Polar Voyage of the USS Jeannette*. New York: Doubleday, 2014.

Sterling, Keir B. *Last of the Naturalists: The Career of C. Hart Merriam*. New York: Arno Press, 1977.

Tarr, R. S., et al. "The Earthquakes at Yakutat Bay, Alaska, in September, 1899." U.S. Geological Survey Professional Paper no. 69, 1912.

Wendler, Gerd, and Martha Shulski. "A Century of Climate Change for Fairbanks, Alaska."*Arctic 62*, no. 3 (November 2008): 295-300.

West, Michael, et al. "Why the Great Alaska Earthquake Matters Fifty Years Later." *Seismological Research Letters* 85, no. 2 (March 2014): 245-51.

Wolfe, Linnie Marsh. *Son of the Wilderness: The Life of John Muir*. New York: Alfred A. Knopf, 1946.

Worster, Donald. *A Passion for Nature: The Life of John Muir*. New York: Oxford University Press, 2008.

资　源

科学家们已经确凿地证明，宇宙中最强大的动力莫过于告诉作者你在他或她的书中发现了一个错误。如果您认为有什么应修改，或是有其他想法，或是有驼鹿食谱要分享，请与我联系。如果您有兴趣了解更多关于阿拉斯加的历史和环境、跟哈里曼探险队相关的人，以下是有用的资源：

"哈里曼阿拉斯加丛书"：第一卷到五卷，第八卷到十六卷。这套丛书，由柯林顿·哈特·梅里厄姆编辑。令人困惑的是，第六卷和第七卷从未出版。前两卷包括最有趣的散文——特别是约翰·巴勒斯的游记和乔治·伯德·格林内尔关于阿拉斯加濒危鲑鱼的原生态散文。

威廉·戈茨曼和凯·斯隆,《远望北方:哈里曼阿拉斯加探险,1899》;托马斯·A.利特温主编,《哈里曼阿拉斯加探险队回溯:一个世纪的变化,1899—2001》;南希·洛德,《绿色阿拉斯加:来自遥远海岸的梦想》。戈兹曼和斯隆的著作是有关1899年行程的最容易理解的历史。利特温在2001年组织了一次类似哈里曼行程的探险,其中包括一整船的多学科专家,他们忠实地遵循了"长老号"的最初路线(并安排归还了1899年探险期间偷来的图腾柱)。《哈里曼阿拉斯加探险队回溯:一个世纪的变化,1899—2001》收录了当时和现在的散文,航程参与者的话穿插在利特温自己对每一站的描述中。洛德的书是阿拉斯加著名自然作家对1899年旅程的印象主义沉思。

约翰·缪尔,《阿拉斯加游记》;塞缪尔·霍尔·杨,《与约翰·缪尔共度的阿拉斯加日子》。后者开启了后来内湾航道千艘游轮的时代,并且包括他的同伴缪尔对相同事件的描述。

沃尔特·R.博恩曼,《阿拉斯加:胆大之地的传奇》;斯蒂芬·海科克斯,《美国殖民地阿拉斯加》;摩根·舍伍德,《阿拉斯加探险,1865—1900》。博恩曼和海科克斯的书解释了自1741年以来阿拉斯加发生的重大事件如何塑造了这个州和它的人民。舍伍德的书讲述了那些首次将这片沃土上的奇观进行编目的人。

莫里·克莱因,《哈里曼生平与传奇》。这本华丽的传记用了整整一章来讲述1899年的探险,并将它放在哈里曼事业完成的背景中来叙述。

金·希科克斯,《唯一的皮划艇:阿拉斯加心脏地带之旅》《约翰·缪尔和燃火之冰:一个远见者和阿拉斯加冰川如何改变了美国》。《唯一的皮划艇：阿拉斯加心脏地带之旅》交织呈现了作者的个人历史与约翰·缪尔对冰川湾之行的描述。《约翰·缪尔和燃火之冰：一个远见者和阿拉斯加冰川如何改变了美国》考察了缪尔游历阿拉斯加冰川如何催化了美国的环保运动。

约翰·麦克菲,《走进乡村》。问到当地人时，几乎每个阿拉斯加人都会推荐这本书，他们的理由很充分：再没有文章（外地人写的）可以如此好地捕捉到第四十九州的独特性和粗犷的个人主义精神。

致　谢

阿拉斯加的一些人友善地回复了一个外地人的意外来电或电子邮件，并愿意当面分享他们的专业知识。感谢安克雷奇的黛安·本森、斯科特·戈德史密斯、斯蒂芬·海科克斯和以扫·辛诺克。感谢费尔班克斯的特里·查平、弗拉基米尔·罗曼诺夫斯基、内德·罗泽尔、马丁·特鲁弗和迈克尔·韦斯特。在我访问古斯塔夫斯之前，金和梅勒妮·希科克斯不仅帮助我追溯了约翰·缪尔通过冰川湾的最初路线，还提供了食宿，而且后来还在我的文稿中找出了几个令人尴尬的错误。

在撰写旅行和历史相结合的书时，陌生人的善意和他们的简单都对我大有裨益。我要感谢"肯尼科特号"上的波·贝利和保罗·兰博。我要感谢梅特拉卡特拉的娜奥米·李斯克。我要感谢凯奇坎的戴夫·基弗。我要感谢兰格尔的劳伦斯·巴霍维奇、莉迪亚和迈克尔·马特尼以及埃里克·扬西。我要感谢海恩斯的戴夫·南尼。我要感谢锡特卡的查尔斯·宾厄姆、哈维·勃兰特、彼得·戈尔曼和安德鲁·汤姆斯。我要感谢古斯塔夫斯的大卫和布列特尼·阚那漠。我要感谢亚库塔特的吉姆·卡普拉、杰克·恩迪科特和玛西娅·苏尼加。我要感谢科尔多瓦的克里斯汀·卡彭特、南希·伯德和卡尔·贝克尔。我要感谢惠提尔的懒惰水獭定制游公司的每一个人，特别是凯利·本德、本·威尔金斯和克里·威尔金斯。我要感谢科迪亚克岛上的哈里和布里吉德·道奇。我要感谢卡特迈国家公园和金萨尔蒙的凯尔·麦克道尔、基奈野外探险公司的团队、飞行员戴夫、调酒师迈克尔，还有那只喝啤酒的拉布拉多犬的主人。我要感谢乌纳拉斯卡的杰夫·迪克雷尔和博比·莱卡诺夫。我要感谢诺姆的理查德·贝内维尔和里昂·博德韦。我要感谢希什马廖夫的唐娜·巴尔、巴雷特·埃宁戈伍克、多蒂·哈里斯、威廉·琼斯、谢尔登和克拉拉·科科克、苏西·科科克、哈罗德·奥拉纳、达琳·特纳、安妮·韦攸瓦那、阿迪斯和约翰尼·韦攸瓦那、克利福德·韦攸瓦那，以及霍华德·韦攸瓦那。

在我的研究过程中，好几个人提供了重要的建议和想法，包括马克·布莱恩特、拉布·卡明斯、丹尼尔·科伊尔、莫里斯·科伊尔、米克·丹格利、珍·金尼、汤姆·基齐亚、南希·洛德、伊丽莎白·马里诺、布鲁斯·莫尼亚、里基·奥特、约翰·里奇、丹·里茨曼、大卫·罗奇、马林·桑迪和泰德·斯宾塞。凯·斯隆邮寄了一大盒珍贵的研究材料，这些材料是从她自己的哈里曼探险资料中保存下来的，其中包括几份"长老号"成员的日记副本（还有打字机打出来的史料！）。佩勒姆公共图书馆的工作人员又一次让我收集了大量的阅读材料。我要特别感谢阿拉斯加海洋公路系统的员工，以及我在阿拉斯加众多优秀的书店和图书馆里遇到的知识渊博的书商和图书管理员。

在纽约市，幕后魔术是由达顿出版社的"惯犯"表演的：杰西卡·伦海姆、阿曼达·沃克和艾米莉·布罗克。本·塞维尔提供策划方案，约翰·帕斯利好心地设计了一个醒目的标题。大卫·麦克安尼奇、莫拉·弗里茨和杰森·亚当斯阅读了未经编辑的段落，并提出了重要的修改建议。吉莉安·法塞尔将整本书读了两遍，并给予我必要的激励和鞭策。威尔·帕尔默以肥皂剧外科医生的技巧和细心编辑了这本书。我的经纪人丹尼尔·格林伯格提供了持续的支持，有时是以午餐的形式。奥利维亚·诺特将数个小时的采访抄录下来，以保证我有更多清醒的时间。

一份不完整的特别感谢名单包括：大卫·亚当斯、玛丽·麦凯纳里、罗伯特·科贝利尼、芭芭拉·米勒（还有猫）、纳提维达德·瓦马尼、弗雷德和奥拉·特鲁斯洛以及维罗妮卡·弗朗西斯。一如既往地，最深切地感谢我亲爱的妻子奥里塔·特鲁斯洛医生，在我离家出走了几乎整个夏天的时间里，她再次维持了家里的秩序。向亚历克斯、卢卡斯和马格努斯致敬，谢谢你们在我不在的时候，没让你们母亲抓狂。

图书在版编目（CIP）数据

3000英里阿拉斯加荒野之旅 /（美）马克·亚当斯(Mark Adams)著；李雪译. -- 重庆：西南大学出版社，2024.5
　　ISBN 978-7-5697-1947-5

Ⅰ. ①3… Ⅱ. ①马… ②李… Ⅲ. ①纪实文学－作品集－美国－现代 Ⅳ. ①I712.55

中国国家版本馆CIP数据核字(2023)第221438号

TIP OF THE ICEBERG: MY 3000-MILE JOURNEY AROUND WILD ALASKA, THE LAST GREAT AMERICAN FRONTIER BY MARK ADAMS
Copyright © 2018 by Mark C. Adams
This edition arranged with Dutton, an imprint of Penguin Publishing Group, a division of Penguin Random House LLC through Bardon-Chinese Media Agency.
All rights reserved.

3000 英里阿拉斯加荒野之旅
3000 YINGLI ALASIJIA HUANGYE ZHI LÜ

[美]马克·亚当斯（Mark Adams）　著　李雪　译

出版策划：闫青华　何雨婷
责任编辑：何雨婷
责任校对：王玉竹
特约编辑：陆雪霞
装帧设计：万墨轩图书·彭佳欣　吴天喆
出版发行：西南大学出版社（原西南师范大学出版社）
　　　　　重庆市北碚区天生路2号　邮编：400715
　　　　　市场营销部电话：023-68868524
印　　刷：重庆升光电力印务有限公司
成品尺寸：148mm×210mm
印　　张：11.25
字　　数：274千字
版　　次：2024年5月 第1版
印　　次：2024年5月 第1次
著作权合同登记号：版贸核渝字（2020）第086号
书　　号：ISBN 978-7-5697-1947-5
定　　价：78.00元

读者 Readers 回函表
WIPUB BOOKS

姓名：_____ 性别：_____ 年龄：_____ 职业：_____ 教育程度：_____

邮寄地址：_____ 邮编：_____

E-mail：_____ 电话：_____

您所购买的图书名称：《3000英里阿拉斯加荒野之旅》

您对本书的评价：
书名：	□满意	□一般	□不满意	故事情节：	□满意	□一般	□不满意
翻译：	□满意	□一般	□不满意	装帧设计：	□满意	□一般	□不满意
纸张：	□满意	□一般	□不满意	印刷质量：	□满意	□一般	□不满意
价格：	□便宜	□正好	□贵了	整体感觉：	□满意	□一般	□不满意

您的阅读渠道（多选）：
□书店 □网上书店 □图书馆借阅 □超市/便利店 □朋友借阅 □找电子版
□其他 _____

您是如何得知一本新书的呢（多选）：
□别人介绍 □逛书店偶然看到 □网络信息 □杂志与报纸 □新闻
□广播节目 □电视节目 □其他

购买新书时您会注意以下哪些地方（多选）：
□封面设计 □书名 □出版社 □封面、封底文字 □腰封文字 □前言、后记
□名家推荐 □目录

您喜欢的图书类型（多选）：
□文学-奇幻小说 □文学-侦探/推理小说 □文学-情感小说 □文学-散文随笔
□文学-历史小说 □文学-青春励志小说 □文学-传记
□经管 □艺术 □旅游 □历史 □军事 □教育/心理 □成功/励志
□生活 □科技 □其他 _____

请列出3本您最近想买的书：_____、_____、_____

请您提出宝贵建议：_____
_____

★感谢您购买本书，请将本表填好后，扫描或拍照后发电子邮件至wipub_sh@126.com，您的意见对我们很珍贵。祝您阅读愉快！

编辑 Editor 邀请函
WIPUB BOOKS

亲爱的读者朋友：

也许您热爱阅读，拥有极强的文字编辑或写作能力，并以此为乐；

也许您是一位平面设计师，希望有机会设计出装帧精美、赏心悦目的图书封面。

那么，请赶快联系我们吧！我们热忱地邀请您加入"编书匠"的队伍中来，与我们建立长期的合作关系，或许您可以利用您的闲暇时间，成为一名兼职图书编辑或兼职封面设计师，成为拥有多重职业的斜杠青年，享受不同的生活趣味。

期待您的来信，并请发送简历至 wipub_sh@126.com，别忘记随信附上您的得意之作哦！

译者 Translator 邀请函
WIPUB BOOKS

为进一步提高我们引进版图书的译文质量，也为翻译爱好者搭建一个展示自己的舞台，现面向全国诚征外文书籍的翻译者。如果您对此感兴趣，也具备翻译外文书籍的能力，就请赶快联系我们吧！

您是否有过图书翻译的经验：
☐ 有（译作举例：_____） ☐ 没有

您擅长的语种：
☐ 英语 ☐ 法语 ☐ 日语 ☐ 德语

您希望翻译的书籍类型：
☐ 文学 ☐ 心理 ☐ 哲学 ☐ 历史 ☐ 经济 ☐ 育儿

请将上述问题填写好，扫描或拍照后发至 wipub_sh@126.com，同时请将您的应征简历添加至附件，简历中请着重说明您的外语水平。